Ethel & Oswa
「気難しい王子に捧げる寓話」

気難しい王子に捧げる寓話

小中大豆

キャラ文庫

目次

口絵・本文イラスト／笠井あゆみ

第一章

ルスキニアの王宮、王太子エセルが住まう宮殿は、毎日朝から晩まで、張り詰めた空気が流れている。

それは宮殿の主《あるじ》であるエセルが、威張り屋で我がままで横暴で、ちょっとしたことで目下の者に当たり散らすからだった。

「なんだ、このお茶は。不味《まず》いじゃないか！」

その日もエセルは朝から機嫌が悪く、朝の湯浴《ゆあ》みの後に飲むお茶に難癖をつけ、ティーカップを使用人の娘に投げつけていた。

エセルの機嫌がいい日は、まずほとんどない。たいてい、朝起きたその瞬間からカリカリしている。

朝と言っても、日はかなり高くまで昇っていた。夜は寝酒を飲むのを習慣にしていて、それも飲みすぎることが多い。おかげで寝起きはいつもだるく、頭が痛かった。

いっそ夕方まで寝ていたいのに、昼前には侍女が起こしに来る。王太子としての仕事が、ほんのわずかばかりあるからだ。

エセルには、それが腹立たしい。自分は王太子で、いずれこの国の頂点に立つ者だ。そして今年で二十一歳になる立派な大人だ。誰に指図される必要もない。好きなように過ごしたっていいではないか。

「王太子宮の使用人が、お茶一つ満足に淹《い》れられないとはな」

新しく入ったばかりの使用人は熱いお茶を頭から浴び、怯《おび》えながら「申し訳ありません」と平身低頭した。

しかしエセルは、娘の謝罪など聞いていない。

「こんな苦いお茶を出すなんて。毒でも入ってるのか？　僕を殺そうっていうのか、ええ？」

ねちねちとしつこく責め立てる。周りにいた侍女たちも口を挟むことができず、みんな黙ってうつむいていた。

エセルは絹のような金の髪と、晴れやかな青空のように青い瞳を持つ、顔立ちだけは美しい青年王子である。

幼い頃から容姿を褒《ほ》め称《たた》えられ、国中の美女も彼の美貌《びぼう》にはかなわないと評判だったが、今こうして髪を振り乱してわめき散らす姿を見れば、誰もが評価を変えるだろう。

「何とか言ったらどうなんだ。うつむいてだんまりとは、木偶《でく》の方がまだましだ！」

今朝、エセルが起きた時、まだ少しは機嫌がよかった。ひどい時には、起こし方が気にくわないと言って小一時間怒鳴り散らすのだ。

　何事もなく湯浴みも終えて、今日は穏やかな日だと、宮殿の人々が胸を撫《な》で下ろした矢先、お茶がまずいと激昂《げきこう》した。

「何とか言えよ。言えったら！　この小娘めが、首を刎《は》ねるぞ！」

「お、お許しください。どうか、それだけは……」

　エセルは使用人の娘の髪を摑《つか》み、乱暴に振り回した。それでも誰も、何も言えない。

　王太子が本気でそうしたいなら、使用人の首など言葉一つでたやすく刎ねることができる。

　誰も止めることはできない。父親である国王でさえ、王太子には遠慮した。

　エセルはこの今現在のルスキニア王国において、何者にも代えがたい存在であるからだ。

「……殿下、エセル様。どうかお気をお鎮めください。ただいま、お茶を淹れ直しますので」

　用事があってその場を離れていた侍女長が駆けつけ、エセルの前にひざまずいた。

　年配の侍女長の媚《こ》びた微笑《ほほえ》みが気にくわなくて、エセルは「ふん」と鼻を鳴らす。とはいえ彼女は、エセルがこの宮殿で唯一、信用している者だった。

　それに元より、使用人の首を刎ねるつもりなどない。怒鳴り散らし、乱暴を働いて気が済んだので、そろそろ誰か止めてくれないかなと思っていた。

「なら、さっさとお茶を淹れ直せ。それから手をすすぐ水を。石鹼《せっけん》をたっぷり溶かしてな。薄汚い使用人の髪に触って、手が汚れた」

摑んでいた使用人の髪を離すと、お気に入りの長椅子に腰を下ろす。

床に倒れた使用人が一瞬、恨みのこもった目でエセルを見上げたが、彼がじろりと睥睨《へいげい》すると慌てて顔を伏せ、逃げるようにその場を立ち去った。

同時に、それまで固唾《かたず》を呑《の》んで見守っていた侍女や使用人たちが、一斉に動き出す。手をすすぐ水桶《みずおけ》が用意され、割れた茶器は片付けられて、速やかにお茶が淹れかえられた。

エセルは長椅子に座ったまま、気だるそうに窓の外を眺めていたが、彼がいつまた癇癪《かんしゃく》を起こすかと、その場にいるみんなが神経を尖《とが》らせていた。

王太子の宮殿は一事が万事、こんな調子だった。


使用人の髪を摑んで振り回した後、お茶を飲んで一息つくと、次第にエセルの中で、気まずさがこみ上げてきた。

さっきのあれは、ちょっとやりすぎたかもしれない。使用人の恨みのこもった眼差《まなざ》しや、周りにいた侍女たちの苦い表情を思い出す。癇癪持ちと思われたかもしれない。

でもすぐにまた、いや、自分は何も間違っていないと思い直す。自分は王太子なのだ。使用人の過ちを処断する権利がある。

（侍女たちがぼさっと見ていないで、早く止めれば良かったんだ）

そうだ、侍女が悪い。そう考えるとまた、苛立《いらだ》ちが募り始める。するとそこへ図ったかのように、侍女長が媚びた笑顔を浮かべて再び現れた。

「エセル様。ご気分を変えるのに、お召し替えをされませんか。オズワルド様がおいでになるかもしれませんし」

オズワルド、という名前を聞いて、エセルは不意に、目の前の靄《もや》が晴れた気がした。

「オズワルドは忙しいんだろう。昨日も来たのに今日も来るもんか」

期待しているのを侍女長に知られたくなくて、わざと素っ気なく言う。

「おいでになりますとも。本日も王宮へご出仕の日だそうですから。本当は毎日でもエセル様にお会いになりたいのでしょうね」

オズワルドはエセルに会いたがっている。侍女長のその言葉で、エセルはたちまち機嫌を直した。

侍女長は侍女たちを呼び、エセルの金の髪を丁寧に櫛《くし》けずらせ、着替えを用意させた。

「そちらの緑の上着ではなく、赤地に金と銀の刺繡《ししゅう》のものがあったでしょう。殿下、あの緑の上着はすでに二回も袖を通しましたから、処分いたしませんか」

侍女長がてきぱきと采配するのに、エセルは黙ってうなずく。別に袖を通すのが三度目でも気にならなかったが、侍女長が言うのだからその方がいいのだろう。

「王太子殿下ともあろうお方が、何度も同じ服を着るわけにはまいりませんもの」

侍女長が言えば、侍女たちも次々に賛同を口にする。

「国王陛下でさえ、三度は同じものはお召しにならないそうですよ」

「あら、それならなおさら、王太子殿下はいつでも新品の服をお召しにならなくては。殿下は誰よりこの国になくてはならない、大切なお方ですもの」

「金のおぐしに、赤い上着がなんて映えること。殿下は何をお召しになってもお美しいですわ」

侍女たちに口々に持ち上げられ、いい気分になる。

そう、自分はこの国の誰より特別な存在なのだ。

エセルはルスキニア国王の第三子にして、正室が産んだ唯一の子でもある。他に三人いる王子はいずれも、側室たちの子だ。

正室である母の実家は、七侯と呼ばれる王を輔弼《ほひつ》する諸侯の一つ、ゴドウィン侯爵家である。

この国では、国王よりも七侯たちが力を持っている。これは子供でも知っていることだ。

かつては国王が確固たる権力を持っていた時代もあったようだが、少なくとも今の国王、エセルの父は七侯たちの傀儡《かいらい》に等しい。

政治の重要な決議は『円卓会議』と呼ばれる、王と七つの侯爵家による会議で決定される。

しかし、王が会議において発言する機会はほとんどなく、近頃は『円卓会議』そのものを欠席しがちなのだとか。

会議は実質、七人の侯爵で進められる。そしてその七侯の中でもっとも席次の高い、七侯筆頭がゴドウィン卿、王の岳父にしてエセルの外祖父だった。

こうした強力な母方の後ろ盾に加え、エセルにはもう一つ、この国で最も特別で重要たり得る理由があった。

「スカーフは巻かず、シャツの襟元を開いておきましょう。せっかくオズワルド様にお会いになるんですもの。胸のお印が出ていた方が良いでしょう」

侍女がスカーフを巻こうとするのを、侍女長が制して言った。エセルは大きくうなずいた。

やはりこの侍女長は、よくものがわかっている。

襟元がくつろげられ、鎖骨の下の辺りまで素肌が見えるようになった。

雪のような白い肌に、ほんのりと赤く色づいた痣《あざ》がある。痣は、薔薇《ばら》の形をしていた。

「お美しい。胸に薔薇の花が咲いたようですわ。まさに、伝説のコルウス王ですわね」

侍女長が感嘆し、エセルはさらにいい気分になる。

この薔薇の痣こそが、王の三男だったエセルを王太子に押し上げ、特別な存在たらしめているものだ。

伝説のコルウス王……このルスキニアには、古い言い伝えがある。

数百年前、群雄が割拠《かっきょ》していた戦乱の時代、国々を統一しこの地に王国を建てた青年がいた。

それがルスキニアの祖、コルウス建国王である。

彼はレムレースという側近と共に数々の戦争を勝ち進んで王となった後、レムレースを宰相とし、二人で数百年続くルスキニアの礎を築いた。

コルウスとレムレース、二人の偉人は、その胸に生まれながらの聖痕《せいこん》を持っていたとされる。

コルウスは薔薇の花の痣、レムレースには刺草《いらくさ》の痣が。

戦乱の世を終わらせ、この地に平和をもたらした二人は、死後も魂となって、天からルスキニアの民たちを見守っている。

そして国に災いが起こった時、コルウスとレムレースは生まれ変わって再びこの地に降り立ち、民を救うという。

実際にルスキニア建国から百年余り経《た》って国が荒れた時、薔薇と刺草の聖痕を持つ者が王と宰相となり、ルスキニアは存亡の危機を脱した。

あたかも史実のように語られているそれら伝承の、どこまでが作り話で真実なのか、誰にもわからない。

しかしその伝説は、ルスキニアに住む人々の心の支えだった。

ルスキニアはエセルの祖父の代から、農地の不作や七侯の失政が続き、民は貧しさにあえいでいるという。

下々のことなどエセルの知ったことではないが、エセルが生まれた当時、薔薇の聖痕を持つ王了ということで、国民は歓喜に沸いたそうだ。

今も民たちは、エセルを心の拠《よ》り所《どころ》にしている。

国王は愚鈍な傀儡で、七侯は重税で民を苦しめる悪人たちだが、エセルはコルウスの生まれ変わりだ。

だからエセルは、この国でもっとも大切な存在で、我がままで横暴でも許されるのだ。

侍女長と侍女たちの数人がかりで身支度を終える頃、使用人の一人がおずおずと現れて言った。

「王太子殿下。オズワルド・メルシア子爵がお見えになりました」

それを聞いたエセルは、心が浮き立つ。

「名相レムレースのご登場ですわ」

そんなエセルに侍女長がにっこりと微笑んで言った。エセルは興奮して顔が熱くなった。


エセルはオズワルドの訪《おとな》いを聞いた後もたっぷり時間をかけ、着飾った自分の姿を検分した。

早く客間に行きたいが、半端な格好であの男の前に立ちたくない。

髪を整え直し、香水を付け、ようやく満足して客間へ向かう。はやる気持ちを抑え、扉の前で深呼吸を一つした。つんと澄ました顔を作ってから、使用人に部屋の扉を開けさせた。

「エセル様」

中にいた客は、待ちかねたような声を上げて立ち上がった。

白に近い銀髪に、紫がかった灰色の瞳の男だ。背はエセルが見上げるほど高く、略装に身を包んだ肢体は逞《たくま》しかった。

男らしく整った顔立ちをして、眼光は鋭い。しかし、エセルを目に留めた途端、そのまなざしは甘く柔らかなものに変わった。

彼はオズワルド・メルシアといい、エセルが十五歳になるまで小姓をしていた男である。七侯の第七席、メルシア侯爵の三男だが、六年前に人より遅い成人の儀を終えると、国王より爵位を与えられた。二十七歳となる現在は、他の諸侯たちに交じって国政に参加している。

「ご機嫌いかがですか、我が君」

オズワルドは大股に、けれど優雅な足取りでエセルに近づき、目の前にひざまずく。その手を取ると、うやうやしく口づけをした。

「機嫌などいいものか。お前の挨拶はいつもそれだな」

ふん、とエセルは鼻を鳴らして嫌味を言ったが、口づけされた手がくすぐったくて、頬が赤くなるのを止められなかった。

男はそれに、にこりと綺麗《きれい》な微笑みを浮かべる。

「お許しを。あなたの美しさに見とれて、いつも言葉を失ってしまいます。外は生憎《あいにく》の曇り空ですが、あなたの瞳は晴れた青空を溶かしたように清々《すがすが》しい」

歯の浮くようなセリフだが、正面からじっと見据《みす》えられると、彼の迫力に呑まれて嘘《うそ》くさいなどと言えなくなる。

エセルはそわそわして、瞳を左右に揺らし、オズワルドの視線から逃れようとした。しかしオズワルドは、追いかけるようにエセルの顔を覗《のぞ》き込む。

「今日はいささか、お顔の色が優れないようですね。またお酒を飲まれたのですか」

「うるさいな」

エセルがどんなに素っ気なくしても、オズワルドは嫌な顔をしない。ひどく心配した様子でエセルの手を両手で挟むと、温めるようにこすり合わせた。

「こんなに手が冷たくなってる。飲みすぎですよ。さあ、こちらで温かいお茶を飲みましょう」

オズワルド以外の誰かがこんなことをしたら、たちまち罵倒《ばとう》され、牢屋《ろうや》に入れられているところだ。

でもエセルは、オズワルドの言うことだけは聞き入れる。

「……うん」

それまでつんけんしていたが、立ち上がったオズワルドに優しく腰を抱かれると、しゅんと大人しくなった。促されるまま、ひじ掛けのついた長椅子に二人並んで腰掛ける。

エセルは、この元小姓の美丈夫を心から信頼していた。

エセルの存在がこの国にとって特別な意味を成すように、オズワルドはエセルにとって特別な存在だった。

彼はエセルの、運命の相手だ。

オズワルドの右の鎖骨の下には、刺草の形に似た痣がある。

エセルが建国王コルウスの魂を持っているとするならば、オズワルドは名相レムレースの生まれ変わりだ。

エセルは、そう信じて疑わなかった。


エセルがオズワルドと出会ったのは、七歳の誕生日を祝う茶会の時だ。

西の宮殿の中庭に茶会の席が設けられ、七侯をはじめ、有力な貴族の子弟たちが茶会に集まった。救国の王太子、エセルに見初められて小姓となるためである。

王族に近侍する貴族は多くいるが、幼い王族に仕え、多感な少年期を共に過ごす者たちは、特別な絆《きずな》を育んで長じてからも主君に重用されることがままある。

七侯の一つ、デヴォン家の現当主も、現王の幼少期に小姓として仕え、王の即位と共に重要な役職を与えられた。そこで功績を重ねた結果、末席にあったデヴォン家は現在、七侯の第三席にまで席次を上げている。

コルウスの生まれ変わり、救国の王太子の小姓となれば、当人はもとよりその家も多大な恩恵を受けるだろう。

そんなわけで、エセルがそろそろ小姓を決めようかという七歳の誕生日には、貴族とその子弟たちがこぞって宮殿に押し掛けた。

長男子相続が一般的なこの国で、この時ばかりは下の兄弟たちもこぞって茶会に参加した。自分の家の子供たちの、いずれか一人でも見初められれば、という親たちの算段からだ。

オズワルドも、そんな子供たちの一人だった。

彼は当時十三歳、メルシア家の三男とされているが、母親はメルシア家の下働きをしていた身分の低い女だった。母子ともに屋敷に置かれはしたものの、扱いは使用人に毛が生えたようなものだったと、オズワルドは言う。

もちろん、王宮の催しになど、オズワルドはそれまで一度も連れていかれたことはなかった。

その三男まで駆り出したのだから、オズワルドの父、メルシア卿はどうにかしてエセルの寵《ちょう》を得ようと必死だったのだろう。

七侯の一つとはいえ、メルシア家は長く末席にあり、先代から目立った功績がない。このままでは下位の諸侯に席次を奪われ、七侯の座から追いやられる可能性すらあった。

まだ七歳になったばかりのエセルは、もちろんそんなメルシア家の事情など知る由もなかった。

誰がどの家の子供なのかも、エセルは興味がなかった。誰も彼もが道化のように着飾り、幼い顔に媚《こ》びを張り付けて笑い、必死にエセルに擦《す》り寄ってくる。うんざりしていた。

そんな中、メルシア家の三男だけは、他の子供たちに比べて質素な装いをしていた。後に当人から聞いたところによると、それでも普段の衣装よりずっと上等だったそうだが、華美で過剰な装飾に慣れたエセルの目には、すっきりとしたオズワルドの服装はむしろ新鮮に映った。

他の子供たちと比べると粗末ともいえるなりをして、けれども顔立ちは、彼が一等、美しかった。

エセルはその頃からすでに、己の美貌を自負していた。鏡を見慣れているから、そこらの美男美女は大したことがないと思える。そんなエセルが見とれるほど、メルシア家の三男は美しかった。

自分より美しい少年を、初めて見た。ある時、オズワルドにそう告げたら、彼は笑って、

「私こそ、あなたの美しさに見とれておりましたよ。まるで薔薇の妖精のようで、こんな愛らしい子供がこの世にいるのかと思いました」

などと言っていた。しかしエセルの記憶にある限り、その時のオズワルドはおよそ子供らしくなく、冷静だった。

兄たちがエセルに対し、あからさまなおべんちゃらを並べ立てた後で、素っ気ないほど控えめに挨拶をしただけだった。

ただその際、力強い眼差しで、エセルを正面から見据えた。媚びもへつらいもなく、そんなふうに真剣に見つめられたのは、生まれて初めてだった。

灰紫の瞳に射抜かれ、エセルはメルシア家の三男に大きな関心を持った。

オズワルドと名乗った少年の気を何とかして引きたいと思ったが、どうすればいいのかわからない。

他人というものはたいてい、エセルが何もしなくても、相手の方から近づいてくるものだ。でもオズワルドは、エセルがちらちら視線をくれても、控えめに会釈するだけでにこりともしなかった。

そうこうしているうちに、兄たちや他の子どもたちが前に出てくるので、ちっともオズワルドと話ができない。エセルは茶会が進むにつれて、次第にイライラしてきた。

「お前ら、さっきから邪魔だ。そこをどけ！」

周りにお目付け役の大人たちがいなくなり、子供たちだけの時間になった時、わらわらとどうでもいい子供たちが自分の周りに集まってくるので、エセルはついに癇癪を起こした。

「どけったら！」

自分は奥にいる、灰紫の瞳の少年と話したいのに。エセルは目の前に立ちはだかっていたオズワルドの兄二人に、淹れたての熱いお茶をぶっかけた。

兄たちは悲鳴を上げ、周りにいた子供たちも慄《おのの》いて後じさった。

年端のいかない子供の中には泣き出す者もいて、エセルは手当たり次第、彼らに茶器やら菓子の載った皿やらを投げつけた。

投げるものがなくなると、今度は近くの子供たちの髪を引っ張り、泣き叫ぶ少年の頬を力いっぱい殴った。

それでも子供たちの誰も、エセルを咎《とが》める者はいなかった――オズワルド以外は。

「殿下、いけません」

子供たちが大騒ぎをする中、静かな声がエセルをいさめた。それまで兄たちの後ろにいたオズワルドが前に出て、暴れるエセルの腕を取った。

「王太子ともあろう方が、そのように振る舞ってはいけません」

先ほど挨拶をした時とは違う、険しい眼差しに見据えられて、エセルは身を固くした。

自分よりうんと大きな少年に睨《にら》まれ、恐ろしくなる。腕を引こうにも、オズワルドの力は強くて、びくともしない。

「う……」

恐怖と混乱で頭がいっぱいになり、涙が溢《あふ》れた。べそをかく王子を、オズワルドはひと時の間なおも怖い顔で見下ろしていたが、頬に涙が伝い始めたのを見て、くるりと表情を変えた。

「申し訳ありません。痛くしてしまいましたね」

灰紫の瞳の美しい少年は、花が咲くように柔らかく微笑み、指先で優しくエセルの頬を拭う。

「……う、えうっ」

相手の優しさに安堵《あんど》して、そうしたら余計に涙が出た。オズワルドは優しく覗き込み、「泣かないでください」と言う。

「お、お前が……っ」

「ええ。私が怖がらせてしまったのですね。申し訳ありません。でも殿下、どうかそのような乱暴な振る舞いはなさらないでください」

「で、でも、あいつらが、邪魔するんだ」

「それは言葉で伝えなくては」

咎められているのだと思い、また涙がこぼれる。自分が怒るか泣くかすれば、大抵のことは解決した。でもオズワルドは容赦してくれなかった。

手を摑んだまま、灰紫の瞳が射貫《いぬ》くようにエセルを見据える。こんなに強い眼差しでエセルを見る者は、大人でもいなかった。

「エセル様。どうかご自分を大切になさってください」

「じ、ぶん？」

「そうです。他人を大切にすることは、自分を大切にすることでもあります。あんなふうに乱暴に、人に拳《こぶし》を振るってはいけません。相手も痛かったでしょうが、ほら、あなたの手も赤くなってる。……お可哀《かわい》そうに」

オズワルドは言って、心底痛ましそうにエセルの拳を撫でた。

エセルは、雷に打たれたような衝撃を受けた。

お可哀そうに。誰も、そんなことを言う者はいなかった。

誰もがエセルを羨《うらや》み、褒めそやした。妬《ねた》まれこそすれ、同情なんてされたことはない。

誰も、エセルの手をこんなふうに優しくさすってくれる人はいなかった。母でさえ。

自分を大切になんて、考えたこともなかった。この国ではみんながコルウスの生まれ変わりであるエセルを大切にする。自分で自分を顧みる必要もなかった。

「少し腫《は》れてる。無茶をなさってはいけませんよ」

オズワルドはまるで、弟にするように柔らかく言って、首に巻いたスカーフを外した。人を殴って赤くなったエセルの手にそれを巻く。

エセルは優しく美しい少年の顔をぼうっと見つめていたが、やがて彼の襟元に視線が吸い寄せられた。

シャツは襟元がほつれ、破れていた。

「ああ、不調法をして申し訳ありません。礼装用のシャツがこれしかなかったもので」

オズワルドはエセルの視線に気づき、困ったように破けた襟元を引っ張る。その拍子に、彼の鎖骨の辺りがちらりと覗いた。右の鎖骨の下、白い肌にぽつりと赤いものが見えた。

「あっ」

もっとよく見ようと目を凝らしたエセルは、赤いものの正体に気づき、思わず声を上げた。

「お前……お前、それっ」

興奮し、うまく言葉にならない。周りの子供たちはエセルを遠巻きにしていて、何に驚いているのかわからないようだ。騒ぎを聞きつけた大人たちが、建物から出てこちらに向かってきていた。

「とんだお目汚しを。生まれつきの痣なのです」

オズワルドは言って、周囲の目をはばかるようにシャツの襟元を掻《か》き合わせた。

「お前……知らないのか?」

エセルがあえぐようにつぶやくと、オズワルドは「なんでしょう」と、首を傾《かし》げる。

やはり、この少年は知らない。気づいていないのだ。この痣がどれほど重要な意味を持っているのか。

でも、エセルは知っている。物心ついた時から、その伝説についてはさんざん聞かされてきたし、王宮には伝説にまつわる絵や彫刻があちこちに飾られている。

「お前のそれ……その痣は、刺草だ」

自分が気づいた事実を口にする時、声が震えた。オズワルドの痣は、刺草の葉の形をしている。絵本にあった形とそっくりだった。

「刺草の聖痕。お前も聞いたことくらいあるだろう。建国王と宰相の伝説を」

オズワルドは驚いたように目を見開き、周囲の子供や様子を見に来た大人たちも息を呑んだ。

エセルは彼らにもよく聞こえるよう、大きく息を吸い、声高に告げた。

「僕がコルウスで、お前がレムレース。お前は宰相レムレースの生まれ変わりだ。伝説は本当だったんだ！」

人知れず埋もれていた宰相の魂を、自分が見つけた。伝説は本当で、やはり自分は救国の英雄なのだ。エセルはそんなふうに考え、感動と興奮に打ち震えた。

こうしてオズワルドはエセルに見いだされ、その日のうちに王太子の小姓になることが決まった。

「あの時、あなたが気づいてくださらなかったら、私は今頃メルシア家の屋敷で下働きをしていたでしょうね」

エセルの髪を撫でながら、オズワルドがつぶやく。

出会った頃の思い出話をしていた。

お茶を飲んで身体を温めた後、エセルは人払いをすると、オズワルドに膝枕をさせて長椅子に寝転がった。

そうすると、オズワルドは決まってエセルの髪や肩を優しく撫でてくれる。彼と何気ない会話を交わしながら、こうして触れてもらうのが、エセルにとって何よりの癒《いや》しだった。

毎日この時間があれば、酒で気を紛らわす必要もないのに、と思う。

オズワルドをこの宮殿にいつまでも引き留めておきたいけれど、彼は忙しい。成人後、宮廷で重要な役職を与えられ、王宮と王都の自宅とを行き来している。

本当は、ずっと小姓としてそばに置いておきたかった。

王侯貴族はだいたい、十八か十九歳には成人の儀を行うのだが、オズワルドと離れるのが嫌だったから、エセルはなかなかオズワルドに成人の儀式をさせなかった。

オズワルドに懇願され、メルシア家からの嘆願もあって、オズワルドが二十一歳の時にようやく成人することを許した。

その後のオズワルドは、出遅れを巻き返すように次々と画期的な政策を打ち出し、宮廷での存在感が増していった。

彼が優れているのは容姿だけではない。優秀な頭脳を持ち、周囲に細やかな気遣いができる。

宮廷で働く役人たちの中には、オズワルドを慕っている者が多いと聞く。刺草の聖痕を持っているから、というだけではなく、オズワルドの人となりが役人たちの心を惹《ひ》きつけているようだった。

貴族たちは、庶子の三男が生意気だと反感を持つ者、見どころのある若者だと一目置く者とに分かれているらしい。

宮廷の政治にはほとんど関わらないエセルだが、オズワルドについての噂《うわさ》は気になるので、官吏たちに報告させている。

「お前がレムレースの生まれ変わりだというのを、いまだに認めようとしない者もいるようだがな」

エセルが言うと、髪を撫でていた手がぴたりと止まった。

「ゴドウィン卿ですね。ご存じでしたか」

「知らないはずないだろう。僕は王太子だぞ」

ほとんど自分の宮殿にこもりきりだったが、エセルは胸を張った。止まっている手を見て、「おい」と、催促をする。オズワルドは苦笑しつつ、再び髪を撫で始めた。

「私を重用するのを、ゴドウィン殿は面白く思ってはいないようですね。もっともそれを言うなら、メルシア家以外の七侯はみんな面白くないでしょうが」

十二年前、エセルがオズワルドの聖痕を見つけ、名相レムレースの生まれ変わりだと告げた。

直ちに王太子の小姓となり、成人後には子爵位と政治の役職を与えられた。母親の身分と、嫡子ではなく三男であることを鑑みれば異例の出世である。

これはエセルの小姓だったというだけでなく、本人の優秀さによるところが大きい。

オズワルドが、レムレースの生まれ変わりだと認められたわけではなかった。

エセルは、オズワルドの痣が本物の聖痕だと信じているけれど、七侯たちのほとんどは認めたがらない。

本物だと声高に主張しているのは、オズワルドの父のメルシア卿だけだ。

オズワルドを本物だと認めれば、メルシア家の権威が増すことになる。他の七侯たちは当然、面白くない。

特に、エセルの祖父、ゴドウィン卿にとっては非常に都合が悪い。

王太子の外祖父として、さらなる政治の実権を握るつもりだったのに、オズワルドが王太子の側近となれば、王太子の権威はメルシア家を助けることになる。

オズワルドが力をつけてきているので、余計に刺草の聖痕を否定したいのだろう。

ゴドウィン卿は昔からオズワルドの聖痕に異を唱え続けているし、近頃は自分の息子でエセルの叔父を近習に付けようとしている。

エセルはこれを繰り返し断っていた。自分には、オズワルドがいればいい。

どうせ、王太子の仕事なんてあってないようなものなのだ。王に即位しても、それは変わらないだろう。重要なことはぜんぶ、オズワルドに任せておけば心配ない。だから彼以外に、側近など必要なかった。

「僕からゴドウィンに言ってやろうか？　いい加減に認めろって。他でもない、薔薇の聖痕を持つ僕が認めるんだ。お前が偽物のはずがない」

出会った瞬間、彼に惹かれたのがその証拠だ。エセルはそう考えている。

自分からは決して、この想《おも》いを告げる気はないけれど。

でもきっと、いや絶対、オズワルドも同じ想いをエセルに対して抱いている。間違いない。

エセルは、いつかオズワルドが彼の気持ちを打ち明けてくれるのを、待ち望んでいた。

「いいえ。このようなこと、殿下を煩《わずら》わせるまでもありません。以前から申していますが、私は別に、レムレースの生まれ変わりだと認められなくてもいいのです。重要なのはエセル様、あなたの存在です。あなたがコルウスの生まれ変わりだと、皆が認めてくれているなら、何も問題ありません」

頭上から、オズワルドが熱を帯びた眼差しで見つめてくる。思い詰めたようなその視線は、エセルが少年の頃から向けられてきたものだ。

そんな目で見るくせに、エセルの髪や肩に気安く触れるくせに、それ以上のことは決してしない。

かつて一度だけ、オズワルドと深く触れ合ったことがあった。でもその一度きりだ。

（僕はまた、あれをされてもいいのに）

深く唇を合わせ、互いの性器をこすり合わせた。二人の白濁が混じり、快感と至上の幸福を得られたのに。

「……オズワルド」

薄く唇を開き、濡《ぬ》れた目で男を見上げた。灰紫の瞳と、確かに視線がぶつかったと思ったのだが。

「そろそろ時間ですね。仕事に戻らないと」

オズワルドは言って、ふいと顔をそむけた。エセルはがっかりする。

いつもこうだ。こちらがせっかく誘惑してやっているのに、ちっとも乗ってこない。

きっと、エセルと自分の身分がまだ釣り合わないから、遠慮しているのだろう。

「お前は真面目だな」

身分など気にしなくていいのに、という思いが口を突いて出たのだが、オズワルドはそこで、ふっと笑った。

その笑いがひどく冷たく、皮肉っぽく見えて、エセルはびっくりした。

瞬《まばた》きをして、再び表情を確認すると、そこにはいつもの穏やかな微笑みがあった。

「私は爵位を得たとはいえ、宮廷ではまだ下っ端ですから。あなたが王となった時、すぐ傍らで補佐できるよう、今から足元を固めておかねばならないのです」

「それは、わかってる」

今まで何度も、オズワルドに言い聞かされてきたことだ。

オズワルドは伝説をなぞって、エセル王の宰相になろうとしている。

現在、宮廷に宰相は存在しない。かつては大臣たちの長として、宰相という官位が存在していた。

今も官位が廃止されたわけではないが、七侯たちが実権を握るようになると、表向きは七人が平等な立場であるとして、宰相は任命されなくなった。

王は代を経るごとに権威を失い、今や宮廷を牛耳っているのは七侯たちだ。

しかしオズワルドは、そんな彼らの上に立とうとしている。七侯の末席、しかも庶子の三男坊が。

恐ろしい、大いなる野望だ。政治に疎いエセルでさえ、それがどれだけ困難かわかる。

オズワルドが言ったのでなければ、絵空事だと笑っただろう。

でもエセルは、オズワルドなら実現させるかもしれないと思う。優秀だし、穏やかに微笑む彼の瞳の奥には、底知れない光がある。

オズワルドが宰相となり、エセルを支える。伝説のとおりに。そうすればこの国の誰も、エセルを蔑《ないがし》ろにはできない。

「すべて僕のために頑張ってるんだろう。わかってるさ。だから会いたくても呼びつけずに我慢してるんじゃないか」

エセルがそうしようと思えば、毎日呼び出すことだってできるのだ。というか、以前はそうしていた。オズワルドが成人してから彼が遠くなった気がして、寂しかったのだ。

そんなエセルに、オズワルドは自分の野望を語り、今は固めるためだから、我慢してくださいと、優しく根気強く語った。

だから寂しくても、エセルは我慢している。

自分のこの忍耐を、オズワルドはわかってくれているのだろうか。恨めしい気持ちで睨むと、相手は困ったように苦笑し、身をかがめた。

エセルの額に小さく口づけを落とす。

「私の大切な王子様。寂しい思いをさせて申し訳ありません。でもそれは、私も同じ気持ちなのです。できるなら毎日……いや、片時も離れたくはありません」

「オズワルド……」

灰紫の瞳に熱が戻ってきて、エセルの身体も熱くなった。下半身がわずかに硬くなる。

「オズワルド。僕だって離れたくない」

エセルは起き上がり、オズワルドに抱きついた。オズワルドの腕に下腹部が当たる。誘惑するように、ぐりぐりとそこを押し付けた。

「ねえ、前のように触れてくれよ。いや、それ以上のことだって、お前が相手なら……」

「いけません」

こうすればその気になると思っていたのに、オズワルドはあっさり身を離した。ムッとするエセルの額に再び、口づけをする。

「今はまだ、その時ではありません」

まだ。ということは、いずれはエセルを抱いてくれるということだ。

「お前が宰相になったら、してくれる？」

媚びるように、上目遣いに見つめる。オズワルドは何も言わず、にっこりと微笑んだ。

エセルはそれを、肯定の印だと受け取った。

「きっとだぞ。早く宰相になってくれ」

わざと子供っぽく、舌ったらずな声を出して甘える。ぎゅっとオズワルドの腕にだきついた。

オズワルドの眉間に一瞬、皺《しわ》が寄る。やんわり腕を振りほどかれた。

きっと劣情を抑えているのだ。エセルは考えた。

「私は私の仕事をしますから、あなたはお身体を大切になさってください。それがあなたの役目ですよ」

「わかってるってば。でも暇なんだ。僕にも何か仕事ができればいいんだけど。机に向かうのは苦手だからな。そちらはお前に任せる」

自慢ではないが、教養はからきしだ。以前は頑張って物事を覚えようとしたが、どの教科もまともに授業が受けられなかった。エセルに付いた家庭教師たちは、みんな失望していた。でもいいのだ。自分には聖痕がある。そして、オズワルドという優秀な男が付いている。

「ええ。あなたは何も心配せず、ただ私のそばにいてくれさえすればいいのです」

オズワルドも、エセルの言葉を肯定する。

別れ際、手の甲と、それから額にほんの一瞬、口づけをされて陶然となる。

そうだ、オズワルドさえいれば、自分は何も憂うことはない。

ふとした拍子に不安が胸をよぎることがあったが、オズワルドに美しい微笑みを向けられると、それもどうでもよくなった。

今も昔も、エセルはオズワルドが大好きで、彼以外は目に映らなかった。


オズワルドが帰ってしまうと、ぽっかり胸に穴が開いたようになった。

彼といる時は幸せで、もう何もいらないと思うほどなのに、その分、彼がいなくなると喪失感に苛《さいな》まれる。

窓の外はまだ明るかった。何もすることがないから、一日が長い。

酒を飲んで寝ようかと考えたが、オズワルドの身体を大切にせよという言葉を思い出した。

「散歩でもするか」

仕方なく、王宮の庭をぶらつくことにした。自分の宮殿にいて、陰気な侍女や使用人たちの顔を見るのも気が滅入《めい》る。

「お出かけになられますか」

部屋を出るとすぐ、侍女長がどこからともなく現れた。

「ああ。ちょっとそこらを散歩してくる。オズワルドにも身体に気を遣えと言われたからな」

エセルが言うと、侍女長は嬉《うれ》しそうに微笑んだ。

「オズワルド様は、エセル様を本当に大切に思われているのですね」

その言葉は、エセルを気持ちよくさせた。エセルは、自分自身が褒め称えられるのも好きだが、誰かがエセルを慕っている、愛されていると聞かされるのが好きだった。相手がオズワルドなら、何よりも嬉しい。

「うん。まあな。行ってくる」

機嫌をよくしたエセルは、にこやかに言って散歩に出かけた。

オズワルドほどではないが、侍女長もなかなか気の利く女だ。エセルが子供の頃から仕えていて、数多くいる侍女や侍従、使用人たちの中で、彼女だけは信用していた。

（あの侍女長は信用できる。彼女だけはな）

基本的にエセルは、他人を信用していない。実の父も、母でさえ、心を許してはいなかった。

屋敷の外に出て、王太子宮の庭を歩く。広大な庭園は常に、緑と季節の花々に彩られている。

この王宮にはいくつもの宮殿と庭があるが、王太子宮の庭が一番美しいとエセルは思っている。咲き乱れる花々はどれ一つとっても傷んだところがなかった。

庭のあちこちに庭師たちがいて、朝から晩まで庭を整えている。彼らはエセルの姿を見ると仕事の手を止め、丁寧にお辞儀をした。

エセルは庭師たちの泥だらけのみすぼらしい姿を一瞥《いちべつ》し、すぐに視線を外す。庭師が庭を整えていることは知っていたが、エセルにとって彼らはいないも同然だった。

使用人とはそういうものだと、エセルは思っている。気配を消し、主人の望むとおりの仕事をしていればいい。

(なのにうちの使用人たちと来たら、お茶も満足に淹れられないんだからな)

朝の苦いお茶を思い出し、また嫌な気分になった。

昔、エセルがまだ少年だった頃、朝一杯目のお茶を淹れるのは、侍女の役割だった。

熱すぎず温《ぬる》すぎず、ほんのり甘みさえ感じる香りの高いお茶を飲むのが、毎朝の楽しみだったのだ。

(また嫌なことを思い出した)

考えないようにしようと、頭の隅に追いやっていた昔の記憶が蘇《よみがえ》り、エセルは顔をしかめる。イライラした。

気を紛らわせるために、さらに足を延ばす。庭の端にある薔薇の生垣を越えると、そこは王太子宮の外だった。

王宮は広大だ。政治や式典を行う南の区域と、王族の居住域である北の区域とに大きく分かれていて、森や池に囲まれた北の区域には、王のための豪華な宮殿と王太子宮があり、正妃と二人いる側室たちにも、それぞれ一つずつ宮殿が与えられていた。

他にも先王以前の王族の宮殿がいくつか、そのまま残されている。北の端には代々の王族が眠る巨大な霊廟《れいびょう》があった。

エセルはその霊廟のある方向へ歩き出す。別に考えがあったわけではない。ただ、人のいないところへ行きたかった。

王太子宮からほんの少し小道を進んだ時、近くで小さな子供のはしゃぐ声が聞こえた。続いて女性の「お待ちなさい！」という声。

「母上、こっち」

子供は楽しげな笑い声を立てながら、母を呼ぶ。それを「危ないですよ」とたしなめる母親の声も、明るい笑いを含んでいた。

エセルは足を止め、顔をしかめた。左手にある、背の高い常緑樹の生垣を睨む。

居住区の外れにあるここは、王の第三妃の宮殿の前だった。二人の声にも聞き覚えがある。第三妃とその息子、つまりエセルの異母弟の声だ。

（昼から母子で遊び惚《ほう》けているとは。側室とその息子っていうのは、気楽なもんだな）

ぶらぶらしている自分の行動は棚に上げて、エセルは声に出さず吐き捨てた。

早く立ち去ろうと足を速めたその時、生垣からずぼっと小さな塊が飛び出して、エセルの足にぶつかった。

塊は赤みがかった茶色い巻き毛の男の子だった。エセルの異母弟、エドワードである。

「わっ、ごめんなさい」

エドワードは兄にぶつかった衝撃で、その場にぽてんと尻もちをついた。彼は今年で五つになるはずだが、それにしては背の伸びが遅いようだ。

それでも小柄なことを除けば元気いっぱいで、「いてて」と鼻を押さえながら素直に謝り、それが兄だとわかるや、ぱあっと顔を輝かせた。

「兄上！」

なぜ、そんなに嬉しそうにこちらを見るのだろう。エドワードはいつもそうだ。

エセルの姿を見ると、嬉しそうに目を輝かせる。こちらは彼の存在が、いとわしくてたまらないというのに。

「あ……兄上」

苛立ちと敵意を込めて弟を睨むと、幼子から笑顔が消えた。しゅんと寂しそうに肩を落とすから、ますますイライラする。

彼を深く傷つけてやりたくて、ちょうどいい言葉を探した。

「こら、エドワード。お外に出たらだめでしょう。……エセル様」

その時、生垣を周り込んで、エドワードの母親が顔を出した。楽しそうな笑顔が、エセルを見るや一変し、怯えた表情になる。

彼女の顔をみた途端、エセルの心にはどす黒い憎しみが広がった。

「王太子殿下。ご無礼をして申し訳ございません」

母がその場にひざまずき、それを見た幼いエドワードも慌てて膝を折る。

「もうしわけありません」

ぺこっと丸い頭を垂れるのを見て、エセルはその巻き毛を引っ摑んで振り回してやりたくなった。残酷な想像で頭がいっぱいになり、弟から目をそらす。いくら王太子でも、さすがに幼い弟に暴力をふるうのはまずい。

「久しいな、アンナ。親子で鬼ごっこか？　呑気《のんき》なものだ」

弟を虐《しいた》げる代わりに、エセルは憎しみと苛立ちを王の第三妃に向けた。

王の側室と言っても、年齢はエセルより五つばかり上なだけだ。第三妃は特別な美貌を持っているわけではなかったが、赤い巻き毛が華やかで、大きなハシバミ色の瞳が愛らしかった。

エセルが嫌味をぶつけると、アンナは「申し訳ありません」と小さくつぶやき、目を伏せた。

まつ毛をわななかせたかと思ったが、すぐに何か思いついたように、顔を上げた。

「恐れながら殿下。殿下はお一人でいらっしゃいますか。護衛の者はついていないのでしょうか」

アンナが何を訝《いぶか》しんでいるのか、エセルにはわからなかった。おそらく、エセルの行動にケチを付けようとしているのだろう。

こちらに何か言われる前に、先制攻撃を仕掛けようというのだ。

「それがどうした？　僕は王太子だぞ。一人でどこに行こうと文句を言われる筋合いはない。まったく、相変わらずさかしらな女だ」

エセルが嫌味を言って睨むと、アンナは「申し訳ありません」とつぶやき、悲しげに再び目を伏せた。それが余計に癇《かん》に障り、エセルはさらに嫌味をまくし立てた。

「側室というのはいい気なもんだ。侍女と違って遊び惚けていられるものな。末の王子は王太子と違って重責もない。宮殿にこもって贅沢《ぜいたく》三昧、気楽な暮らしだ。まったく羨ましいよ」

かつて、アンナは王太子宮の侍女だった。

ほんの一時の間だったが、姉のように優しく親身になってくれるアンナに、エセルは信頼を置いていた。

なのに、彼女はエセルを裏切った。エセルの心を踏みにじり、そればかりか今もこうして、のうのうと王宮で暮らしている。

エセルはアンナと、その息子のエドワードが憎くて仕方がなかった。

「母上……」

母を心配したエドワードが、とことこと駆け寄ってアンナの腕にしがみつく。幼い瞳が不安そうにエセルを見上げた。

その幼子の目に嫌悪や憎しみの色はなく、それが一層、エセルを苛立たせる。

「小さい子供の面倒くらい、ちゃんと見ておけ。人に迷惑をかけるなよ」

吐き捨てて、エセルはその場を離れた。

後ろから「母上ぇ」と、悲しそうな声が聞こえた。エドワードが泣いているのかどうか気になったが、振り返らなかった。

きっと今頃、アンナは憎しみのこもった目で、エセルの背中を睨みつけているに違いない。

そう考えると、とても振り返る気にはなれなかった。


苛立ち、頭に血が上ったまま歩き続け、気づくと王宮の果てにある霊廟の前まで来ていた。

くすんだ灰色の石でできた巨大な建物が、目の前にそびえている。

石畳の階段を数段上った先に、エセルの背の倍ほどの高さのある、穹窿《きゅうりゅう》形《けい》の入り口がぽっかり口を開けていた。

この辺りにも警備を担当する衛兵がいるはずだが、アンナたちから離れてここに来るまで、誰にも会わなかった。

「怠慢だな。衛兵の配置をしているのは誰だ。首を刎ねてやる」

一人で文句を言う。ずいぶん歩いたので、疲れてしまった。

霊廟の前にある日時計が、午後四時ぴったりを示している。どこかで休みたいが、あまりゆっくりしていると、戻る途中で日が暮れてしまいそうだ。

その時、強い風が吹いたので、エセルは風をよけるために霊廟の石段を上り、建物の内側に足を踏み入れた。

建物の中は埃《ほこり》っぽくかび臭いような、石の匂いが漂っていた。吹き抜けの天井近くに高窓が並んでいて、割合と明るい。

長方形のがらんとした空間と、その両脇に列柱に区切られた側廊があり、建物の奥は半円形に張り出している。半円形の部分が地下に続いていて、そこに代々の王族が眠る棺《ひつぎ》が安置されている。エセルも祖母の葬儀の折に一度だけ、地下に降りたことがある。

「……寒い」

薄着のまま外に出たので、じっとしていると寒い。石造りの廟は人のいないわりに清潔に保たれていたが、足元に死人が眠っているのかと思うと、やはり気持ちのいいものではなかった。

そろそろ戻ろうかと、出入り口の外に顔を覗かせた時、人の話し声が聞こえてきて、思わず首を引っ込めてしまった。

エセルは王太子で、隠れる必要などないのだが、そもそも人と顔を合わせたくないから、こんな辺鄙《へんぴ》な場所まで足を延ばしたのである。

（いったい誰だ。衛兵か？　間の悪い奴《やつ》らだ）

首を刎ねてやろうか、と胸の内で悪態をつく。

しかし、近づいてくるのはどうやら、衛兵ではなさそうだった。二人分の声が聞こえ、片方は女だ。しかも二人の声には聞き覚えがある。

「いやだわ、霊廟なんて辛気《しんき》臭い」

「しかし、他に話せるところもありませんから。ここならば衛兵もおりません」

エセルは細心の注意を払って、入り口から外を覗く。声の主は、思った通りの人物だった。

（あの女狐《めぎつね》……それに、ハゲ豚がどうして一緒にいるんだ）

女はフリーダという、国王の第二妃だった。

大して身分は高くないが、二人の王子を産み、今も昔も王の寵愛を一身に受ける側室だ。

王は気まぐれに他の女に手を付けることもあるが、それでもフリーダを誰より信頼し、愛しているようだった。

王の寵愛をいいことに、フリーダはいつも派手に身なりを飾り立てている。赤を好み、大抵は目のちかちかするような赤色の服を着ていた。しかし今日に限っては、地味な深緑のドレスに身を包んでいる。

彼女と話しているのは七侯の一人、デヴォン卿だ。

かつて王の小姓をしていたおかげで、末席だったデヴォン家の席次を第三席まで伸ばしたという、野心家である。

政治の手腕はどれほどか知らないが、短軀《たんく》な上に肥満で、頭頂がつるつるに禿《は》げている。エセルは密《ひそ》かにハゲ豚と呼んでいた。

しかし、どうしてこの二人が一緒にいるのだろう。しかもやり取りから察するに、人目を避けているようだ。

「以前はもっと、衛兵の数がいたのに」

「王宮も財政難ですからな。なに、墓場の警備を削ったからといって、何の問題もありますまい。それよりどうも陛下は、私の行動を気にしておられるようだ。何か気づかれているのでは？」

「あのぼんくらが？　まさか」

はっ、と馬鹿にしたようにフリーダが吐き捨てるのに、エセルはどきりとした。

フリーダと国王は仲が良いはずだ。王はフリーダを愛し、フリーダも王を頼りにしているはずだった。

王の寵愛があるからこそ、さして身分の高くない側室の彼女が、まるで正妃のように振る舞えているのである。

そんなフリーダの本音を思わぬところで耳にしてしまい、エセルは焦った。

彼らの会話をこれ以上、聞いてはいけない気がする。

面倒な場に居合わせたことを悟り、エセルは慌てて顔を引っ込めた。

霊廟の入り口はここ一つだけなので、外に逃げることもできない。彼らが立ち去るまで、身を隠しているしかなかった。

「しかし、事は細心の注意を払ってあたらなければ」

声が近づいてきた。もしも彼らが霊廟の中まで入ってきたらまずい。

エセルは、足音を立てないよう気をつけながら、列柱に身を隠すようにして側廊を通り、霊廟の最奥にある円形の張り出し部分まで進んだ。

張り出しの手前に、祭壇がある。エセルは祭壇の陰に隠れて、彼らをやり過ごすことにした。

祭壇を背もたれにして、陰にしゃがみ込む。床も祭壇も石でできているので、冷たくて硬くて、座り心地が悪かった。

（いったい、二人してなんだって言うんだ。まさか、逢引《あいび》きか？）

しばらく待ったが、二人は中に入ってくることはなかった。しかし、霊廟の最奥まで来てしまったので、二人がどうしているのか窺《うかが》えない。

（まったく。なんでこの僕が、コソコソしなきゃいけないんだ。王太子なのに）

しかし、ここで二人に見つかれば、何か良くないことになる気がする。どういうことか、はっきりとはわからないが、それだけはわかった。

フリーダは王の寵妃だし、デヴォン卿はこの国の実権を握る七侯の一人だ。王太子といえど、この二人を思い通りにはできない。表立って二人と対立すれば、エセルの方が逆にまずい立場になるだろう。

薔薇の聖痕だって、万能ではないのだ。

「――それだけのことがわかっているのに、なぜ真実が見えないのだろうな」

耳元で突然、誰かの声がした。

エセルは飛び上がるほど驚いて、叫びそうになった。咄嗟《とっさ》に口を押さえる。

霊廟の中には、自分以外に誰もいないと思っていた。先客がいたのだろうか。しかし、祭壇の陰以外に、隠れる場所などないはずだ。

恐る恐る、背後を振り返る。再び悲鳴を上げそうになった。

すぐ後ろ、振り返って息が当たるほどの距離に、黒い外套《がいとう》姿の男が立っていたのである。

エセルはその場にしゃがんだまま、ぶるぶる震えながら男を見上げた。

「今のあなたは、ずいぶんと肝がお小さいのですな。やれやれ」

男は馬鹿にしたように言った。

外套に付いた頭巾をすっぽり被《かぶ》っていて、顔は下半分しか見えない。声はややしゃがれていて、頭巾から覗く顔は皺がよっており、長く伸びた口ひげは真っ白だった。

「なっ……だ、誰だ、お前は」

肝が小さいと言われてムッとし、思わず声を上げる。老人はそんなエセルを「静かに」と制し、霊廟の外を示した。

そうだった。外にはフリーダたちがいるのだ。

エセルは慌てて口を自分の手で塞《ふさ》ぐ。老人はそれを見て、小さく笑った。

「我が主《あるじ》との約定のため、彼方《かなた》より参上仕《つかまつ》った。あなたにお伝えせねばならないことがあるが、ここではろくに話もできますまい。奥へ参りましょう」

「奥？」

これ以上、奥はないはずだ。エセルが聞き返すと、老人は自分のすぐ後ろを指し示した。そちらへ視線を移したエセルは、またもや声をあげそうになる。

いつの間にか、張り出し部分の床がぽっかり開いていた。

地下に繋《つな》がる階段だ。床の扉は、普段は堅く閉ざされていて、錠が掛けられているはずだった。先ほど祭壇の陰に隠れる直前、そちらをちらりと見た時には、扉は閉じていた気がする。

「ぐずぐずしていると、奴らに見つかりますぞ」

座り込んだままのエセルを一瞥すると、老人はくるりと踵《きびす》を返して階段を下りていく。

エセルは仕方なく、老人の後に続いた。

階段の両脇にある蠟燭《ろうそく》には、これもいつの間にか火が灯《とも》っていた。老人が火を点《つ》けたのだろうか。

地下は風が通らないせいか、むしろ上より暖かかった。ただ、薄暗くて気味が悪いし、土っぽい湿った匂いが鼻をつく。

階段を降りきると、階上の建物よりさらに広い空間が広がっていた。等間隔に石棺が並んでいる。代々の王族たちが眠っているのだ。

手前は時代が浅く、石棺に刻まれた名前には覚えがあった。そして石棺の周りには、茶色く変色した植物が散らばっている。

よく見ると、薔薇の花だった。そういえば、とエセルは思い出す。祖父が亡くなった時、エセルもここに入った。列席した父や他の王族、祭司たちと薔薇の花を供えたのだ。

そうした薔薇の花々が、腐ることなく茶色く干からびて、不思議なことにずっと奥の方まで、敷き詰められるようにして続いている。

エセルが歩くと、カサカサと薔薇を踏みしめる音がする。足元を見ると、踏んだ薔薇が粉々になっていた。

しかし、前を歩く老人はかさりとも音を立てない。彼が踏んでも薔薇は元の形を保ったままだ。

「おい。もうここらでいいんじゃないか」

気味が悪くなって、老人に声をかけた。今さらながら、この老人に付いて行ってよかったのかと不安になる。

やっぱり引き返そうか。そう考えた時、前を歩いていた老人が、ふっと笑った。

「本当に今さらですな。私が刺客なら、あなたはとっくに殺されているところだ」

「ひぃっ」

エセルは悲鳴を上げて後じさった。老人は「静かに」と、呆《あき》れた声で振り返る。

「上に聞こえますぞ。それに、刺客なら、と申したのです。まったく、肝が小さい上に頭も回らないのか。……ここまで阿呆《あほう》だったか？」

「き、貴様っ、なんと無礼な。僕は王太子だ。これ以上、無礼な態度を取るなら、首を刎ねるぞ！」

老人はため息をつきながら、「どうぞ、ご随意に」と言った。エセルの虚勢など、まるで意に介した風もない。

「いったいお前は何者なんだ。えっ、偉そうに。名くらい名乗ったらどうだっ」

癪《しゃく》に障って小声でわめく。

「今、名乗ったところで、意味はありますまい。私の名はいつか、自らお気づきになるでしょう。あなたが真実を見て、逃げずに向き合うのなら、ですが」

老人は振り返らないまま、とぼけたようなことを言う。

その間も、二人は奥へと進んでいた。奥へいくほど、埋葬された石棺の年代が古くなる。最奥の中央には扉があり、その別室に建国王コルウスが眠っているとされていた。エセルは入ったことがないが、宰相レムレースも王族に準ずるとして、特別に王の隣に埋葬されていると聞いている。

老人は扉の前まで来たが、そこを素通りしてすぐ左に曲がった。数歩歩いて立ち止まる。

「こちらに」

老人が振り返って手招きをした。そこで気づいたのだが、老人の目の前の壁面に、丸い円盤のような金属が掛けられていた。

表面はつるつるしていて、いささかくすんでいるものの、蠟燭の明かりで黄金色の光沢を見せている。

「……鏡?」

「ええ。銅鏡です」

驚いた。こんなものが霊廟の地下にあったなんて。祭祀《さいし》に使われたものだろうか。

興味を惹かれ、エセルは恐る恐る鏡に近づいた。老人は一歩退き、エセルを促して鏡の前に立たせる。

「これは、真実を映す鏡です」

おごそかに言うから、エセルは思わず「はっ」と、嘲笑《ちょうしょう》した。

「真実ね。なんだ、僕の姿が獣に見えるとか？」

老人はそれを黙殺した。相変わらず顔の上半分は頭巾に隠れて見えないが、彼がエセルを見つめていることは、何となくわかった。

「憐《あわ》れな王子だ」

やがて老人が言った。エセルはカッと全身が熱くなるのを感じた。

「憐れ？　言うに事欠いて、憐れだと！　この僕がか。馬鹿にするな」

そんなはずがない。自分は薔薇の聖痕を持つ救世主、民たちの敬愛を集める尊き王太子なのだ。人に羨まれこそすれ、なぜ憐れまれなければならないのだ。

エセルが地団太を踏んでわめく間、老人は置物のようにじっと黙ったままでいた。

相手の反応がないので、エセルも次第にバツが悪くなり、悪態も尻切れになる。

エセルが静かになると、ようやく老人が口を開いた。

「これからこの鏡が、あなたに真実をお見せします。過去と現在、そして未来の真実です。目を覆いたくなるようなこともあるでしょう。しかしどうか、勇気をもってすべてをご覧いただきたい。それがあなたのためでもあるのです」

「ふん。勿体《もったい》ぶらずに、真実とやらを早く見せてみろよ。勇気をもってだって？　いいさ。どんな真実だろうが、見てやろうじゃないか」

エセルは、余裕がある素振りで言った。本当のことを言うと、この死人だらけの地下廟も、得体の知れない老人も恐ろしかった。早く自分の宮に戻りたい。

逃げ出したかったが、上にはまだフリーダとデヴォンたちがいるかもしれない。

鏡を見る以外、どうすることもできないので、「ほら、早く見せてみろよ」と、わざと居丈高に急《せ》かした。

「ではもう少し前へ。……そうです。鏡をご覧ください」

老人の言う通り、一歩前へ出て、鏡を覗き込む。不思議なことに、つい今しがた見た時にはくすんでいた鏡が、いつの間にか磨いたばかりのようにぴかぴかに輝いていた。

驚いて、まじまじと鏡を見る。鏡の中のエセルもこちらを見つめた。かと思うと、風で揺らめく水面のように、鏡の中が揺らめいてエセルの姿が見えなくなる。

瞬きをする間に揺らめきは静まったが、そこにはもうエセルの姿は映ってはおらず、代わりに豪華な天蓋《てんがい》付きの寝台が見えた。

「わっ」

びっくりして後じさった。それから周りを見て、さらに腰を抜かしそうになる。

地下廟にいたはずなのに、エセルはいつの間にか、豪華な天蓋付きの寝台がある部屋の中に立っていた。

寝台の周りを、幾人もの男女が取り囲んでいる。

「な……なんだ、これは。どういうことだ。ここはどこなんだ」

「お静かに」

耳元で、老人の声がした。よろめくエセルの身体を支えるように、がっしりとした手が両肩を掴む。

その時、外套の袖が少しめくれて、老人の腕の先が露《あら》わになった。エセルは釣り込まれるように、その腕を見る。

老人の左腕には古い傷跡があった。縦長の三角形をして、頂点から底辺へ真っすぐの線が突き抜けて伸びている。自分で傷つけたのだろうか。記号のような、不思議な形の傷だった。

「黙ってご覧ください。時はあっという間に過ぎてしまいますから」

老人が咎めるように言うので、エセルは慌てて老人の腕から視線を剝《は》がし、寝台へ向けた。

「まずは過去の真実から。あなたが見てきたこと。あなたが見なかったこと。いずれも過去の真実です」

老人の声に促され、エセルは目の前の光景をただ見つめた。

天蓋付きの寝台をよく見ると、そこに寝ているのはエセルの母だった。今よりうんと若い。化粧っけがなく、髪も乱れている。なのに、ため息が出るほど美しかった。そして彼女は、腕に赤ん坊を抱いていた。

「あれは、僕だ」

エセルは気がついた。自分が生まれた瞬間に立ち会っているのか。過去の真実とは、こういうことなのか。

興奮気味に声を上げると、また老人から「静かに」と、たしなめられてしまった。

『男の子よ。なんて可愛《かわい》らしい。私の王子様』

母の声がエセルの耳にも届いた。

赤ん坊はまだ目が開いておらず、皺くちゃで真っ赤な顔をしている。お世辞にも可愛いとはいいがたい。

なのに母は、涙を流して嬉しそうに赤ん坊を抱いていた。深い慈しみの眼差しが赤ん坊に向けられるのを見て、エセルは胸がじん、と熱くなった。

生まれた時、自分は母にこんなにも愛されていたのだ。

もっと母をよく見たい。そう思って身を乗り出したが、水面に石を投げたように景色は歪《ゆが》んで見えなくなった。

続いて、外祖父のゴドウィン卿が孫のエセルを抱き、声高に叫んでいる場面になった。

『この痣を見よ。薔薇の聖痕だ。この王子はコルウス王の生まれ変わり、救国の英雄だ』

傍らの母の、誇らしそうな顔が見える。エセルが瞬きをする間に、次々に景色が変わった。

王城の前に民衆が集まり、薔薇の聖痕を持つエセルの生誕に歓喜している。彼らの喜びの表情。それから王宮のどこかに場面が移り、エセルを抱く母と、相好を崩すゴドウィン卿、にこやかにそれを見守る七侯たちの姿が見えた。

玉座に座る父王もエセルたちを見ていたが、口元に笑いを浮かべていても、目は笑っていなかった。王の近くに侍《はべ》るフリーダは、憎々しげにエセルと母を睨んでいた。

場面はまたも変わった。少し大きくなったエセルが、とことこ歩いている。二つか三つくらいだろうか。

『ははうえ……』

母は鏡台の前に座って、熱心に化粧をしていた。そういえば、幼い頃はよくこうして、化粧をする母の背中を見ていたなと、思い出した。

『ははうえ』

幼いエセルは母に構ってほしくて、小さな手を伸ばす。しかし、それが彼女の肘に触れた途端、パシッと払いのけられた。

『もうっ、紅が綺麗にさせないじゃないの！』

怒鳴りつけられて、エセルはわあっと泣き出した。慌てて侍女たちが駆けつけ、エセルを抱いて立ち去る。母は泣き声にイライラして、綺麗に結った髪をかきむしっていた。

『泣きたいのはこっちよ！　私は王子を産んだのに、あの子は薔薇の聖痕を持つ王太子なのに。どうして陛下はまだあの女のところにいるの？　私の方が家柄もよくて美しいのに！』

彼女のわめき声に交じって、幼い子供の泣き声が遠くで聞こえた。

見ているエセルの方が泣きたくなって、瞬きをする。すると今度は、四つか五つくらいに成長したエセルが見えた。

『母上はどこに行ったの？』

『お妃様《きさき》は、別の宮殿へお引っ越しなさいました』

老いた侍女長が告げる。今の侍女長ではなく、その前にいた老女だ。エセルが少し大きくなった頃、王太子宮の予算を横領していたとかで、牢獄に入れられた。極刑は免れたが、獄死したと聞いている。

『王太子殿下はいずれこの国の王になられるのですから、もうお一人で何でもできるようにならなくては』

そう、この頃に母と引き離されたのだった。寂しくてたまらなかったのを思い出し、エセルはぎゅっと拳を握り込む。

そんなエセルの心に呼応するように、場面は王宮の小道へと変わった。

幼いエセルが、懸命に走っている。遠くに、父王の姿を見かけたからだ。

『父上』

公の場以外で、父に会うことは滅多になかった。

幼いエセルは冷たい目をした父がいつも少し恐ろしかったけれど、それでも会えば口元に笑みを浮かべて頭を撫でてくれるから、エセルは父を慕っていた。

エセルはこの日、初めて一人で王太子宮を抜け出していて、どこをどう歩いているのか知らなかった。

やがて美しく手入れされた庭に辿《たど》り着き、そこに父の姿を見たので、駆け寄ったのだ。

父は一人ではなかった。側室のフリーダと、その息子たちと楽しそうに庭を散歩していた。

父のそんな穏やかな笑顔を、エセルは初めて見た。

『父上……』

きっとその笑顔が、自分にも向けられるはず。そんな期待をして、エセルは父に呼びかけた。

しかし父は、エセルの姿を見るなり、さっと笑顔を消して険しい顔になった。

フリーダや息子たちも顔を強張《こわば》らせる。

『なぜお前がここにいる！』

父から恫喝《どうかつ》を受け、エセルはその場に凍り付いた。フリーダが人を呼んだようで、近衛兵《このえへい》と王宮の侍女らしき女が数人、エセルに駆け寄った。

『そいつを連れていけ。早く！　二度と許可なくここに来るな。ここは王の宮、わしの宮殿だ。この国の王はわしだぞ！』

エセルが迷い込んだのは、王の居宮だった。自分を抱いて立ち去る近衛兵からそう聞かされたけれど、側室と他の兄弟たちは入れるのに、自分だけがなぜ拒絶されるのか、理解できなかった。

父の拒絶が悲しくて、エセルは泣きじゃくった。母のところに行きたい、と言うと、エセルを抱いていた近衛兵は気の毒に思ったのか、幼子を正妃の宮殿まで連れて行ってくれた。

「……もういい。もうやめてくれ」

エセルは思わず言った。この先の光景は、見なくてもわかっている。だからやめてくれと言ったのに、無情にも景色は正妃の宮殿に移り変わった。

連れてきてくれた近衛兵に礼を言って、エセルは一人で中に入った。いきなり母に会いに行ったら、先ほどの父のように怒られるかもしれない。でも会いたい。

だからそうっと、隠れるようにして庭から奥へ進んだ。

母はすぐに見つかった。庭の四阿《あずまや》で、見知らぬ若い男と裸になって抱き合っていた。獣のような喘《あえ》ぎ声を上げ、だらしない顔で口を吸い合い、腰を振っている。

異様な光景だった。恐ろしくおぞましく、幼子は悲鳴を上げてその場に倒れた。

「……よくわかったよ」

エセルは吐き捨てるように言った。どれも、思い出したくもない真実だった。

エセルが生まれたばかりの頃は、母も息子を愛してくれていたのかもしれない。

しかし彼女が真に望んだことは、子を産み育てることではなかった。彼女は正妃として、夫に認められたかった。愛されたかったのだ。

しかし、王が愛したのは側室のフリーダだった。正妃が王子を産んでも、それは変わらなかった。いやむしろ、薔薇の聖痕を持つ王子を産み、実家のゴドウィン家にさらなる権威を与えたことで、王は正妃とその息子を憎んだ。

幼いエセルは、両親の愛情が欲しかった。ただそれだけなのに、拒絶され、憎まれ、母の不貞の現場を目の当たりにさえした。

「お前の言う通り、僕は両親に愛されなかった憐れな王子だ。これでいいだろ。もうじゅうぶんだ」

悔しかったが、打ちのめされた気持ちの方が大きくて、力なく言った。

土っぽい匂いが鼻をつく。明るい庭から一変、いつの間にかまた、蠟燭の明かりだけの薄暗い地下廟に戻っていた。

「じゅうぶん？　いいえ。今のは、あなたが過去に見てきた真実に過ぎません。一度は目にした光景を、そこまで恐れることはないでしょう」

老人は先ほどと変わらない、静かな声で告げる。

「まだ何かあるって言うのか」

ゾッとしたが、老人は大したことではない、というように肩をすくめた。

「これはほんの触りの触り。さあ、鏡の前にお戻りください」

逃げ出したかった。階段へ走ろうとしたが、それより早く、肩を抱かれて鏡の前に戻された。

老人とは思えないほど強い力だ。

「ご安心を。次に見るのは、あなたが愛するあの男の過去ですよ」

その言葉に、エセルはすぐさまオズワルドの顔を思い浮かべた。そして鏡は、エセルの心の動きに反応するように揺らぐ。

黄金色の銅鏡の奥に、オズワルドの姿が見えた。

鏡の中のオズワルドは、まだ少年だった。エセルと出会う、少し前だろうか。出会った頃の彼より、少し幼く見えた。

少年は、使用人に交じって働いている。

重い荷を運び、冷たい水で洗濯をさせられ、這《は》いつくばって床を拭《ふ》く。着ているものはボロで、食事は使用人と同じ、冷たいスープと硬いパンが一つだけだ。手の先は汚れてひび割れていた。

「話には聞いていたが、ひどい扱いだったんだな」

エセルは、可哀そうな少年の姿に顔をしかめた。オズワルドから、実家で冷遇されていたことは聞いていた。

正妻はオズワルドの母とオズワルドを憎み、父親のメルシア卿は正妻に逆らえなかった。正妻の実家は、メルシア家より家格は下がるが財力があり、メルシア卿はたびたび資金を援助してもらっていたからだ。

しかし、話から想像するより、実際に見るオズワルドの幼少期は過酷だった。

「冷淡で愚劣なメルシアめ。首を刎ねてやる」

愛するオズワルドになんということを。エセルは憤り、鏡の向こうにいるメルシア卿を睨みつけた。

老人がエセルの肩を抱き、軽く押した。

「もっと近づいてみましょう。彼らの心の中まで覗けるように」

肩を押されて一歩前に出ると、周りの景色が地下廟から、狭い部屋の中に変わった。

『ごめんなさい。私のせいで、お前にばかり苦労をかけて』

粗末な寝台に、オズワルドと面差しの似た女性が臥《ふ》せって泣いていた。オズワルドが傍らに立って、手を握っている。

『俺は苦労などしていません。それより、母上は身体を治すことを考えてください。ほら、卵を入れたスープです。料理人が分けてくれたんですよ』

オズワルドの母は青ざめた顔で、息子の差し出したスープを飲んだ。

彼女は確か、この数年後に亡くなるはずだ。夫を寝取ったと正妻からいじめられ、心労がたたったのだと、オズワルドから聞いた。

『早くよくなってください、母上。俺が大人になったら、この家を出ましょう。そのために、勉強もしてるんですよ』

明るい口調で話すオズワルドに、けれど母は不安そうな顔をする。

『お前はまた、図書室に入ったのかい？　見つかればまた、お仕置きを受けるのに』

『見つかりませんよ。図書室は飾りで、あいつらは近づこうともしないんだから。司書がぼやいていました。彼も俺の味方です』

『お前、家族を「あいつら」だなんて』

『俺の家族は、母上だけです』

気弱な母に対し、オズワルドはきっぱりとしていた。

――そう、あんな奴ら、家族じゃない。血が繋がってたって関係ない。俺と母上をこんな目に遭わせたんだ。いつか目にもの見せてやる。

少年の心の声が、エセルの頭に流れてくる。老人の心の中まで覗けるように、というのはこのことだろうか。

恐る恐る後ろを振り返ったが、老人の姿は消えていた。あるのはオズワルドの部屋の粗末な扉だけだ。

――俺はこんなところで終わらない。力を手に入れる。あいつらをねじ伏せて、母上を守れる力を。

少年の野心がエセルにも伝わった。それから景色は目まぐるしく変わり、少年オズワルドの日常が目の前に繰り広げられた。

少年は野心家だが、その野心を上回る努力家でもあった。

朝は使用人たちより早く起き、自分の仕事を済ませ、空いた時間には屋敷の図書室に忍び込んで勉強した。わからないところは、暇を持て余した屋敷お抱えの司書が教えてくれた。

メルシア卿は三男に最低限の教育さえ授けていなかったが、おかげでオズワルドは、上の兄たちよりよほど勉強ができた。

またオズワルドは、使用人たちの仕事を進んで手伝い、弱い者にも思いやりをもって接するので、屋敷の者たちの人気者だった。

『オズワルド様は優しい方だ。我々使用人たちのことをよくわかってらっしゃる』

『それに強い方だ。気の毒な境遇なのに、めげずに人の何倍も努力されてるんだから』

『それに比べて上の子供たちは……』

『オズワルド様が跡継ぎになって政治をなされば、この国だって良くなるだろうに』

使用人たちが口々に言う。オズワルドはこっそり聞いていた。

誰が何を言ったか、オズワルドには直接言わないけれど、本当はどう考えているのか。彼らが噂話やうっかり愚痴《ぐち》をこぼすのを、オズワルドは観察していた。

そうして抜け目なく立ち回ったおかげで、屋敷の使用人、門番から司書に至るまでオズワルドの味方だった。

それは、兄たちの家庭教師も例外ではない。

メルシア家の長男と次男には、良家の子息にふさわしく各分野の専門家が教師に招かれていた。けれど怠け者の二人は、怠けることばかり考えてろくに授業を受けようとしない。

オズワルドはこっそり彼らに近づき、専門的な質問をぶつけた。

聡明《そうめい》な三男の問いに教師たちは誰もが驚き、そしてすべて独学だと知ると、感嘆と同情が加わった。

教師たちは、愚かで傲慢《ごうまん》な兄二人にうんざりしていたから、それから喜んでオズワルドを教えてくれるようになった。

　オズワルドは兄たちにも、代わりに宿題をやりましょうかと囁《ささや》いた。

　兄たちは本当に愚鈍だったので、どうして教育も受けていないオズワルドが宿題をやれるのかさえ、考えなかった。ただ、勉強をしなくて済むと喜んで、弟に押し付けた。

　こうして兄二人は、以前にも増して勉強から遠ざかり、ますます無知蒙昧《もうまい》になった。

　対するオズワルドは、独学では及ぶことのできない専門的な教養と、宮廷の礼儀作法までも身に付けていった。

『エセル王太子をご存じかな』

　ある日、家庭教師の一人がオズワルドに言った。ビリンガムという、老いた学者だった。

　オズワルド少年は、噂は耳にしていると答えた。救国の英雄、薔薇の聖痕の伝説については、図書室に多くの書物があった。もちろん、オズワルドもそれをすべて読んでいた。

　端で彼らの会話を聞いていたエセル本人は、自分の話が出てきたのでドキドキする。

『王太子は来年、七歳になられる。その誕生会で、王太子は小姓をお決めになるだろう』

　ビリンガムはそれ以上は言わず、黙ってオズワルドを見た。聡明なオズワルドは、それだけで教師が何を言おうとしているのか理解した。

『誕生会の席で、王太子は小姓を選ばれるのですね。貴族の子弟たちが、誕生会に呼ばれることでしょう。もちろん私の兄たちも』

　オズワルドが答えると、教師は満足そうにうなずいた。

『我々、メルシア家の家庭教師は皆、あなたの聡明さを認めている。聡明なだけではない、努力を惜しまず、人への敬意と思いやりを忘れぬ徳を持っている。幼い王太子を支えるのは、そうした人物であるべきだ。王太子のためだけではない、この国のためにも』

オズワルドはうなずいた。授業を受けるようになって、この国が近年、様々な困難に見舞われていることを知っていた。

『あなたのお父上には、我々から進言しておく。一年後、王太子の誕生会に行く準備をしておきなさい。特に礼儀作法の教師から、王宮の作法をよく教わっておくように』

オズワルドが王太子の誕生会に参加できるよう、家庭教師たちが動いてくれるというのだ。

思わぬ運が巡ってきて、オズワルドは大いに喜んだ。そして決意した。

――この運を逃してはいけない。何が何でも、王太子の小姓に選ばれなければ。

オズワルドは宮中に出入りしている家庭教師から、王太子の人となりを聞いた。

『ずいぶん我がままにお育ちあそばされている。国王陛下からは疎まれ、母君も別の宮に遠ざけられているというから、お寂しいのだろう。だが、誰も王子の我がままをたしなめる者がいないのは問題だ』

生誕の瞬間から救国の英雄と担ぎ上げられ、祝福され、けれど実の両親からは愛情を受けずに育った王太子。

――少し、俺の境遇に似てるかな。

オズワルドはまだ見ぬエセルの姿を想像し、気の毒に思った。

「オズワルド……」

少年の心が流れ込んできて、エセルは胸が詰まった。やはり、彼だけはエセルのことを真に思ってくれている。

そう思った時、耳元で老人の笑い声を聞いた気がして、慌てて振り返った。

しかしそこにはやはり老人の姿はなく、代わりに図書室の書棚があった。

オズワルドはメルシア邸の図書室で、建国王コルウスの書物を読み漁《あさ》っていた。

『やはり、コルウスにはレムレースが必要なようだな』

誰もいない夜の図書室で、オズワルドはつぶやく。彼が広げた書物には、コルウスとレムレースの挿絵が載っていた。

二人が互いの聖痕を見せ合う絵で、互いの胸に薔薇と刺草の痣がはっきりと描かれている。

オズワルドはふっと笑い、挿絵をびりびりと破った。本を閉じ、書棚の奥にしまう。

「何をしてるんだ?」

驚くエセルの前で景色が変わり、オズワルドが自分の部屋の鏡に向かっていた。

シャツの襟をはだける。そこには真っ白く滑らかな肌があった。ただそれだけだ。痣はどこにもない。

オズワルドは鏡の隣の壁に、破った挿絵を鋲《びょう》で刺す。それを見ながら、手にしていたナイフを自分の鎖骨の下に押し当てた。

「オズワルド……まさか」

エセルは目の前の光景が信じられなかった。オズワルドはゆっくりと、ナイフで肌をなぞっていく。

皮一枚傷つけられ、ナイフの痕が薄《う》っすら赤く浮き上がり、それは刺草の模様を形作る。

『ゆっくりだ。ゆっくりやらなければ。まだ一年ある。刃物の傷ではなく、生まれつきの痣に見えるように、慎重にやらないとな。王太子は子供でも、周りの者に見破られたらおしまいだ』

オズワルドは独り言をつぶやきながら、慎重に自分の肌に傷をつけていく。毎日少しずつ、刺青《いれずみ》を彫るように、刺草の痣を作っていった。

「オズワルドは僕に、生まれつきの痣だと言ったんだ。これじゃあ、いかさまじゃないか」

――絶対に、王太子の小姓に選ばれる。けど俺は、それだけで満足したりしない。この国の宰相になってやる。

エセルの声に呼応するように、オズワルドの心の声が響く。

――この国は、王も貴族も愚鈍な連中ばかりだ。こんな奴らに政治を任せているから、国が傾く。俺が宰相になって国を建て直してやる。だいたい、あいつらばかりがいい目を見て、俺たち下々の者はいつだって割を食うんだ。どうして俺より阿呆な兄が、何もせず遊び惚けていられるんだ？

オズワルドの心は、野心と憎しみに満ちていた。国を建て直すという、崇高に思える目標は、彼にとっておまけに過ぎなかった。

母以外の家族を憎み、この国を食い荒らす王侯貴族たちに不満を抱き、彼らを出し抜いて自分の力を得るのが、少年の望みだった。

自分には、そうするだけの能力がある。運もある。そんな自信もあった。

日の前で時が進み、エセルの七歳の誕生会になる。

その光景は、エセル自身が目にした通りだ。しかし、オズワルドの痣の真実を知った今、目に映る過去はエセルの記憶のように美しくはなかった。

オズワルドは、我がままな王太子の気を引くために、わざと素っ気なく挨拶をする。案の定、媚びへつらわれることに慣れた王太子は、オズワルドに興味を示した。

さらにオズワルドが引くと、話ができないと癇癪を起こして暴れはじめた。

わあわあと喚《わめ》き、周りに当たり散らす。その暴君ぶりは、今のエセルと変わりがない。

しかし、自分自身の姿をこうして端で目にすると、ひどく愚かしくみっともなくて、エセルは自分が恥ずかしくなった。

暴れる王太子を誰もが遠巻きにする中、オズワルドが彼をいさめた。オズワルドはずっと、こうなるのを待っていたのだ。

――寂しがり屋のガキ。まったく、思っていた以上にバカで単純だな。

「嘘だ。オズワルドはこんなこと考えない」

オズワルド少年の心の声に、エセルは叫んだが、それに答えるものはこの場にはいなかった。

『私が怖がらせてしまったのですね。申し訳ありません』

猫なで声で言い、わざと強く摑んでいた王太子の腕を離す。もっともらしいことを言い、王太子に親身になっているふりをした。

オズワルドは幼い頃から長年、周りの人々の表情を読み、会話を聞いて、人がどういう言葉を望むのか、どんな表情や仕草が効果的か、よく知っていた。

『エセル様。どうかご自分を大切になさってください』

愛情に飢えた王太子に、慈愛に満ちた言葉をたっぷり注いでから、オズワルドは襟のスカーフをほどいた。

破れた襟の合わせから、偽の聖痕が覗く。もちろん、襟を破いたのはわざとだ。

それを見て、馬鹿な王太子が叫ぶ。

『僕がコルウスで、お前がレムレース。お前は宰相レムレースの生まれ変わりだ。伝説は本当だったんだ！』

興奮する王太子の隣で、オズワルドは満足そうに微笑んでいた。

「王太子よ。なぜそう、打ちひしがれておられるのですか」

教師が生徒に問題を出すように、老人が問いかけた。

エセルはいつの間にか、湿った地下廟《びょう》の石の床に膝をついていた。ゆるゆると顔を上げる。

「なぜだって？　信じていたのに裏切られたんだ」

「彼だけは、裏切らないと思っていたのに？　あのアンナとかいう侍女とは違うと」

エセルは老人を睨《にら》みつける。相変わらず、老人の目元は見えない。にもかかわらず、彼がどんな感情をこちらに向けているのか、わかる気がした。

彼がエセルに向ける感情はいくつもあるが、その中で最も強いのは憐《あわ》れみだ。「憐れな王太子よ」と、またも老人は呼びかけた。

「あなたが憐れなのは、嘘《うそ》を真実と思い、真実を嘘だと思い込んでいるからだ。時に他人から思い込まされ、自分でも都合のいい夢しか見ようとしない。こうなったのはあなたのせいでもあるが、あなたのせいばかりとも言えない」

「うるさい。わけのわからないことばかり言いやがって。こんなのいかさまだ。お前が僕に、嘘を見せてるんだ。何もかもいんちきだ。こんなの信じない」

早く帰りたい。香油をたらした風呂に浸《つ》かって、何も考えずに眠りたい。それからオズワルドに会いたい。会って、痣《あざ》が作り物ではないと、彼の口から釈明してもらおう。

「立ちなさい、憐れな王太子よ。いちいち嘆いてばかりでは、先に進めませんぞ。さあ立って。鏡の前へ」

「嫌だ」

これ以上、何を見せるというのだ。エセルはかぶりを振った。その腕を老人が摑《つか》んで引き上げる。ものすごい力だった。

「痛いっ」

腕が抜けそうになって、エセルは仕方なく立ち上がった。

「大丈夫、もうすぐ過去は終わります」

渋々鏡の前に立ったエセルを、慰めるように老人は言った。

よかった。もうすぐ、この拷問《ごうもん》のような時間も終わる。エセルがホッとしたのも束《つか》の間《ま》、老人はさらに囁《ささや》いた。

「もっとも、その後に現在と未来が待っているのですがね」

エセルが振り返ろうとした時、目の前の鏡が揺らめいた。

『エセルに家庭教師などいらん！』

突然、激昂《げきこう》する父王が見えて、エセルは「わっ」と飛びのいた。後ろから老人に押され、鏡の前に戻される。

改めて鏡を覗《のぞ》くと、エセルはいつの間にか瀟洒《しょうしゃ》な部屋の中にいた。

ぐるりと周りを見回して、どうやら父の居室らしいと当たりを付ける。父王の前には年老いた彼の侍従がうなだれており、父のかたわらには第二妃フリーダの姿があった。

『あいつに教育など必要ない。誰が教師を付けろと言った？』

『それが……侍女長がいつの間にか手配をしておりまして。王太子は慣例では、五つの頃から教師が付くのに、七つになってもまだ誰も付いていないからと』

侍従の言葉に、父は忌々《いまいま》しそうに舌打ちした。

『あの老婆か。代々王太子宮に仕えているからと、図に乗っているようだな。すぐクビに……いや、あの者も確か、ゴドウィン家と縁続きだったな。何か罪状をでっちあげて投獄しろ。拷問でもして吐かせてやれ。教師は今すぐクビにするんだ』

「そんな馬鹿な」

エセルは思わず声を上げた。こちらの声はどんなに張り上げても届かないようで、誰もエセルを振り返らない。

「あの侍女長は、濡《ぬ》れ衣《ぎぬ》を着せられたって言うのか？」

エセルは、厳しいだけの侍女長が大嫌いだった。いなくなってスッとしたものだ。でもエセルのために教師を付けて、それで投獄されていたなんて。

『しかし、王太子に教育を受けさせていないことが、外に知られますと……』

『そうですわ、陛下。形だけでも教師は付けるべきです。ちょうど、あのメルシア家の三男が小姓に付いたこともありますし、七侯たちに知られたら、ゴドウィンの一派が黙っていませんわ』

侍従の言葉に、フリーダが同意する。彼女が優しく父王の背中を撫《な》でると、父王はほんの少し苛立《いらだ》ちをやわらげた。

『陛下、教師は私が手配しましょう。どうせあの正妃の息子ですもの、頭は空っぽですよ。最低限の読み書きさえできればいいでしょう』

『余計な知恵を付けられても困るからな』

フリーダの提案に、父は暗い笑いを浮かべる。その顔は卑屈そうに歪《ゆが》んでいた。父王はまだ収まらない苛立ちをぶつけるように、侍従を振り返った。

『おい貴様、エセルの物覚えがいいだと？　だから何だと言うのだ。薔薇《ばら》の聖痕《せいこん》を持つ者は生まれつき優れているとでも？　どいつもこいつも、ゴドウィン家の策略にはまりおって。薔薇の痣がなんだというのだ！　この国の王は私だぞ！　なのに七侯たちは私を蔑《ないがし》ろにする！』

父が癇癪《かんしゃく》を起こして地団太を踏み始めた。その姿が自分と重なって、エセルはゾッとする。

『フリーダ、新しい教師たちに伝えろ。王太子におかしな知恵を付けるなと。だが表向きはまともに教えているふりをするんだ。徹底的にしごけ。あの生意気な小僧の鼻をへし折ってやれ。自分が大した能力のないぼんくらだと……薔薇の聖痕さえなければ、なんの取柄もないただの子供だと教えてやるんだ』

『心得ておりますわ』

父の憎しみに満ちた声と表情に、エセルはしばし、呆然《ぼうぜん》とする。

これはまだ、エセルが七歳だった頃だ。この時、幼いエセルは、いつか父が自分を振り向いてくれないかと、幾ばくかの期待を残していた。

少なくともこの時点で、父に対して生意気な態度を取ったことなどない。そればかりか、父と会うたびにおどおどしていた気がする。また庭に迷い込んだ時のように恫喝《どうかつ》されはしないか不安で、それでも父に頭を撫でてほしかった。

しかし幼い息子のそんな心情など、父はまったく理解していなかったのだ。聖痕を持って生まれ、それだけでちやほやされる王太子が憎かった。

エセルがどんな行動をとっても意味はなかった。父は、エセルの存在そのものが憎かったのだ。

「勉強だって、父上に褒《ほ》めてもらうためだったのにな」

小姓になったばかりのオズワルドが言っていたのだ。『勉強を頑張れば、陛下もきっと認めてくださいますよ』と。だから最初の頃、エセルは勉強を頑張っていた。

それがいつからか、勉強は苦手だと思うようになった。

自分を呪《のろ》う父の顔を眺めながら、エセルがえも言われぬ寂寥《せきりょう》を覚えた時、周りの景色が変わった。

馴染《なじ》みのある王太子宮の一室で、エセルが新しい教師に教えられている。

『前の先生はどうしたの？』

『前の先生方は、王太子様があまりにも物覚えが悪いので、呆《あき》れて辞めてしまわれましたよ』

新しい教師はそう告げて、医者が手の施しようのない患者を前にするように、痛ましげに首を振って見せた。

『無理もありません。ここまで酷《ひど》いとは』

『でもそこは、まだ習ってない……』

『言い訳は結構！』

教師はぴしゃりと言い、幼いエセルはうなだれた。新しい教師たちは皆、こんな感じだった。

エセルに理不尽に厳しくし、不出来を笑うことさえあった。そのくせ、エセルがわからないところを質問しても、のらくらとかわしてまともに答えない。

馬術の訓練には暴れ馬が用意され、武術の稽古《けいこ》に使われる剣は子供が扱えないような、重い大人用の剣を持たされた。

『これくらいのことも理解できないとは。同じ年の子は、もっとできますよ。王太子はどうやら、あまりお勉強が得意ではないようですね』

『大人しい馬ですのに。王太子が馬上に乗ることもできないとは嘆かわしい』

『剣が重くて持てない？　甘えたことを！　それでどうやって稽古をするのです』

教師が入れ替わり立ち替わり幼い子供に声をかける光景が、エセルの前で繰り広げられた。

椅子に座った子供の背中は、どんどん小さく丸まっていく。

何人もの教師が寄ってたかって自尊心を折るので、小さな子供はいつしか、自分は人より出来が悪くて、勉強ができないのだと確信を持つようになった。

みんなが言うのだから、自分は馬鹿なのだと。

「違う」

エセルは、しょんぼりとうなだれている過去の自分に向かって、思わず叫んだ。

「こんなやり方をされたら、誰だってわけがわからないに決まってる。教科書を読むことだって許されないんだぞ？」

どうして自分は気づかなかったのだろう。大人になった今なら、おかしいのは自分ではなく教師だったとすぐに気づくのに。

「どうして気づかなかったんだ。やっぱり僕が馬鹿なのか……」

何を信じればいいのかわからない。

　エセルは頭を抱えて問いかけたが、答えはなかった。エセルの嘆きなど意に介することなく、景色は変わっていく、時は無情に移ろう。

『お勉強はまだ、前のところから進んでおられないのですか』

　オズワルドが優しく、でもいささか不安をにじませて、幼い王太子を見ている。エセルは不《ふ》貞腐《てくさ》れてうつむいていた。

『勉強は苦手だ』

『でも、必要なことですからね。もう少し頑張ってみましょう』

　オズワルドは、やんわりと子供に言い聞かせた。小姓として側《そば》に仕えるようになり、エセルの勉強の進み具合を確認しているのだが、あまりに進まないので心配しているのだろう。

　教師が来ている時間、オズワルドはエセルの側から離れているので、どのような教育をされているのかは知らない。

　ただあまり、エセルが辛抱強くないということは教師たちから聞いていたようだ。

『私と復習してみませんか。ほら、この算数のところ……』

　オズワルドは教科書を開き、トントン、と問題を叩《たた》く。

『やだ！』

　途端、エセルは悲鳴のような声を上げて教科書を払いのけた。

『本をトントン叩くな！　耳障りだ！　僕はもう、頑張ってる。頑張ってるったら！』

エセルが突然、喚《わめ》き散らしたので、オズワルドは呆気《あっけ》に取られていた。

無理もない。オズワルドにとっては、エセルが我慢のきかない、駄々っ子にしか見えないだろう。

彼は、エセルの算数の教師が、毎日苛立たしげに本をトントンと叩き、エセルの心を傷つける言葉をかけ続けているのを知らない。

『わかりました。勉強の話はもうやめましょう』

オズワルドが優しく肩をさすり、エセルの癇癪は涙に変わった。エセルは嗚咽《おえつ》と涙をこぼしながら大好きな小姓に抱き付く。オズワルドはエセルの見えないところで、やれやれ、というようにため息をついていた。

『このまま勉強ができなかったら……オズワルドは僕を嫌いになる？』

嗚咽交じりに、幼子は言う。

この時のことを、エセルも覚えている。

自分でも、勉強ができないのが不安でたまらなかった。薔薇の聖痕を持つコルウスの生まれ変わりなのに、自分がこんなに何もできないなんて。

子供心にも、自分が両親に疎まれ、家庭教師たちから蔑《さげす》まれていることに気づいていた。

オズワルドも、彼らのようにエセルを嫌いになるのではないか。そう考えて、不安でたまらなかったのだ。

『……嫌いにならないで』

それまで呆れ顔でため息をついていた小姓は、エセルの言葉にハッと目を瞬かせた。

自分にしがみついてぐすぐすと泣く子供を見下ろし、痛ましそうに顔を歪める。

――甘ったれのガキ。

オズワルドが悪態をつく心の声が聞こえたが、その声色には悲しみともどかしさがまざっていた。

『殿下。私は殿下を嫌いになんてなりません。たとえ殿下が勉強ができなくても、嫌いになったりしませんよ』

今まで、鏡の中に映るオズワルドは、エセルに話していることと内心で考えていることが、見事に違っていた。

でも今は、この瞬間だけは本当のことを言っている。

『あなたが何者でも、薔薇の聖痕がなくても。私はあなたを嫌いになったりしません』

――聖痕なんてただの痣だ。王子は王子だ。今まで誰も、この子に言ってやらなかったんだ。

オズワルドは、強くエセルを抱きしめた。

薔薇の聖痕がなくても。エセルはこの言葉をよく覚えている。忘れるはずがない。

それは、エセルが何よりほしかった言葉だった。痣などなくても、自分は自分だと、誰かに言ってもらいたかった。

オズワルドがその言葉をくれたのだ。

そしてそれは、今までのようなおためごかしではなかった。心からの言葉だった。

「オズワルド……」

ずっとこの光景を見ていたい。

そう願った途端、感傷に浸るエセルを嗤《わら》うように、周りの風景がぼやけた。

また、場面が変わる。本の積み上がった書斎のような場所で、オズワルドがかつての師、ビリンガムに相談をしている。

『エセル殿下は、どうにも勉強が苦手なようです。本人は必死で努力をしているのですが』

『やはり噂《うわさ》は本当だったのか』

老いた学者は顎髭《あごひげ》をいじりながら、悩ましい顔をしている。

『王太子に付いているのは、優秀な教師ばかりだと聞く』

『はい。いずれもその分野の第一人者だそうです。殿下も、ご自分が努力をしても理解できないことがもどかしいようで、よく癇癪を起こされます』

『努力では、どうにもならないこともある。お前のように一つ聞いただけで十理解できる者もいれば、百を教えても一つしか理解できない者もいる。国王陛下は後者だった。おそらく、殿下も、父君に似てしまったのだろうな』

ビリンガムは言い、疲れたようにため息をついた。

『オズワルド。聡明《そうめい》なお前が王太子を支えて差し上げなさい。お前にはそれだけの能力がある。これ以上、王の権威が失われないように。七侯たちは自分たちの腹を肥やすことにばかり腐心している。このままではいずれ、この国は立ち行かなくなるだろう』

老人は堆《うずたか》く積まれた書物の間で、嘆くように額に手を当てた。彼は国の行く末を憂いているのだ。端で見ているエセルにも、それはわかった。

オズワルドも師の言葉を聞き、決意を新たにしていた。

——そうだ、エセルが人より劣っていても、俺が側にいれば問題ない。俺が王の代わりになれば。父や貴族たちを出し抜いて、笑ってやろうと思っていた。俺が七侯たちの上に立てば、積年の恨みが晴らせる。そしてそれは、この国のためにもなるんだ。

オズワルドは心の中でつぶやき、野心と興奮にその灰紫の瞳を閃《ひらめ》かせた。

再び場面が変わり、先ほどより成長したエセルが、王太子の庭を歩いている。十三、四くらいだろうか。

その後ろには、アンナの姿があった。王の側室に上がる前、まだエセルの侍女だった頃だ。

少年は膨《ふく》れっ面をして前を歩いているので、後ろにいるアンナがどんな顔をしているのか知らない。

　だがそれを端で見ているエセルは、少年の背中を見つめる侍女の眼差《まなざ》しに驚いていた。

　優しく、家族に対するような慈しみに溢《あふ》れた瞳で、エセルを見守っている。

『オズワルドが成人したら、今みたいに会えなくなる』

『でも、このまま成人の儀をしないままですと、オズワルド様はお困りになるのでしょう？』

『わかってるさ！　……僕にだって、それくらいわかってる』

　オズワルドを困らせているのは。少年はむっつりして、足元の芝生を蹴《け》り上げた。

『はい。殿下は聡明な方ですもの』

『またそれか。おべっかなんていらない』

　少年はぶっきらぼうに言い捨てる。

　エセルは思い出した。アンナはことあるごとに、エセルのことを聡明だと言った。エセル自身は勉強ができず、人より頭が悪いことに劣等感を抱いていたから、アンナがこう言うたびに悲しくて腹立たしく、でもやっぱり嬉《うれ》しかったのだ。

『おべっかではありませんよ。殿下の記憶力は素晴らしくていらっしゃいます。本だって、あっという間に読んで覚えてしまったではありませんか』

『子供用の本だろ。それくらい馬鹿でもできる』

　エセルはやはり、むすっとして言った。褒めるたびにエセルの機嫌が悪くなるので、アンナはそれ以上、言及するのをやめた。

――本当に頭の良い方でいらっしゃるのに。どうしてこうもご自分を卑下なさるのかしら。

アンナの心のつぶやきが聞こえた。

――みんな殿下は勉強が人並み以下だと……オズワルド様でさえおっしゃるけれど。私と図書室で勉強をした時は、飲み込みも早くてむしろ人並み以上だった。どうしてみんな、あんなふうに言うのだろう。

そんな光景を端で見ていたエセルは、この頃のことを思い出した。そういえば一度だけ、アンナと図書室で勉強ごっこをしたことがあったのだ。

アンナが「これはなんですか」「こちらは何と読むのですか」と聞いてきて、エセルが教えるふりをしたのだ。一緒に本を読んだり調べたりして、楽しかった。

家庭教師に見つかって、基本の勉強もできていないのにと叱《しか》られてしまい、それきりになっていたが。

――この王太子宮に出入りしている人たちは、おかしいわ。教師もそうだけど、オズワルド様も。誰も信用しない方がいいのかもしれない。慎重に動かないと。

アンナは目の前の主人を見つめながら、決意をする。

――この方をお守りしなくては。そう……今度こそ。病気の弟は救えなかったけれど、この方は守りたい。

アンナには、宮中に上がる前に病気で亡くなった弟がいた。そんな話を今、エセルは思い出した。

「アンナ」

エセルは、侍女の姿をまじまじと見つめた。こんなふうに主人に誠実な眼差しを向ける彼女が、どうして裏切るようになるのだろうか。

そんなエセルの目の前で、過去のアンナたちは遠ざかっていく。しかし、完全に別の場面に変わったのではなかった。

エセルの傍らに、いつの間にか父が立っていた。

父王が、王太子宮の外から庭先にいるアンナとエセルを見ている。

『あの娘か？　エセルが執心しているというのは』

暗い目でアンナを見つめる父王を見て、エセルはぎくりとした。父王の隣には彼の側近が控えていて、父の問いにうなずいていた。

『はい。あの娘の父はゴドウィン家に連なる家臣ではありますが、領地も持たぬ下級貴族です。ゴドウィン卿は存在すら忘れているでしょう』

『しかし、ゴドウィン家ゆかりの娘であることは事実だ。年は十九と言ったな？　顔は地味だが、なかなかいい尻をしているではないか。あれはまだ生娘だろうな』

「この……っ」

　エセルはカッとなって、王の肩を摑もうとした。しかし、これほど明瞭に見えているにもかかわらず、エセルの手は空を摑むように王の身体《からだ》をすり抜けてしまう。

「くそっ！」

『はい、おそらくは。王太子殿下はあの侍女を女としてではなく、姉のように慕っておられるようで』

『なんと。もう十四になるのにか？　意気地のないことだ。あれは女を抱けないのではないか？』

　父が嘲笑《ちょうしょう》する。エセルは悔しくて唇を嚙《か》んだ。

　幼い頃に母の不貞の現場を見たからか、エセルは女性に性的な興味が持てない。世継ぎが必要な王太子として不完全である気がして、密《ひそ》かに気に病んでいた。

『あの娘を私の閨《ねや》に連れて来い。あの小生意気な王子め、執心している侍女を奪われ破瓜《はか》されたと知ったら、どれほど悔しがるだろうな』

　エセルは息を詰めて父王を見つめた。これは過去に起こったことだ。もう事実を変えることはできない。

「やめろ……やめてくれ」

　懇願するエセルの前で、無情にも景色は変わっていく。

　アンナは王に召され、無理やりに純潔を奪われた。アンナが泣いて懇願するのに、王は笑っていた。

『お前が私に何をされたのか、お前の王子に告げ口すればいい』

王は言った。それこそ彼が望んだことだろう。彼はエセルを苦しめたかった。そのためだけに、アンナを傷つけたのだ。

しかしアンナは、これをエセルには言わなかった。

――父親のしたことを殿下が知ったら、どれほど傷つくだろう。

アンナはその後も幾度となく王に呼ばれ、彼の狂った欲望に蹂躙《じゅうりん》され、やがて懐妊した。

王がアンナを妃《きさき》に召し上げたのは、外聞もあったが、何よりエセルに自分たちの関係を知らしめるためだった。

アンナが王にされたことをエセルに黙っていたので、痺《しび》れを切らした王が、わざわざ事を公にしたのだ。

そう、あの時は本当に唐突に、アンナは王太子宮からいなくなった。

その少し前、彼女は体調を崩したと言って数日休み、エセルは心配していた。見舞いに行こうかと考えていた矢先、アンナが王の側室に上がったこと、懐妊している話を侍女長から聞かされたのだ。

あまりにも突然のことで、エセルは呆然とした。

『殿下のお耳を汚すまいと黙っておりましたが、アンナは以前から、ほうぼうで男漁《あさ》りをしていたのですよ』

呆然とするエセルに、侍女長が実は……と、打ち明ける。

この場面、鏡で見なくても、エセルはよく覚えている。

アンナが本当はどんな女だったのか、エセルの思っているような女ではないと、侍女長は言った。一緒にいた侍女たちも、こぞってアンナをこき下ろした。

『殿下や、若い男の前では慈母のように優しく振る舞っていましたが、私たちや使用人には意地悪でした。態度がぜんぜん違うんですよ』

『殿下があまりにアンナを信頼しておられるので、打ち明けられなかったのです』

『肝心な仕事は私たちに押し付けて、彼女はよく、国王陛下の居宮の近くまで行っていました。あわよくば陛下の側室になろうと、最初から狙《ねら》っていたのです』

侍女たちが神妙な顔で言うので、馬鹿なエセルはすっかりそれを信じてしまった。

『お可哀《かわい》そうな殿下。アンナは殿下の純粋なお心を利用したのですわ』

侍女長がそっと目頭を押さえる。内心では別のことを考えていた。

――あの目障りな女。ちょっと王太子に懐かれたからって、いい気になって。その上、側室に召し上げられるなんて忌々しい。でもこれで、厄介払いできたわ。家庭教師のことや他にもいちいち嗅《か》ぎ回って、鬱陶しいったらなかったのよね。

『アンナは僕を騙《だま》していたのか』

嘘を真に受けたエセルは、それから顔を合わせるたびにアンナを罵倒《ばとう》した。

それでもアンナは、自分のされたことを決して話さなかった。

ただ彼女は心の中で、エセルに繰り返し謝っていた。

エセルを守ると誓ったのに、守り切れなかった。主《あるじ》を傷つけてしまった。信頼していた侍女に裏切られ、どれほど傷ついただろう。

それでも、父がしたことを知るよりはましだ。アンナは自分の無力さを悔やみながら、エセルの心を守るためにその後も沈黙を続けた。


「アンナ」

エセルは涙を流して名前を呼んだが、その声は誰にも届かない。

父王とアンナの姿が消え、過去の自分とオズワルドの姿が現れた。

『あのあばずれ女め！　可愛《かわい》がってやった恩も忘れて！』

少年がギャンギャン喚き散らしている。さんざん暴れ回ったのだろう、すでに部屋中の調度が壊され、室内はめちゃくちゃになっていた。

アンナが父の子を身ごもり、側室になったと聞いた後だ。侍女長にアンナの悪い嘘を吹き込まれ、荒れて暴れ回った。オズワルドがなだめに現れたのだ。

『売女《ばいた》！　女はみんな同じだ。男に腰を振って宝石をねだることしか考えていないっ』

「黙れよクソガキ！　誰のせいでこうなったと思ってるんだ！」

聞くに堪《た》えず、エセルは思わず過去の自分に怒鳴ってしまった。

しかしその言葉は、すぐさま跳ね返って自分の胸を刺す。

そう、自分のせいだ。アンナはエセルのせいで老王に凌辱《りょうじょく》された。

『エセル様。我が君。傷ついておられるのですね』

オズワルドが情感のこもった声音で言うと、エセルは思わず、というように涙をこぼした。

そんなエセルを、オズワルドは抱きしめる。

『お可哀そうに』

オズワルドは、エセルが暴れたことをたしなめることはしない。

かつてはエセルの行動をいさめることもあったが、いつの間にかそれはなくなっていた。いつからだろう。

幼い頃、勉強ができなくて泣いていたエセルに、オズワルドは心から同情し、慈しんでくれた。しかし、目の前にいるオズワルドはエセルに厳しい言葉を向けることはなく、ただいたずらに甘やかすばかりだ。

『くそ……っ、アンナ。あの女……』

『どうかもう、あの毒婦のことはお忘れください。尊いあなたが名を呼ぶ価値もない女です。あなたのおっしゃる通り、女などみな同じですよ』

オズワルドに抱きしめられた少年は、その言葉を聞き、縋《すが》るように相手にしがみついた。

『僕には、お前だけだ』

自分には、オズワルドだけ。他に味方はいない。つい今しがたまで、そう思っていた。

オズワルドの言動を疑ったことはなかった。しかし今、目の前でただ主君を甘やかすだけの男に、エセルはどうにも居心地の悪さを感じる。

『私はずっと、あなたの味方です。私だけはあなたを裏切りません』

真摯《しんし》な声音で、オズワルドは言う。主君のことを心から思っている。そんな態度だ。

けれど、胸の内は違っていた。

——まったく、めんどくさいガキだな。俺が王宮に出仕して血を吐くような思いをしている間、ここでぬくぬくしていたくせに。

吐き捨てる言葉が流れてきて、エセルは胸が痛くなった。

アンナがエセルの侍女になった後、オズワルドは成人して王宮に出仕するようになり、以前に比べてエセルといる時間も減った。

それでも頻繁《ひんぱん》にエセルに会いに来てくれたし、彼はいつも変わらず穏やかな顔をしていたから、順風満帆だと勝手に思っていた。

でも実際は、違ったのかもしれない。オズワルドの心の声には、苦しさと呪詛《じゅそ》が混じっていた。

彼が王宮でどんな苦労をしていたのか、詳しく知りたいと思ったが、鏡はエセルの望みをかなえてくれなかった。

――それにしてもあの女、王に取り入るなんて玉じゃなかったのにな。王太子が彼女に懐いているのは有名だから、王の意趣返しに利用されたってところか。

驚くことにオズワルドは、自分の目で見たわけでもないのに、アンナの身に起こったことを正しく推測していた。

それでもアンナに同情する気はないようだ。鏡の中の過去を見るに、オズワルドはもともと裏表のある性格だったが、政治に加わるようになって、さらに性根が歪んだようだ。

『お前は本当に僕の味方か？』

『もちろんですとも』

『ならずっと、僕のそばにいろ。宮廷になんて出仕しなくていい』

『それは……』

――馬鹿なことを言い出しやがった。冗談じゃない。

優しい表情とは裏腹に、男は内心で舌打ちをしている。

この後、何が起こるのか思い出し、エセルはゾッとした。

「もう嫌だ。見せるな。見せなくてもわかってるったら！　おい、爺《じじい》！　聞こえてるんだろ！」

老人に向かって叫んだが、彼の姿は見えず、声も聞こえない。そして目の前では事が進んでいた。

『それはできません』

オズワルドがきっぱりと突き放し、エセルは癇癪を起こした。

『嘘つき！　僕の味方だって言ったじゃないか』

『味方だから申し上げているのです。私は政治の場に加わらねばなりません。あなたをお支えするために。あなたもいずれは、成人の儀を受けて大人になられる』

『大人になんか、なりたくない』

『たとえなりたくなくても、誰しも大人になるのです。エセル様も、もう大人ですよ』

最後の言葉が、淫靡《いんび》に響いた。オズワルドがさらりと頬を撫でると、少年はびっくりしたように男を見上げた。

そのままじっと、しばらく無言のまま見つめられ、少年はふい、と顔を赤らめながら視線を逸《そ》らす。

『僕は大人じゃない。まだ子供だ』

『身体は大人です。完璧ではありませんが。お妃をおもらいになって、子供を作ることもできますよ』

少年王子は青ざめて叫んだ。

『嫌だ。僕は妃なんてもらわない。子供だっていらない。僕は女は嫌いだ。お前だって、知ってるだろう』

幼い頃、母の不貞を目撃したことを、オズワルドにも打ち明けていた。女と子作りなんてまっぴらだと、何度も言ったのに。

『存じておりますよ。私はただ、あなたの身体が大人だということを申し上げたかったのです。子供の頃とは変わってきていることを、殿下もご存知のはずだ』

オズワルドの腕が伸び、エセルの腰に触れる。エセルの身体がびくりと震えたが、男の手を払いのけることはしなかった。

不安と、そしてわずかな期待がない交ぜになった目で、男を見上げている。オズワルドは、そんな王太子の瞳の奥を確認するように覗き込んだ。

吐息がかかるくらい男の顔が近づいて、エセルは息を呑《の》む。それでも逃げようとはしない。

やがて鼻先がわずかに触れた。

『あ……』

『大人の身体については、私が以前、お教えしたはずです』

覚えていますか、と、優しい声音で尋ねる。そうしながら、男の手はやんわりと王太子の腰や尻を撫でた。

『お……覚えてる』

ごくりと喉を鳴らしながら、エセルは答えた。男性の身体が成長するにつれ、どのように変化するのか、以前からオズワルドが教えてくれていた。

エセルには、こういうことをまともに教えてくれる者が、オズワルド以外に周りにいなかった。

『やはり、あなたは聡明な方だ』

——頭は人並み以下のくせに、こういうことだけは覚えてるんだからな。

優しい声と裏腹に、心の声は皮肉げだ。口元にだけ微笑《ほほえ》みをたたえ、エセルを見下ろす目は蛇のように鋭く、冷ややかだった。

けれど少年王子は、そんな家臣の眼差しの冷たさに気づいてはいない。

この時、自分が何を考えていたのか、エセルはよく覚えている。忘れようとしても忘れられない。

アンナへの憤りなど、もう遥《はる》か彼方《かなた》に消え去っていて、ただ目の前の男にだけ関心があった。

いつもより深く触れてくる男が、これから何をしようとしているのか。

オズワルドからは以前、男同士でもまぐわうことがあるのだと、教えられたことがある。

その時はただ教えるだけで、何もしてくれなかった。

エセルはそれから、ずっと期待していたのだ。この美しい男が、自分を恋人のように抱いてくれること、愛してくれることを、夢想していた。

ごく当然のこととして、オズワルドが自分を慕い、愛していると信じていて、疑いもしなかった。

オズワルドがエセルを抱かないのは、まだ子供だから。そんなふうに勝手に納得していた。

――やっと。

ようやく望みがかなう。

誘うように薄く唇を開き、瞬《まばた》きをした。オズワルドが小さく笑い、唇を重ねる。王太子はうっとりして目を閉じ、オズワルドはそんなエセルを変わらず冷ややかな目で見つめる。

『私の愛《いと》しい王子』

唇を離し、甘やかに囁いた。

『愛しい？　お前は僕を好きなの？　僕を愛しているか』

『もちろんです。初めて出会った時から、私はあなただけを見つめてきました。でも私たちは幼かった。大人になるのを待っていたのです』

言いながら、オズワルドは何度かエセルの唇に口づけをした。シャツの襟を開き、首筋をくすぐる。時に腰を抱き、尻を揉《も》みしだいて恥骨をまさぐった。

『あ、あ……』

たったそれだけの刺激で、少年の身体は昂《たかぶ》ってしまう。

『あなたが大人になったかどうか、確認しても?』

オズワルドは襟の合わせから手をもぐり込ませ、エセルの乳首を指先ではじく。喘《あえ》ぐ王子の耳元で囁くと、エセルは目を潤ませて上目遣いに相手を見た。

『……恥ずかしいから、僕にも確認させろ、よ……』

オズワルドの頬が、ぴくりと痙攣《けいれん》した。一瞬の間をおいて、オズワルドはとびきり美しく艶《つや》めいた笑顔を浮かべる。

『見たいのですか? 私の身体が。いやらしい方だ』

挑発すると、少年は真っ赤になる。

『ぼ、僕はただ……』

口ごもるエセルをよそに、オズワルドは『いいですよ』とさらりと言い、上着を脱いでシャツの前をはだけた。

貴公子然とした涼しげな美貌《びぼう》だが、身体は武人のように逞《たくま》しい。彼は武芸にも秀でていて、日々の鍛錬を欠かさないからだ。

『あ……』

エセルは逞しい半裸にため息をつき、続いて鎖骨の下の刺草《いらくさ》の聖痕に触れようとした。

オズワルドはさっと身を引いて、王子の手を逃れる。ムッとする王子ににやりと挑発めいた笑みを浮かべ、彼の前で今度はズボンを下ろした。

下穿《したば》きも取り払い、性器が露《あら》わになると、エセルは言葉もなくそれを見つめた。

オズワルドの男根はうなだれていたが、それでもなお逞しかった。

男はエセルに歩み寄り、深く口づける。彼の手が衣服を剝《は》いでいき、エセルは黙ってされるがままになっていた。

オズワルドはシャツを羽織ったままだったし、エセルをすっかり裸にすることもしなかった。ただ必要な部分だけをくつろげる。

当時のエセルは、そのことについて何とも思わなかった。何かを考える余裕などなかった。でも今は、オズワルドの意志がわかる気がする。

オズワルドはたぶん、この行為をとっとと済ませたかったのだ。

『男同士のまぐわい方はお教えしましたね』

『う、後ろで……』

顔を赤くしながら答える少年に、男はよくできました、というように口づける。

『そう。ですが、それはあなたが大人になるまでやめておきましょう。下手をすれば、あなたの身体を傷つけてしまいます。大丈夫。愛し合う方法は、一つだけではないのですよ』

思考を絡め取るように甘く囁いて、エセルの若い性器を手に取った。自分の性器と合わせて握り込む。

ゆっくりと手を動かすと、エセルはたちまち追い上げられてしまう。

『あ、なに……あっ』

『気持ちがいいですか』

こくこくと何度もうなずく。男が『可愛い人だ』と囁きながら口づけると、王子はもう、すっかり理性を手放していた。

エセルがたちまち上り詰め、達しそうになる寸前、オズワルドは性器を愛撫《あいぶ》する手を止める。いいところで止められてしまい、エセルは涙目になった。

『な、なんで……？』

『私の愛しい王子。私が今まで通り出仕することを、許してくださいますか。許してくださらないなら、ずっとこのままですよ』

『そんな……ずるい』

エセルの恨めし気な声は、オズワルドの低い笑いに一蹴《いっしゅう》される。

『殿下。エセル様』

そそのかすように耳朶《じだ》を甘噛みされ、性器の先をくるりと撫でられた。

『ひ……あ、わかった。許す。許すから……お願いっ』

エセルが快楽に陥落した瞬間、オズワルドの美貌に冷笑が浮かんだ。しかしそれも、理性を失ったエセルには見えていない。

エセルはただ、自分の中の快感だけを追いかけていた。いつも考えるのは、自分のことだけ。再びオズワルドの手で追い上げられ、エセルはあられもない声を上げる。人払いをしていたが、侍女たちに聞かれていただろう。でもそんなことも、エセルにはどうでもいいことだった。オズワルドはそれ以上、王子をじらすことはしなかった。

出仕することを許す。言質を取った後は、さっさと済ませようとばかりに、無言で手淫《しゅいん》をほどこす。

『ん……っ、オズワルド、オズワルド』

互いに擦《こす》り合わせるうちに、男の性器も硬く育っていた。眉をきつくひそめ、額は薄《う》っすらと汗ばんでいる。

『オズワルド……』

エセルは、うわ言のように男の名を呼んでいた。

『オズワルド。……僕のこと、好き？　愛してる？』

エセルの問いかけに、オズワルドは答えなかった。ただ相手を追い上げる手を速める。

『お願い……オズワルド。お前は……お前だけは、いなくならないでくれ……』

オズワルドの目が、わずかに見開かれた。頬がひくりと痙攣する。

エセルの潤んだ目を見つめ……しかし結局、彼はそれにも答えることはなかった。

王子の唇を噛みつくように塞《ふさ》ぎ、性器を扱《しご》き上げる。エセルが喉をのけぞらせて射精すると、少しの間の後、彼も自分の手の中に精を放った。

エセルは強すぎる刺激に、くったりと気を失ってしまい、オズワルドの胸の中に倒れ込む。

オズワルドは細い少年の身体を抱き上げて長椅子に寝かせ、自分とエセルの身体を清めた。自分の上着をエセルの身体に掛けてやる。

彼はしばらく、意識を失ったままの王子の顔をじっと見つめていた。

心の声は流れてこない。それに怖いくらい無表情だったから、オズワルドが何を考えているのか、端で見ていても読み取れなかった。

やがて彼はくるりと踵《きびす》を返し、部屋を去る。誰もいない廊下に立ってから、深いため息をついた。

『ふん』

オズワルドは、つまらなそうに鼻を鳴らした。自分の手の平を見つめる。

『男娼《だんしょう》と同じだな。俺は王太子の愛妾《あいしょう》か』

——だが、それでもいいさ。こんなことは初めてじゃない。あのバカ王子を使って、俺がこの国を牛耳ってやる。そのために身体を使うくらい、どうということもない。

心の声は、自身に言い聞かせているようにも聞こえた。

その声を耳にした時、エセルは、刺草の痣が偽物だったと知った時以上の痛みを胸に受けた。

同時に、父王に凌辱されたアンナの顔が思い浮かぶ。

父と同じことを、自分はオズワルドにしたのだと思った。

無理やりではなかった。オズワルドが自分の方から迫ってきた。でも、エセルがそれを望み、期待をした。

宮廷に身を置くことを許してもらうために、オズワルドは身体を差し出したのだ。

「オズワルド。……すまない。すまなかった」

父と同じことをした、自分がおぞましい。自身が嫌で嫌でたまらず、自分の左腕を爪でかきむしった。

皮膚が破れ、血が滲《にじ》む。それでもかきむしるのをやめられなかった。自分が許せない。

腕をかきむしるエセルの前で、景色が変わっていく。

時は次々に移り、風景は目まぐるしく変わった。様々なものが見えた。

正妃の宮殿で、酒と享楽に溺《おぼ》れて醜くむくんでいく母の姿。側室となったアンナに、次第に飽きていく父。ほくそ笑むフリーダの表情。

オズワルドが宮殿で働く姿も見えた。

彼は多くの貴族から妬《ねた》まれ、時に嫌がらせを受けている。強《したた》かに立ち回って足場を固めていく様が見て取れたが、彼が血を吐くようなと形容していた通り、周囲のいじめや嫌がらせは時に、見ているこちらの息が詰まるほど、ひどいものだった。

エセルが知らない人々の様子も見えた。

どこか辺境の地で飢饉《ききん》が起こり、痩《や》せこけて死にゆく人の姿がある。また別の土地では水害が起こり、人や家が流された。

街でもその日の食べ物に困り、雨風を凌《しの》ぐ家すら持たない子供たちが路上で死んでいた。でもそれは、下々の出来事。王侯貴族は民草のことなど歯牙にもかけず、贅沢《ぜいたく》に耽《ふけ》っている。

地方の子供たちが飢えて草の根を齧《かじ》っている頃、王太子の少年は料理が不味《まず》いと周りに当たり散らし、皿に載ったご馳走《ちそう》を床に投げ捨て、足で踏みにじっていた。

気づくとエセルは地下廟の石畳にへたり込み、呆然としていた。左腕から血が流れ、頬を濡《ぬ》らしていた涙は、とうに涸《か》れ果てている。

「——これは本当に、すべて真実なのか？」

自分は今まで、何を見てきたのだろう。足元がガラガラと音を立てて崩れていく気分だった。これから先、何を信じればいいのかわからない。何が真実で嘘なのか。

自分の目で見ているものさえ信じられない。

「ええ、残念ながら。この鏡は、真実以外は映しません」

老人の声が変わらず冷静なのが、腹立たしかった。

「どうして僕に、こんなものを見せる」

憎しみを込めて老人を睨むと、彼は喉の奥で低く笑った。その冷たい笑いが、オズワルドを彷彿《ほうふつ》とさせた。

「それが私の役割だからです。そして真実を見るのがあなたの役目だ。立ちなさい。泣いてうずくまって、何になるというのです？　起こってしまったことは変えられない。だが未来は変えられる」

「……どういうことだ」

老人はいったい、これを見せてエセルをどうしようというのだろう。

老人は答えず、「立ちなさい」と、繰り返した。

「まずは真実に目を向けなければ。今まで知らなかったこと、知ろうとしなかったこと、知るはずのないことを見るのです」

まだこの残酷な真実を見続けなければならないのか。知らないままでいたほうが良かったのではないか。

力なく座り込んでいると、老人はにこりと口元を笑いの形に引き上げてみせた。

「ご安心を。もう過去の真実は終わりです。今から現在の真実をご覧にいれましょう。周りから寄ってたかって目隠しをされたあなたが、どれほど愚鈍な王太子に育ったのか。威張り散らすしか能のないあなたの周りで今、何が起こっているのか。あなたは見る必要がある」

馬鹿にしているのか、と怒鳴る前に、老人はエセルの左腕を摑んだ。自分でつけたばかりの傷が痛み、思わず顔をしかめたが、老人はお構いなしに怪我《けが》をした腕に力を込める。

老人に引きずられ、エセルはまたも鏡の前に立たされた。


『この薬を毎朝ほんのひとつまみ、エセル様のお茶に入れるように』

侍女の一人が、新しくはいった若い娘に教えている。娘は今朝、エセルにお茶を出した使用人だ。

「これが、現在……」

エセルは周りを見回した。王太子の宮殿の、炊事場の一角だ。

エセルは滅多に入らないが、この景色は間違いない。

『忘れずに必ず入れること。本当にひとつまみよ。この薬は苦いから、入れすぎたらお茶の味が変わってしまうの』

『何のお薬ですか。王子様は、どこかお悪いのでしょうか』

使用人にとっては、素朴な疑問だったのだろう。しかし侍女は、たちまち表情を険しくして、娘を睨みつけた。

『余計なことは聞かなくていいの。私も侍女長から渡されただけで、何の薬だか知らないわ。殿下は癇癪持ちだから、その薬でしょ。……いいわね？　もし言いつけを忘れたら、鞭《むち》で打ってやるからね』

鞭打ちと聞いて、娘は震えあがる。娘は言いつけを守って、エセルのお茶に薬を入れた。ほんのひとつまみ。しかし、そのひとつまみは少々多かったようだ。

『なんだ、このお茶は。不味いじゃないか！』

お茶が苦いと、エセルが怒鳴り散らしていた。

そう、今朝のお茶はいつもより苦く、変な味がした。エセルは今朝のことを思い返す。あれは、気のせいではなかったのだ。

「何の薬なんだ？」

自分が薬を飲まされていたなんて、知らなかった。侍女は侍女長から渡されたという。

嫌な予感がして、エセルは思わず自分の腕で身体を抱きしめた。

目の前では薬を入れすぎた使用人が、侍女に鞭で打たれていた。何度も鞭打つので、服が破れて皮膚には血が滲んでいる。エセルは思わず目を背けた。

そうしている間に場面が変わり、鞭を打っていた侍女が、仲間の侍女たちとおしゃべりをしていた。

だらしなく足を投げ出し、めいめいが爪の手入れをしたり、本を開いたりしながら、お茶を飲みお菓子をつまんでいる。

『新しい使用人はダメね。あれだけ言ったのに、薬の量を間違えるんだから。おかげで私まで殿下に当たられたのよ』

『本当に殿下って、毎日イライラしてるわよね。発情期の猫みたい。そのくせ、オズワルド様がいらしたら媚《こ》びちゃって。さっきも「オズワルド～」だって』

侍女の一人が、エセルの真似《まね》をする。他の侍女たちは、それを見てゲラゲラと笑った。

『やだ、気持ち悪い。発情したメス猫みたい』

『いくらお顔がよくても、あれじゃあねえ。オズワルド様も大変だわ』

『今頃また、殿下にご奉仕させられてるのかしら』

自分を嘲笑《あざわら》う侍女たちの姿を見て、エセルは拳《こぶし》を震わせた。

「こいつら……僕の前ではいつも震えて、這《は》いつくばってるくせに」

こんな風に思っていたのか。

『でもそのお顔だって、最近はむくんで来てるじゃない。肌もガサガサでひどいもんよ。お酒のせいかしら』

爪の手入れをしていた女が言うと、他の侍女たちは無言で顔を見合わせた。

『やっぱり、あの噂は本当なのかもね。毎朝、殿下のお茶に入れてる薬……』

一人が言いかけ、もう一人が『やめてよ』と、慌ててそれを制した。

『おかしなこと言わないで。こっちまでとばっちりが来たらどうするの。私たちは何も知らない。侍女長の言いつけを守ってるだけ』

侍女たちは気まずそうに、めいめいで視線をさまよわせたが、やがて気を取り直したようにうなずき合った。

『そうよ。余計なことは言わない。殿下の癇癪さえやり過ごせば、あとは好き勝手できるんだから』

『そうそう。どうせ殿下は酒浸りだしね。私たちはこうやって、仕事もしないでのんびりしてられるわけ』

『たまにこうして、お小遣いも入ってくるし』

侍女の一人はそう言って立ち上がると、壁際の飾り棚の上に置かれた、小物入れを取って服の下に隠した。

それから仲間たちに「どう？」というように両手を広げて見せる。みんなクスクス笑って、咎《とが》めることはなかった。

王太子宮の調度は、言うまでもなく王太子、エセルのものだ。それを悪びれもなく盗んで、仲間たちも咎めない。常にこうしたことが行われているのだ。

『ちょっとみんな、盗りすぎじゃない？　内装の予算がかかりすぎるって、王宮の会計係に文句を言われたわよ』

『仕方ないじゃない。王太子が毎日壊しちゃうんだから』

『壊した調度も、金や宝石はバラして売れるんだけどね』

侍女たちはこうして調度を盗んでは、エセルのせいにして新しいものを購入していたのだ。

『それに侍女長に比べれば、私たちのすることなんか可愛いものよ』

『王太子宮の予算で、屋敷を建てたって言ってたものね。愛人と過ごす屋敷を』

『だいたい、そこまでされて気づかない方が悪いのよ。酒を飲んで男に腰振って……あれが王太子なんだから』

侍女たちの悪口は、留《とど》まるところを知らない。

エセルは、そんな彼女たちの顔を一人一人、目に焼き付けていた。彼女たちが何を言ったのか、一言も漏《も》らさず覚える。

そうすることしか、今のエセルにはできなかった。どんなに憤っても、目の前の彼女らを殴りつけることはできない。黙って見ているしかない……今はまだ。


目の前の景色が揺らいで、オズワルドが現れる。

先ほど、エセルと語らっていた客室だ。オズワルドがちょうど帰るところだった。

いつもなら、オズワルドの顔を見ただけで仔馬《こうま》の足みたいに心臓が跳ね上がるのに、今はひやりと冷たくなった。

過去の真実の中で、彼の本性を見てしまったからだ。

現在の彼が、心の中で何を言い出すのか、怖くてたまらない。

『あなたは何も心配せず、ただ私のそばにいてくれさえすればいいのです』

優しい声で、オズワルドが言う。手の甲と額に口づけをすると、目の前にいるもう一人のエセルは、呆《ほう》けた顔になった。

その顔が、自分の母親の顔と重なって見えて、エセルは吐き気を覚えた。

男と抱き合って腰を振っていた、だらしなく歪んだ母の顔だ。

目の前のエセルは、自分を見るオズワルドの冷ややかな眼差しにも気づかない。

でも今は、気づいてしまった。

「お前はこんな目で、僕を見ていたんだな」

悲しみとも怒りともつかない、やるせない思いがこみ上げ、エセルはつぶやく。

口元だけの薄笑いを浮かべるこの男が、どうして自分を愛していると思ったのか。

軽蔑しきっていると眼差しだけでわかるのに、自分は気づけなかった。

昔、まだ幼かったエセルが、勉強ができなくて泣いてしまった時、オズワルドは心から慰めてくれた。

嫌いになりませんよと、約束してくれたのに。

でも今のオズワルドは、エセルを嫌って軽蔑している。オズワルドは変わってしまった。

いや、エセルが何もせず、変わらないまま今日まで過ごしてきたからだろうか。

『それではまた』

オズワルドはエセルの前を辞し、廊下に出る。部屋から少し離れた廊下の途中に、オズワルドの護衛騎士が控えていた。オズワルドと同じくらいの年格好の、端整な顔をした軽薄そうな男だ。

二人はしばらく、無言のまま連なって廊下を歩いていた。

やがて屋敷の外に出ると、オズワルドはいきなり地面に唾を吐いた。手巾を取り出して手と唇を拭《ぬぐ》う。そしてその手巾を、そのまま地面に放り捨てた。

そんな主人を見て、騎士は呆気にとられるどころか、にやりと笑った。

『今日もまた、薔薇の王子に迫られたので？』

オズワルドは騎士をじろりと睨み、ふん、と鼻を鳴らした。

『薔薇の王子、薔薇か。はっ。……酒を飲んで俺に媚《こ》びを売る以外、することがないのだ。昔はもう少しましだったのに。あれでは傀儡《かいらい》にすらならん。存在そのものが害悪だ。それでも俺はまだ、あの男にすがらねばならん』

自分すら呪わしい、というように、オズワルドはため息をついた。

『それも今だけのこと。ご辛抱ください。いずれあの王子が即位すれば、あなたの時代になりましょう。我々はそう信じて、あなたに付いているのです』

『わかっている。俺だってそう信じているさ。だが、あの男のむくんだ顔を見るたびにうんざりする』

『むくむ？　以前、お見かけした時は、美しい青年だと思いましたが』

騎士の言葉を嘲《あざけ》るように、オズワルドは唇の端を歪めて笑った。

『酒に溺れて今は見る影もない。母親にそっくりだな。あれは……醜い男だよ』

エセルは、思わず自分の顔に手をやった。先ほど、自分の顔と母の姿が重なったのを思い出す。

『今日はもう、お屋敷に戻られますか？』

『いや。今日は三番目の女のところにいく』

『御意に。すぐ馬車を出させます』

目の前の視界がぼやけて歪んでいく。また景色が変わるのかと思ったが、違った。

涙が溢れて、前が見えなくなっていたのだった。

二人の声を聞きながら、エセルは静かに目を閉じた。

再び目を開くと、目の前にアンナがいた。今度はエドワードも一緒だ。

アンナは縫いものを、エドワードは本を読んでいる。

質素な室内にいて、いったいどこにいるのか、エセルはしばらくわからなかった。

調度らしい調度もないここが、アンナに与えられた宮殿の中だと気づいたのは、エセルも見覚えのあるアンナ付きの侍女が現れたからだ。

『アンナ様。ご相談があるのですが』

遠慮がちに声をかけられ、アンナは息子を部屋に残して廊下に出た。

侍女の相談とは、金の話だった。

『やはり、どうしてもお金が足りません』

『もう少し、食費を切り詰めたらどう?』

『もうこれ以上は無理です。今だって十分な量ではないのです。私たちはともかく、育ち盛りのエドワード様が、あまりにおかわいそうですわ』

『そうね。かと言って、エドワードの身の安全を考えると、警備は減らせないし』

アンナは悩ましげにため息をつき、頭の中でこの宮の人手と予算について計算する。

彼女の思考が流れてきて、エセルは愕然《がくぜん》とした。

最低限の警備と数名の使用人、侍女はたった一人きり。この宮殿にいるのはそれだけだ。

「なぜだ？　王族には毎年、決まった手当が支給されるはずだ」

もちろん、側室も例外ではない。フリーダは相当に潤沢な予算が当てられているようで、いつ見ても違う豪華なドレスを身に着けている。

そういえば、と、改めてエセルは、目の前のアンナを見る。

彼女のドレスは、王の側室とは思えないほど質素だ。侍女も身分にふさわしい装いとはいえず、二人とも袖口や裾を繕った跡があった。

『このままでは、とてもやっていけません。陛下に直訴されてはいかがでしょう。ご正室様の差し金だと暴露するのです。ご正室様のご実家と陛下は仲が悪いのですよね』

『無理よ。確かに陛下はゴドウィン家を嫌っていらっしゃるけど、私への興味もないもの。ゴドウィン家とやり合うくらいなら、いっそ私が飢え死にしてほしいと思っているはずよ』

「そんな……」

『ひどい、あんまりです』

エセルと、侍女の声が重なった。

側室であるアンナの予算が、大幅に削られている。それは正妃、エセルの母の差し金らしい。

母ならやりそうだと、エセルは思った。

一時でも王の寵愛《ちょうあい》を受けたアンナに嫉妬《しっと》し、実家のゴドウィン家の力を使って予算を削らせたのだろう。寵妃のフリーダには手が出せないから、アンナに嫌がらせをすることで憂さを晴らしているのだ。

『王に召し上げられたばかりに、こんなことになって……。アンナ様は何も悪いことをなさっていないのに。王宮の人たちはみんな非道です』

『そんなことを言ってはだめよ。誰かに聞かれたら、牢《ろう》に入れられるわ』

アンナは侍女をなだめ、それから首にかけていた首飾りを外して、侍女に渡した。

『これは……アンナ様のお母様の形見ではないですか』

『仕方がないわ。これを売って当座を凌ぎましょう。後のことはその時に考える』

エセルは唇を噛んだ。この場で、そうすることしかできない自分が腹立たしかった。

さっき、自分はアンナに何と言った？　いや、今まで幾度となく、贅沢《ぜいたく》三昧しているだろうと詰《なじ》ってきたのだ。

彼女はエセルの母のせいで、食べるものにさえ困っていたのに。

『母上』

侍女が去ると、エドワードがおずおずと部屋から顔を覗かせた。手を広げた母親の腕の中に、すぽっと身体を埋《うず》める。

そうして見ると、彼の身なりもずいぶん粗末だった。彼が王子だと言っても、誰も信じないかもしれない。袖は丈が足りず、肩も窮屈そうだ。

年の割に小さく見えるが、もしかして食べ物が足りないせいだろうか。

『どうしたの、エドワード』

『兄上は、母上やぼくのことがお嫌いなの？』

不安そうな声に、胸がずきりと痛んだ。今までエセルは、この幼い弟にも心無い言葉を投げつけてきた。

妬ましく、憎らしかったからだ。アンナの息子として生まれ、彼女に愛されているエドワードが。

アンナと共に、父王の寵を得ていると思い込んでいた。弟は、エセルが欲しかったものをすべて持っている。だから憎んで、意地悪をした。

でも、本当に父がエドワードのことを考えていたら、今彼は、こんな粗末な格好をしていないはずだ。

父はアンナへの興味を失っているという。王の寵愛も実家の後ろ盾もなく、この母子は王宮の片隅に忘れ去られていた。

『まあ。エセル様があなたのことを嫌いだなんて。そんなことありませんよ』

アンナが優しく息子を抱きしめる。エセルの胸はまたずきりと痛み、エドワードを羨《うらや》ましく思ったが、もう憎しみはなかった。むしろ、罪悪感でいっぱいだった。

『いつも言っているでしょう。あなたのお兄様は、大変なお立場なの。誰一人味方がいなくて、ご苦労をされているのよ。だからあんな風に難しい顔をしておられるけど、本当はお優しい方なの。ちょっとわかりづらいけどね』

『ぼくたちのこと、本当に嫌ってない？』

『もちろん。いつだって私たちのことを気遣ってくださっているわ。だからあなたも、今のうちにしっかりお勉強をして、エセル様が王様になったら支えて差し上げてね』

『……うん』

エドワードは、母親にぎゅっとしがみつく。

彼がいつもニコニコと、無邪気にエセルを見るわけがわかった。

アンナはこんな目に遭ってさえ、エセルのことを決して悪く言わない。だからエドワードも、エセルを嫌わなかったのだ。

しかし現状は、アンナの言葉とは違う。エセルはエドワードを憎んでおり、それはアンナもよくわかっていた。

――でも今はまだ、この子に真実を知らせて絶望させたくない。どうすればいいのだろう。

エドワードもエセル様も、どちらも大切なのに。

アンナの懊悩《おうのう》が伝わってくる。

「どうしてそんなに、僕を思ってくれるんだ。こんなにひどい目に遭ってるのに。恨まれても当然なのに！」

エセルは叫んだ。この問いを直接ぶつけたら、彼女は答えてくれるだろうか。

再び場面は、王太子宮の玄関先に戻った。オズワルドが去った直後のことだ。

彼が護衛騎士と連れ立って帰っていく後ろ姿を見ながら、一人の老人が不自由な足で地面にかがみこんだ。

老人は、オズワルドが捨てた手巾を拾う。

顔は日に焼けて皺《しわ》だらけで、指は節くれだっていた。爪の先は泥で黒く染まっている。

庭師の老人だと、エセルは思い出す。

「まだ働いていたのか」

もうずいぶん、姿を見ていなかった。うんと幼い頃は、彼が庭仕事をするのを見るのが好きで、よく後を付いて回った。

ある時、前の侍女長に「王太子のすることではありません」と、咎められ、それきり疎遠になっていた。

侍女たちが、庭師たちの泥の詰まった黒い爪の先を見て「汚らしい」と、眉をひそめ、エセルはそういうものなのだと彼らを遠ざけるようになった。

でも昔はエセルも、手を真っ黒にして土をいじっていた。庭師の手も汚いとは思わなかった。

あの時分からすでに年老いていたから、もうとっくに辞めたと思っていたのに。

『爺《じい》さん。今日はもう上がろう』

老人は別の庭師に声をかけられ、小さくうなずいた。二人の庭師は、身分の高い人たちの目に付かないよう、庭を大きく回って庭師小屋へ戻っていく。

『爺さんのおかげで、今年も何とか薔薇が咲いたな』

『……ん？　ああ。王太子様も喜んでくださるだろう』

『どうかな。あの方は庭なんか見ちゃいないんじゃないか』

老人は先ほど拾った手巾をいじりながら、『そんなことはない』と、怒ったように言った。

『王子様は花や草がお好きなんだ。幼い頃はいつも、楽しそうにわしの後を付いて回っていた』

『爺さんは、王太子びいきだもんな。確かに昔は、可愛らしい王子様だった。今じゃ見る影もないが』

もう一人の庭師が、ぼやくように言う。老人はそれを聞いているのかいないのか、『あの方は、わしらよりうんと賢いんだ』と、つぶやいた。

『花も草も、教えた端からぜんぶ覚えちまう。名前も育て方も、何もかもだ。一度覚えたら、忘れないんだと。あの方は優しくて聡明な方だ。今はちょっとばかり、燻《くすぶ》ってるだけさ』

『爺さんがそう言うなら、そうなんだろうな』

二人の声は穏やかだった。エセルはいつまでもその声を聞いていたくて、目をつぶって耳を澄ませた。

『いやだわ、霊廟なんて辛気《しんき》臭い』

『しかし、他に話せるところもありませんから。ここならば衛兵もおりません』

男女の声がして、エセルは目を開けた。

すぐ足元に日時計があって、午後四時ぴったりを示している。エセルがこの霊廟に逃げ込む直前の光景だ。

目の前を、少し前の自分が慌てたように横切り、霊廟の中へ入っていく。

そのすぐ後から、七侯のデヴォン卿と王の寵妃フリーダが現れた。彼らは人目をはばかるようにして、何やら話し合っていた。

『メルシア家さえ引き込めば、ゴドウィン派の票を上回ります』

『本当に大丈夫なの？　あの妾《めかけ》の三男坊が、横やりを入れて来ないかしら』

『あの若造には、何もできませんよ。若い貴族や官吏たちの支持を集めていますが、皆、身分の低い者たちばかりだ。何の力にもなりはしません』

『けど、油断はならないわ。短い間に、確実に力をつけている』

風が強くなり、森の葉擦れの音で声が聞こえにくくなる。エセルは彼らのすぐ近くまで寄って耳をそばだてた。

『それでもあやつは、王太子の寵愛がなければ、たちまち力を失うのですから。今日もまた、王太子の宮殿に通っているそうですよ』

『王太子は先が長くないというのに。滑稽だこと』

フリーダがおかしそうに笑う。エセルはその言葉にどきりとした。デヴォンが声をいっそうひそめる。

『その件ですが、少し大胆ではありませんか。その……万が一、露見した時には』

『その時は、侍女長を処分すればいいだけのことよ。侍女長が王太子宮の予算を横領し、王太子に咎められたので毒殺しようとした。筋書きとしては、こんな感じかしら』

侍女長が毒殺。ではやはり、エセルが毎日飲まされている薬は、毒だったのだ。

侍女長に言われて使用人たちが朝のお茶に毒を盛り、その侍女長はフリーダから命じられていた。

『間抜けな王太子は、毎日癇癪を起こして周りに当たり散らしてる。まあ、あの薬を飲んでいれば誰でもそうなるんだけど。今は酒も手伝って、臓腑《ぞうふ》もボロボロでしょう』

『といって今、死んでもらっては困ります。まだ、薔薇の聖痕は国民に人気がありますからな』

『民のことなどどうでもいい。重要なのは宮廷よ。ぐずぐずしてたらあの爺が先に死んでしまうわ』

爺とは、国王のことだろう。以前からあまり、体調が思わしくないと聞いている。

若い頃は頑健だったそうだが、長らく怠惰で享楽的な生活を送っていたから、体調を崩しても誰も疑問に思わなかった。

しかしそれは、エセルも同様だ。酒に溺れた王太子が不調を訴えても、周りはさもあろうと呆れるばかりで、毒を盛られていたとは考えない。

『そこも、重々承知しております。ただこのところ、ゴドウィン派も警戒しておりましてな。メルシア侯爵には慎重に近づかねば、こちらの意図を悟られる恐れがあります』

その時また、強い風が吹いた。目の前を木の葉が舞い、エセルは思わずそれらを避けようと、手をかざした。

木の葉はエセルにぶつかることなく、すり抜けていく。

その間に、二人の姿は見えなくなっていた。

「待てよ。二人はいったい、何を企《たくら》んでいるんだ？　もっと聞かせてくれ！」

王の寵妃、フリーダは遅効性の毒でエセルを弱らせ、最終的には亡き者にするつもりだった。

そして七侯の一人、デヴォン卿と結託して何やら企てている。

詳しく知らなければと思った。しかし、いくらエセルが望んだところで、鏡の真実は止まることがない。

目の前をまた、よくわからない景色が通り過ぎていく。

さびれた港街が現れたかと思えば、農村や炭鉱といった場面もあった。どの土地でも、民たちは貧しく飢えていた。

エセルは流れていく風景を、瞬きもせずにじっと見つめ続けた。

「少しはましなお顔になりましたな」

老人の声と共に、地下廟に戻ってくる。今度はへたり込むことなく、鏡の前に立ったままだった。エセルが振り返って老人を睨むと、相手は喉の奥で笑った。

「いいから早く、先を見せろよ。過去と現在、あと未来があるんだろ。もう驚かないさ。どうせ僕は、フリーダに毒殺されるんだ」

威勢よく言ってはみたが、本当は恐ろしかった。自分の死ぬところなど見たくはない。自分がいつどうやって死ぬのか知っても、どうすることもできない。この先の人生で待っているのは、絶望しかない。

「これからあなたが見るのは、これまでご覧になった真実に連なる未来。あなたが真実を知らず、愚鈍な豚のように生き続けた結果、起こる未来です」

「それじゃあ、未来は変えられるってことか」

希望をもって尋ねたが、老人は肯定も否定もしなかった。

「まずはご覧ください。あなたがこれまで目にした過去と現在、それらが引き起こす結果を」

エセルは言われた通りにした。抗《あらが》ったところで、どうせ見せられるのだ。

鏡が揺らめいて、まず現れた光景に目を疑った。

豚が一匹、寝台で嬌声《きようせい》を上げている。

いや、豚だと思ったが、人だった。ぶくぶく太った、醜い男だ。裸で、あられもなく足を広げ、若い男を受け入れている。

エセルがさらに目を疑ったのは、女のように喘ぐその豚が、自分自身だったからだ。

顔も身体もむくみ、だらしなくたるんでいたが、顔立ちはエセルに他ならない。実際、エセルを抱く若い男も、腰を振りつつ何度かその名を呼んでいた。

寝台には、エセルと交わっている男以外に、何人も若い男がはべっていた。

みんな銀髪で、紫がかった瞳をしていた。どことなくオズワルドに面差しが似ている。

自分がオズワルドへ向けた恋情の、その成れの果てがこの光景なのかと、エセルは悲しい気持ちになる。

やがて、エセルが声を上げて果てる。エセルを抱く男は達していないようだったが、男は身体を離した。エセルは枕もとの宝石箱を開け、大粒の宝石がついた指輪を男に与える。

『国王陛下。どうか私めにもお情けを』

別の男が媚びた顔で、エセルを抱こうと待ち構えていた。明らかに宝石目当てだが、エセルは求められて嬉しいというように、ニンマリ笑った。

喉が渇いたと言って酒を持ってこさせ、盃《さかずき》の酒を一気にあおる。異変が起こったのは、その直後だった。

エセルは酒に軽く咽《むせ》た後、盃を男たちに渡すと、胸を押さえ始めた。その顔が苦悶《くもん》に歪む。

『陛下？』

異変に気づいた男たちが、怯《おび》えたように後じさる。エセルはしばらく苦しんだ後、裸のままばったり仰臥《ぎょうが》した。

男たちはしばらく遠巻きにそれを見ていたが、やがて恐る恐るエセルの顔を覗き込んだ。呼吸が途絶えているのを確認すると、誰かが『豚が死んだ』とつぶやく。

『豚が死んだぞ！』

男たちの顔には、怯えと喜色が同時に浮かんでいた。男の一人がエセルの亡骸《なきがら》を蹴飛ばすと、他の男たちもそれに続く。

『もう、醜いこいつの相手をしなくていいんだ』

『どうして死んだんだ?』

『さあな。酒を飲んで菓子ばかり食ってたからだろ』

『ざまあみろ。奴隷のように扱いやがって。反吐《へど》が出る』

男たちはひとしきり亡骸を蹴り、唾を吐くと、こぞって宝石箱の中身を奪い合った。それだけでは飽き足らず、部屋にある金目の物を摑み、服を着ると、そそくさと逃げていく。

エセルの死体はそのまま、誰もいない部屋に取り残された。


風景が次々と変わった。

こういう時、これまでは見知らぬ土地や人物ばかり見えたのだが、今度はオズワルドが登場することが多かった。

彼はいつも難しい顔をして、休むことなく働き続けていた。その顔には目に見えて疲労の色がある。

多くの者がオズワルドに従っているようだから、それなりの地位にあるのだろう。彼が望んだことのはずなのに、そして彼が疎むエセルは死んだのに、少しも嬉しそうではない。

やがて時の流れは止まり、エセルは見知らぬ部屋の中にいた。

『エドワード様。これよりあなたが新たな王となられます』

十四、五歳と見える少年に、今より少し年を取ったオズワルドが、鎮痛の面持ちでそう告げた。少年になったエドワードは同じく、憂いを含んだ瞳を伏せた。

『第一王子と第二王子は』

『屋敷はもぬけの殻でした。財産は綺麗《きれい》に持ち出されており、おそらくはフリーダたちと同様、国外へ逃げたのかと』

エセルは、状況が飲み込めず周囲を見回した。

さっき、自分が死ぬところを見た。国王陛下と呼ばれていたから、即位した後だろう。

あの調子では跡継ぎなど作っていないだろうから、慣例に従えばエセルの兄弟が次の王となるはずだ。

フリーダたちにとっては嬉しいことのはずなのに、なぜみんな国外に逃げたのか。悪事が露見して追われたにしては、オズワルドたちの表情が浮かない。

『暴徒が、王都の半分を制圧したと報告がありました。いずれこの王城も彼らの手に落ちるでしょう』

エセルの問いに答えるように、オズワルドが静かに語る。

『城の兵士たちは？』

『残っているのはほんのわずかです。あとは暴徒の側に付きました』

『それはもう、暴徒ではない。革命軍だね。マルジンの授業で習ったよ』

エドワードがわざと明るく言うと、オズワルドは慈愛のこもった眼差しで微笑みを返した。

『王子が優秀な生徒だと、マルジンは申しておりましたよ』

『マルジン・カレグも、すごい学者だったと思う。僕はあの人の生徒だったのを、誇りに思うよ』

『彼も天国で喜んでいることでしょう。マルジンを登用したことは、私の唯一の慧眼《けいがん》でした。もっとも、私が取りたてさえしなければ、彼ももう少し長生きできたでしょうが』

『オズワルドだって、ここまで国の財政を立て直したんだもの。優秀な宰相だよ』

沈み込んだオズワルドを取りなし励まそうとしてか、エドワードの口調は終始明るい。

オズワルドは何かをこらえるように目をつぶった後、エドワードの前にひざまずいた。

『エドワード様。今からでも遅くはありません。どうかアンナ様とお逃げください』

『みんなを置いて？　そんなことできないよ。もうこの城に残った王族は僕一人だもの』

『こうなったのは、あなたのせいではありません。あの狂ったエセル王が……いや、代々の王や貴族たちがこの国を食い荒らしたせいです』

『でも、こうなったからには誰かが責任を取らなくちゃ。僕が王になるよ』

ろくに勉強をしてこなかったエセルにも、何が起こっているのか薄々理解できた。

国の圧政に耐えかね、暴徒が膨れ上がって国が転覆するほどに至ったのだ。

フリーダや上の王子たちは、財産を持って国外へ逃亡した。七侯たちの名前が出ないところを見ると、彼らは死んだか、フリーダたちのように逃げ出したのだろう。

残った王族はエドワードだけ。暴徒は王城に迫っている。ここで国王に即位したからとて、エドワードに何の得があるのか。暴徒の餌食《えじき》になるのは目に見えている。

それでも彼は残り、王族としての責務を果たすと言う。

オズワルドは畏敬の念に打たれたように、ひざまずいたまま少年王子を見上げた。やがて深くこうべを垂れる。

彼らが遠ざかり、景色が変わった。

またもや目まぐるしく景色が変わったが、エセルにとってはありがたいことだった。目にした光景はいずれも、正視に耐えないものだったからだ。

暴徒たちは王城になだれ込み、即位したばかりのエドワード王や、宰相オズワルドなど、城に残ったわずかな家臣たちを捕らえた。

アンナは捕らえられる前に、彼女の粗末な宮殿で暴徒に殺された。贅沢三昧をしていたと決めつけられ、王族を憎む暴徒たちに暴虐を受けたのだった。

本当に贅沢をして国を傾けた王侯貴族、フリーダやその息子たち、ゴドウィンやデヴォンといった七侯たちは、いち早く国を捨てて他国へ亡命し、以前のようにとはいかないまでも、平穏な生活を送っていた。

彼らが安穏と暮らしている様子が見える。

最後まで国に残り、国を建て直そうとしたオズワルドたちが、国民の怨嗟《えんさ》を一心に背負うことになった。

エドワードは捕らえられてすぐ、処刑された。

オズワルドは聴取という名の凄惨《せいさん》な拷問にかけられた後、国を傾けた狂王エセルの側近、王をそそのかし、権力を我が手にしようとした悪の宰相として民衆の前に引きずり出され、暴行を受けた。

人々は憎しみを込めて宰相の身体を殴り、引き裂き、オズワルドの死体は何者かわからないほど損傷を受け、それからしばらく広場に放置された。

『エセル……』

暴行を受けながら、オズワルドが虚《うつ》ろにつぶやくのをエセルは聞いた。

『あの男さえいなければ』

死の間際、オズワルドが口にしたのは、エセルへの怨嗟だった。

第二章

「う、あ――っ！」

エセルは叫び声を上げて目を覚ました。

跳ね起きて周りを見回し、ここが王太子宮の自分の寝室であるとわかって、ようやく安堵《あんど》する。寝間着が汗で濡《ぬ》れ、肌に貼り付いていた。

このところ、毎晩のように悪夢を見る。

エセルが数日前に地下廟《びょう》の銅鏡で目にした、過去と現在、それに未来の夢だ。まるで目をそらすことを許さないというように、眠りにつくと必ず現れる。

あの日エセルは、気がつくと霊廟の前に座り込んでいた。

周りには誰の姿もなかった。

フリーダもデヴォン卿も、それに老人も見当たらない。

霊廟の中に入る前、午後四時ぴったりを示していた日時計は、四時二十分を指していた。エセルがデヴォン卿たちの声を聞き、建物の中に逃げ込んでから二十分が経《た》ったことになる。

鏡の前にいた時間は、とてつもなく長かったような、それでいて一瞬のようだった。

あれはいったい何だったのだろう。

夢でも見たのかと思った。あまりにも生々しかったが。しかし、気を取り直して立ち上がった時、懐からかさりと音を立てて、何かが落ちた。

それを見て、エセルは悲鳴を上げる。懐にあったのは、地下廟の石棺の前に落ちていた、茶色く枯れた薔薇《ばら》だった。

「あ……あ……」

夢ではなかったのか。その問いに呼応するように、左腕がずきりと痛む。恐る恐る袖をまくって確認する。

鏡の中に映る光景が堪《た》えがたく、自分で掻《か》きむしった傷だ。

「夢を見ていたんだ、きっと。これも寝ている最中に引っ掻いたんだな」

自分に言い訳をしながら、エセルはふらふらと霊廟に入った。

再び側廊を通り、祭壇の奥へ行く。半円形の張り出し部分、地下廟に続く扉を確認しようと思ったのだ。

果たして扉は硬く閉ざされ、鎖が幾重にも巻かれた上に、さらに大きな錠がかかっていた。

鍵を持っていたとしても、鎖を解くのも一苦労だし、扉は重厚で、とても老人一人の力では開きそうになかった。

しかし、扉に近づいたエセルは、再び声を上げそうになる。

扉の周りに薄《う》っすらと溜《た》まった埃《ほこり》の上に、一人分の足跡が付いていた。合わせてみると、エセルの足にぴったりだった。

さらに床の上に、あの茶色く枯れた薔薇が一輪、落ちていた。

ゾッとして、エセルは逃げ出した。夢中で森を走り抜け、汗だくになって王太子宮に戻ったのである。

その夜からエセルは、熱を出して寝込んだ。

眠るとあの鏡の夢を見る。

鏡の中で見た未来では、オズワルドが民衆に虐殺された後、ルスキニア王国は混乱に陥った。

王族は絶え、貴族たちも処刑されるか、国外に逃れた。

エセルが聞いたこともない地方貴族が王を名乗り、国を統治しようとしたが、再び民衆の反発にあって処刑された。

そうしているうちに隣国が王国領に侵攻した。統治者のいないルスキニアの人々はなすすべもなく隣国に降伏する。

国土は隣国のものとなり、ルスキニア王国は消滅した。その後もルスキニアの土地は周囲の国々の戦争に巻き込まれ、ルスキニア人たちは長く戦火に苦しめられるのである。

生々しい光景を夜ごと繰り返し見せられながら、エセルは三日三晩熱にうなされた。

四日目でようやく熱が下がったが、夢は終わらない。五日目の今朝も、悪夢を見て目覚めた。

ただ今朝は、少し身体《からだ》の様子が違っていた。

霊廟に行く以前からずっと、毎朝だるくて苛立《いらだ》っていたのに、今朝は妙に気分がすっきりしている。

寝台から下りると、身体も軽かった。そういえば、頭が痛くない。

あまりに恒常的に頭痛がするので、頭痛があることさえ忘れていた。

夢の恐怖のせいで、心臓はまだ高鳴っていたが、気力が充実している。こんなことは、いつぶりだろう。

「誰か……」

喉が渇いた。人を呼ぼうとして、思いとどまる。鏡で見た光景を思い出した。

アンナがいなくなってから、エセルは毎朝、使用人が淹《い》れたお茶を飲んでいた。そのお茶に、侍女長の指示で毒が盛られていたのだ。

毎日ほんの少しずつ、すぐには死なない量を。黒幕はフリーダだった。

この四日間、熱のせいであのお茶を口にしていなかった。だから気持ちがすっきりして、体調がいいのではないか。

エセルは少し考え、それから人を呼んだ。侍女長が飛んできて、エセルの顔色がいいのを見て、ホッとした顔をした。

「熱もすっかり下がったようで、安心いたしました。今朝は、いつものお茶をお持ちいたしましょうか」

本当に心配していた様子で言うのに、エセルは怒りがこみ上げてくる。

しかし、その怒りをぐっとこらえた。

「そういえば飲んでいなかったな。今朝は飲もうか。ああ、その前に、今すぐ水を持ってこい。喉が渇いたんだ。いいか、今すぐだぞ」

横柄な口調で命じる。突然お茶を拒んでは怪しまれるだろうし、お茶以外のものに毒を入れられるかもしれない。

ただの水ならば、苦い毒を入れる可能性は少ないだろう。侍女長はただちに使用人に命じ、すぐさま水差しいっぱいの水が運ばれた。

それを一口飲んで確かめてから、すべて飲み干す。次に運ばれたお茶は、飲むふりをして手巾に染み込ませた。

空腹を覚えたので、軽い朝食を持ってこさせる。自然な空腹を感じたのも、実に久しぶりだった。

「オズワルド様が、今朝もお見舞いに上がりたいと訪ねてこられましたが、いかがいたしましょう」

朝食を終える頃、侍女長が尋ねてきた。

熱を出した日から毎日、オズワルドが見舞いに訪れている。以前なら喜んでいたのに、今は彼の名前を聞いただけで手足の先が冷たくなる。

「今日も会わないと伝えてくれ」

連日、オズワルドの訪問を断っていた。熱がある時はつらくて何かを考える余裕もなく、本能的に「会いたくない」と、繰り返していた。昨日も彼に会うのが怖くて、伏せったふりをしてやりすごした。

今日はもう身体はすっかりよくなっていたが、まだ気持ちの整理がついていない。

「今日も、ですか」

侍女長が怪訝《けげん》そうにこちらを窺《うかが》うので、急いで付け加える。

「何日も寝込んでたんだぞ。こんな病み上がりのみっともない顔で、オズワルドに会えるわけない。お前の方から何か、うまく言い訳しておけ」

いつものように尊大に、癇癪《かんしゃく》を起こしかけた声を出すと、侍女長はとばっちりを受けたくない、というようにさっと礼をして引っ込んだ。

エセルは使用人に朝食の皿を下げさせると、人払いをする。

そして、あの霊廟での出来事について考えた。

あの老人が何者なのか、いくら考えてもわからない。顔はよく見えなかったし、声にも聞き覚えがない。腕には三角形に棒を引いたような、不思議な痣《あざ》があったが、そんな特徴的な痣を持つ人物も聞いたことがない。

夢だと思いたかったが、あまりにも生々しく具体的だった。

もしあれが真実だとしたら、エセルは若い男たちとの情交の途中で死に、圧政に耐えかねた暴徒によって、オズワルドや弟のエドワード、アンナも殺されることになる。

鏡の中で目まぐるしく変わる風景の中で、幾度となくルスキニアの民たちが困窮するのを目にした。

国は疲弊しきっている。未来のオズワルドも、鏡の中で言っていた。暴動が起こったのは、エセルだけでなく、代々の王や貴族がこの国を食い荒らしたせいだと。

国のあちこちで災害が起こり、田畑の実りは減っているのに、王侯貴族は重い税を取り立てて贅沢《ぜいたく》を続けている。

溜まりに溜まった民衆の不満が、近い将来、ついに爆発するのだ。

民衆は決起するが、それは事態を好転させるどころか悪化させる。

贅沢をしていた権力者たちはいち早く国外へ逃げ、最後まで国を建て直そうとしていたオズワルドや心ある家臣たちが咎《とが》を負うことになるのだ。

処刑されたエドワードは、まだ十四、五に見えた。王宮で着る物や食べる物にさえ困っていたエドワードとアンナが、どうして殺されなければならないのか。

あまりに不条理がすぎる。

そして醜い豚のような未来の自分は、そんな悲惨な光景を見ることもなく死んでいった。若い男を侍らせ、彼らにまるで石ころでも与えるように宝石を与えていた。思い出すたびに吐き気がする。

あんな光景を繰り返したくない。未来を変えたい。

オズワルドもアンナたちも、あんな死に方をしてほしくなかった。

老人は、未来は変えられると言っていた。彼はエセルにあの悲惨な将来を変えさせたくて、鏡を見せたのだろうか。

「……痛っ」

長椅子から立ち上がろうと、左手で体重を支えて、腕に引きつれたような痛みを感じた。

エセルはため息をついて、左の袖口をまくる。

左の手首の少し上の辺りに、自分で掻きむしってできた傷が残っている。

薄っすらかさぶたになったそれは、どういうわけか、綺麗《きれい》な円を描いていた。円の中にこれも精密な正方形がかさぶたになっている。

引っ掻いた時には、こんな記号のような傷にはなっていなかった。

あの老人の左腕の痣と形は異なるが、何やら因縁めいたものを感じ、気味が悪くなる。

「いったい何なんだ。僕にどうしろって言うんだ」

自分はただ、王族に生まれただけ。そしてたまたま、薔薇の痣を持って生まれただけだ。

　エセルは救国の英雄などではなかった。それどころか、あの鏡の真実によれば、国を破滅に導く災厄の王子だった。

　この薔薇の痣は、外祖父のゴドウィンがエセルを王太子にし、権力を握りたいがためにこじつけたに過ぎない。そもそも痣の形は、薔薇と言われればそう見えるし、見ようによっては別の形にも見えた。

　薄々わかっていた。ただ認めたくなかっただけだ。

　自分が父にも母にも愛されない、何の力も持たない惨《みじ》めな王子だということを。

　威張り散らすことはできても、物事を決めるのは七侯たちだ。

　王も七侯が集う会議に臨席するが、ただ立ち会うだけだという。エセルはそうした会議に出席する機会もないし、どうすれば参加できるのかもわからない。

　これほど無力な王子に、いったい何ができるだろう。

（今から国政に加わり、七侯たちを束ねる？　そんなの無理だ）

　しかしオズワルドは、それをやろうとしているのだ。王族でもない、ただの貴族の庶子に過ぎなかった彼が。

　自身の野心のため、自分と母を虐《しいた》げた父や、父と同じ貴族を見返して復讐《ふくしゅう》してやるという、動機は自分本位なものだが、彼はエセルの小姓を足掛かりに、すでに宮廷で存在感を見せ始めている。

まだ少年の頃から着々と、鎖骨の下に自ら傷を付け、刺草《いらくさ》の痣を偽って。

彼が自分をどんなふうに思っているのか、思い出して胸がずきりと痛んだ。

オズワルドは、利用するためにエセルに近づいた。

少年時代は一時、エセルの孤独や境遇に同情した時も、あったかもしれない。

しかし、エセルが何の努力も見せずにオズワルドに甘えたままだったから、すっかり見限られてしまった。

しかも大人になって色気づいた王太子は、権力を笠《かさ》に着て、オズワルドに性的な奉仕を要求している。

今やオズワルドにとってエセルは、ただただ疎ましいだけの存在、嫌悪の対象だった。

(嫌われるのも、当然だ)

鏡の中で自身の姿を見たからこそ、気づけた。

自分がどれほど愚かしいか、どれだけオズワルドに無理を強いてきたか。

エセルにとって、オズワルドの存在が世界のすべてだった。

七歳の誕生会の時、癇癪を起こして暴れるエセルを、オズワルドはたしなめてくれた。

エセルに近づくための策略だったとしても、エセルの手を握り、ほんのわずかな傷を心配し、自分を大切にしなさいと言ってくれたのは、オズワルドだけだった。

思い出の中には、いつもオズワルドがいた。彼がエセルの孤独を埋めてくれた。

――あなたが何者でも、薔薇の聖痕《せいこん》がなくても。私はあなたを嫌いになったりしません。

一番欲しかった言葉をくれたのも、オズワルドだった。

――聖痕なんてただの痣だ。王子は王子だ。今まで誰も、この子に言ってやらなかったんだ。

エセルは自分の立場とオズワルドの憐憫《れんびん》の上に、胡坐《あぐら》をかいていた。

自分からは何も努力をせず、オズワルドの愛情を欲しがって、彼のうわべだけの態度を本当の愛だと勘違いしていた。

何も見ていなかった。真実からひたすらに目をそむけてきた。

こんなにも愚かなのに、どうして国など救えるだろうか。

しかし、このまま自分が何もしなければ、あの悲惨な光景が現実のものとなる。

何とかしなければ、という心と、どうせ自分には何もできない、という諦念とがせめぎ合い、いくら考えても答えは出ない。

エセルは部屋の窓を開けた。

窓の外の庭は美しく穏やかで、草花の爽《さわ》やかな香りが風に乗って部屋へと運ばれてくる。気分を変えるために、庭を散歩することにした。

侍女も使用人も、エセルを見つけても災難を恐れるように頭を下げるばかりだ。主人の癇癪を恐れ、声をかけられない限りは近づこうとはしない。

そういえば、四日も寝込んでいたというのに、誰も医者を呼んでくれなかった。

今の侍女長も侍女も、いずれ辞めさせて、全員入れ替えねばならない。侍女たちは宮殿の調度をたびたび盗んでいたし、侍女長は王太子宮の予算を横領して屋敷まで建てていたという。

しかし、すぐには無理だ。侍女長を解任すれば、後ろにいるフリーダがどう出てくるかわからない。父王が何か仕掛けてくるかもしれなかった。

エセルが我がままで癇癪持ちの、愚鈍な王太子でなければ、七侯たちも警戒するだろう。祖父のゴドウィン卿でさえ、味方とは言えなかった。四方が敵だらけだ。

(オズワルドはよくも、そんな敵地で野心を保っていられるな)

恐るべき精神力だ。それから、またもオズワルドのことを考えている自分に苦笑する。

エセルは庭に出て宮殿の裏に回り、奥庭を散策した。玄関のある表の庭よりひっそりしていて、人が少ない。

植えられた草花も地味だが、しかし隅々まで手を抜くことなく手入れされており、季節の花々が美しく咲いていていた。

あてもなく歩いていると、庭師が二人、植え込みの向こうから現れた。

エセルが幼い頃からいる老人と、中年の庭師の二人だ。

彼らはエセルを見ると、慌てふためいてその場に膝をつこうとした。老人は足が悪いようで、なかなかひざまずくことができない。

中年の庭師はそのことを咎められると思ったのか、額を地面にこすりつけて懇願した。

「ご、ご無礼をお許しください。この爺《じい》さんは、いつもは元気なんですが、今朝仕事でちょっとばかり、足をくじいたもので」

老人はもうかなりの高齢だ。あちこち弱ってきているのだろう。膝も折れないほど足が悪いと知れたら、クビになると思い、仲間は慌てているのだ。

エセルは、鏡の中の二人の会話を思い出した。

「そういうことなら、無理にひざまずく必要はない。そのままでいい」

静かに告げると、二人は驚いていた。エセルは構わず、穏やかな口調で老人に話しかける。

「今年も、薔薇が咲いたな」

彼らが現れた植え込みには、白い小ぶりな薔薇が咲き乱れていた。

「あの薔薇の名は『ルスキニア』。ルスキニアの三代目の王が、庭師に作らせた品種だ。暑さにも寒さにも弱くて、この庭のどの花より手がかかる」

老人が弾《はじ》かれたように頭を上げた。

「僕が幼い時、お前が一番最初に教えてくれた植物の名前だ。それから、あれはニワトコ。あっちは沈丁花《じんちょうげ》」

順にそれぞれの木を指す。老人が一つ一つ、草木の特性や名前の謂《いわ》れなどを丁寧に教えてくれた。

「庭を見ると、気持ちが安らぐ。いつも隅々まで庭を美しく整えてくれて、ありがとう」

エセルは老人と、それに隣の中年の庭師とを見て言った。

「これからもよろしく頼む」

中年の庭師が目を潤ませて何度もうなずき、老人は嗚咽《おえつ》を漏《も》らした。

「王太子様……っ。王太子様は、ご幼少の頃から利発でお優しい方です。今もお変わりない。わしは……信じておりました」

「ありがとう。仕事の手を止めて悪かった」

老人がどうにか膝を曲げてひざまずこうとするのを、その手をなだめる。節くれた手を撫《な》でて労《いた》わり、エセルはその場を逃げるように立ち去った。

エセルもまた、気を緩めると泣き出してしまいそうだったからだ。

自分はただ、礼を言っただけだ。ただそれだけ。

なのに老人はあんなにも喜んでくれた。

誰もがエセルを忌《い》み嫌い、憎み、嘲笑《ちょうしょう》するこの王宮で、それでも自分を気にかけてくれる人がいる。

あの未来に対して自分がどういう行動を取ればいいのか、まだわからない。でも今、身の回りについてはできることがあるのではないか。

エセルはそのことに気づき、自分の部屋へと引き返した。

エセルは自室へ戻ると、すぐに衣裳部屋《いしょう》へ向かった。

そこには、エセルが暇にあかせて作らせた服や装飾品がしまわれている。

部屋に引きこもっているばかりだから、作っただけで一度も身に着けたことのないものもたくさんあった。

その中からいくつか、王太子の持ち物だと知られないようなものを見繕う。シャツに付いた金や貴石のボタンを引きちぎり、特徴のない指輪や腕輪を取ると、その辺にあった絹のシャツにまとめて、無造作に包む。

包みを持って部屋を出ると、たまたま廊下を使用人の娘が通るところだった。

先日、お茶が不味《まず》いと言ってエセルに当たられた、新人の使用人だ。

娘はいきなりエセルが出てきたので、飛び上がって驚き、慌てて端に退いた。

「ご……ご無礼を致しました」

また怒られると思ったのか、小さく震えて縮こまる。エセルはそれを苦く感じたが、それも今までの自分の行いのせいだ。

内心でため息をつきつつ、いつものように尊大に命じる。

「ちょうどよかった。お前、僕を厨房《ちゅうぼう》に案内しろ」

「えっ、厨房でございますか。それはなぜ」

「なぜも何もあるか。僕の宮殿なんだから、どこに行こうと勝手だろ。早くしろ」

若い娘の使用人は、怯《おび》えたように首をすくめ、エセルを厨房へ案内した。

途中、通りがかった侍女や他の使用人たちが、エセルの姿を見て驚いていた。炊事場や洗濯場など、作業場のある棟にエセルが立ち寄ったことなどなかったからだ。

「何を見てるんだ。おい、のろま。まだ着かないのか」

しかし、エセルが前を行く使用人に悪態をついているのを見て、いつもの気まぐれだと思ったようだ。誰も声をかけてくる者はなかった。

厨房へ行くと、料理人に言ってパンや肉、すぐに食べられそうなチーズなどを用意させた。葡萄酒《ぶどうしゅ》と甘い菓子も用意させ、籠《かご》いっぱいに詰めた食料を使用人に持たせると、王太子宮を出る。

向かった先は王の第三妃、アンナの宮殿だった。

エセルの突然の訪問に、応対したアンナ付きの侍女はたいそう驚いていたが、すぐに気を取り直して中へと通そうとした。

「いや、ここでいい。すぐに済む。アンナに用があるんだ」

その時ちょうど、奥からアンナがエドワードを伴って現れた。二人ともやはり驚いて、それからすぐ礼儀正しくお辞儀をする。

　エドワードはつい先日、エセルに辛《つら》く当たられたというのに、今日も真っすぐ屈託のない眼《まな》差《ざ》しを向けてくる。エセルはバツが悪くて、弟をまともに見ることができなかった。

　気まずさを紛らわせるように、最初に迎えに出た侍女に声をかけた。

「そこのお前。アンナから預かった母親の形見は、もう売りに出したのか」

　侍女と、そしてアンナが、同時に目を剝《む》いた。

「どうしてそれを……。いいえ、まだ売ってはおりませんが」

「ならば、どうやって金を工面した?」

「……私の着ているものを売りました」

　エセルの問いに戸惑いながらも、侍女は素直に答える。アンナはエセルと侍女、どちらに驚いていいのかわからないようだった。

　そうした女性二人の様子を見て、エセルは確信する。

（あの鏡の中の出来事は、やはり真実なんだ）

　心のどこかで、夢であってほしいと思っていた。でももう、認めざるを得ない。

　エセルは連れてきた使用人に言い、持参した食料を侍女に渡した。それからシャツで無造作に包んだ宝石類をアンナに渡す。

　アンナと侍女は最初に食料の籠に驚き、それからシャツの中身を見て、声を上げた。

二人は信じられないといった表情で、エセルを見つめる。

「母親の形見は売らず、これらを当座の費用に充《あ》ててくれ。減らされていたこの宮殿の歳費を取り戻すには、少し時間がかかるかもしれない。その間を凌《しの》ぐのに使ってほしい」

「殿下……」

アンナの目には、喜びと安堵、それに不安と、エセルを心配するような色が複雑に混ざり合っていた。

エセルが行動を改めたからといって、あの庭師たちのようにすぐに安心はできないだろう。アンナは賢くて慎重な女性だ。だからこそエセルから遠ざけられたし、それでも殺されずに今日まで生き抜いてきた。エセルはその瞳を見つめ返す。

「この宮の歳費について、母が申し訳ないことをした。僕も知らなかったとはいえ、お前やエドワードにひどい言葉を投げつけた。許してくれとは言えない。これからその償いをする。もう少し待っていてくれ」

「償いなど……」

アンナがかぶりを振る。エセルは隣のエドワードへ視線を移した。母親のドレスの裾を摑《つか》んで、不安そうにしている。弟の目の高さまで屈《かが》んで、ハシバミ色の瞳を覗《のぞ》き込んだ。

そんなふうに、弟ときちんと顔を突き合わせるのはこれが初めてだった。

「エドワード。お前も王子だ。僕は今後も、ここにはなかなか来られない。だからお前が、アンナやこの宮の人たちを守ってくれ。できるな?」

幼い瞳が、大きく見開かれた。エドワードはそろそろと母親の服から手を離し、ぎゅっと小さな拳《こぶし》を握り込む。

「は、はい。兄上!」

その瞳には、幼いながらも強い意志が備わっていて、エセルは安堵する。弟に微笑《ほほえ》みを向けて、立ち上がった。

「僕らはこれからも、表向きは仲違《なかたが》いしている方がいいだろう。アンナ、聡《さと》いあなたなら、この意味がわかるはずだ」

アンナとエドワードは王宮の隅に追いやられているが、逆に言えばそれだけですんでいるのは、二人が何の力も持たず、余計なことをしないからだ。

エセルと和解し、その支えになるとわかれば、周りから排除される恐れがある。

「はい。ですが殿下は」

多くを語らずとも、アンナはすぐに理解した。しかし、エセルを案じるように、心配そうな眼差しで見上げる。

昔はアンナの方が背が高かった。いつの間にか彼女の背を追い越していたのだ。それさえも気づかなかった。

アンナは長い間、その身をもってエセルを守ってくれていた。今度は自分が彼らを守る番だ。

「僕は大丈夫。自分の身は自分で守るさ。ああ、それより一つ頼んでいいかな。傷薬を少し、わけてもらいたいんだ」


「オズワルド様が、お見えになっております」

朝、恐る恐る伝えに来た侍女長に、エセルは髪を掻きむしって癇癪を起こす。

「会えるわけないだろ！　こんなに顔色が悪くちゃ、オズワルドに嫌われてしまう。部屋だって、どこも散らかり放題じゃないか。あんな部屋、オズワルドに見せられない！」

霊廟に行って熱を出してから、もう二週間が経っていた。

あれから一度も、オズワルドには会っていない。こんなにも長い間、彼と会わずにいるのは初めてのことだった。

「丁寧に断れ。いいな。彼が気を悪くしないよう、お前が何か、言い訳を考えるんだ」

オズワルドに会いたくない、とは言えない。だから、会いたくても会えない、という振りをしなくてはならなかった。

エセルの顔色は、むしろ以前より良かった。毎日鏡を見ているが、むくみも取れ、肌には年相応の張りと滑らかさが戻ってきている。

二週間前はもっとひどい顔をしていた。オズワルドが「醜い男」と形容するのもうなずけるほどに。

長く毒を飲まされていたからだろう。

毒にむしばまれた臓腑《ぞうふ》が今後、どこまで回復するかはわからないが、気分もすっきりして体調がいいところを見ると、少しはよくなっているようだ。

でもそのことを、周りに気づかれてはならない。今はまだ、以前と変わらず愚かな癇癪持ちの王太子でいなければ。

そこで顔色が良くなった代わりに、妄言《もうげん》を吐くことにしたのだ。

「それから侍女たちに伝えろ。東の端の間《ま》の調度と、応接室の調度をぜんぶ入れ替えるんだ。必ず侍女たちの手でやらせるように。そうでなければ意味がないからな」

その指示に、侍女長はうんざりした顔を隠さなかった。

「恐れながら殿下。こう毎日では、侍女たちも疲弊してしまいます」

当然だろう。このところ毎日、侍女たちはエセルに命じられるまま、あちらの調度をこちらに移し、かと思えばまた別の部屋の調度を入れ替えてと、馬鹿馬鹿しい行動を繰り返している。

「駄目だ。この占術の本に書いてあった。月が満ちるまでに東の空間を浄化させなければ、王太子宮に不運が訪れるんだ。お前は僕を不幸にしたいのか？」

エセルは机の上の古い本を指して喚《わめ》いた。

「いいか。必ず侍女たちの手でやらせるんだぞ。下賤《げせん》の者の手を使わせたら、浄化にならんからな」

王太子は近頃、怪しい占いやまじないの類に凝っている……ことになっている。

今から一週間と少し前、エセルは王太子宮の図書室から、怪しい占いの書物をいくつか引っ張り出して、自室のテーブルに積み上げた。

それから方角が悪いと言って寝台の位置を変えさせたり、占いの本で読んだというまじないを試したりしている。

ここ五日ばかりは侍女たちに命じ、王太子宮の部屋の調度を頻繁《ひんぱん》に入れ替えさせていた。

王太子が相変わらず馬鹿で我がままだと知らしめ、侍女長をはじめ侍女を振り回し、エセルの行動から目を逸《そ》らせるためだ。

それに、エセルが頻繁に調度を確認すれば、侍女たちも簡単に盗みを働けなくなる。

「宮殿の穢《けが》れを払えば、僕も元通り美しくなる。本にそう書いてあったんだ。元の美貌《びぼう》に戻れば、オズワルドにも会えるようになるだろう」

侍女長は気味悪そうにエセルを見た後、部屋を去っていった。

オズワルドには、気分がすぐれないとかなんとか、適当な言い訳を伝えているはずだ。あるいは、以前にも増してエセルがおかしいと、素直に暴露しているかもしれない。

玄関先で、眉をひそめているオズワルドの顔が目に浮かぶ。ずきりと胸が痛んだ。

（大丈夫。今さらだ）

オズワルドの自分に対する評価は、もうこれ以上落ちようがない。

エセルの存在そのものが害悪だと、彼は言っていた。それでも自分の宮廷での立場を強固にするために、エセルが無事に即位するまで機嫌を取り続けなくてはならない。

（大変だな、彼も）

多忙な仕事の合間を縫って訪れる、オズワルドのことを考えて、苦笑する。

このまま、オズワルドの訪問を拒否し続けるのは無理だ。いずれ彼と会わなくてはならない。

しかし今はまだ、オズワルドと顔を合わせるのが怖かった。

彼から嫌われ、蔑《さげす》まれている事実を、この目で見るのが怖い。

それに聡いオズワルドのことだ。間近で会えば、エセルの変化に気づくかもしれない。

もう少しだけ、時間稼ぎをしたかった。あと少し、自分に味方が増えるまで。

「王太子殿下。よろしいでしょうか」

侍女長が去ってしばらくして、居室の外から小さく声がかかった。

「エアか。入れ」

応じると、顔や腕に包帯を巻いた若い娘の使用人が、そっと滑り込んでくる。エセルと共に、アンナの宮殿に行ったあの娘だ。

彼女は腕の包帯の下に隠していた手紙を取り出して、エセルに渡した。

送り主を確かめて、エセルは気持ちがはやるのを何とか抑えた。

「ありがとう、エア。よくやってくれた。背中の傷はどうだ」

エセルが労《ねぎら》うと、エアははにかむように首をすくめ、「あんな昔の傷、もうとっくによくなりました」と明るい笑顔を見せた。

アンナの宮へ行ったあの日、前を歩く使用人の背中に、血が滲《にじ》んでいるのをエセルは見つけた。そういえば、エセルがお茶をぶちまけたあの日、彼女は侍女から鞭《むち》で打たれたのだ。もう何日も経つのに血が滲んでいるのだから、相当ひどく折檻《せっかん》されたのだろう。

申し訳ない、気の毒だと思う一方で、これで彼女を味方に引き入れられるかもしれないと考えた。

自分には味方が少ない。幼い頃から横暴だったことを考えれば当然だが、これでは何をするにも不自由だった。それでエセルは、アンナに訳を話して傷薬を分けてもらい、エアの背中に薬を塗《ぬ》ってもらったのだ。

「僕のせいで鞭で打たれたのだろう。すまなかった」

帰り道、オズワルドの真似《まね》をして彼女の手を撫で、真剣な謝罪をすると、娘はたちまち目を潤ませ、頬を紅潮させた。

エセルはすかさず畳みかけた。

「毎朝、お茶に薬を入れているだろう。これからも入れてくれ。そのかわり、お茶とは別に、何も手を加えていない、井戸から汲《く》んだばかりの水を用意してほしい」

エアもあの薬が毒だと薄々気づいていたのだろう。エセルの言葉に青ざめたものの、翌朝には約束どおり、お茶とは別に井戸の水を運んできてくれた。

こうして毎朝、お茶は飲まずに捨てるようになった。

すると、それまで感じていた、あらゆる身体の不調が消えていった。もう頭痛や腹痛に苛《さいな》まれることもなく、むやみに苛立つこともない。

落ち込んで不安になる心を、酒で紛らわせる必要もなくなった。ただ、すぐに行動を変えると怪しまれるので、いつも通りに酒を用意させた。

エアを部屋に呼んだ後は、彼女をいじめたふりをして、変わらず暴虐を繰り返しているように見せかけた。

彼女の身体のあちこちに包帯が巻かれているのも、折檻による怪我《けが》を偽装するためだ。若いエアには気の毒だが、包帯の中に物が隠せて便利らしい。

「これを隠して持って行くといい。手紙を持ってきてくれた礼だ」

エセルは菓子入れの箱から、小粒の真珠を一つ出して、彼女に渡した。エアは「滅相もございません」と、首を横に振る。

「この間もいただきました。もうこれ以上は。私は殿下のお役に立てるだけで嬉《うれ》しいのです」

頬を紅潮させてこちらを見る彼女の眼差しが、オズワルドを見る時の自分と重なる。

彼を真似てさらに籠絡《ろうらく》すれば、彼女はもっと信頼できる、便利な駒になるだろう。

しかしエセルは、そこまで非情になれなかった。

今までさんざん非道な行いをしていたくせに、と思うし、これから大きなことを成すのなら、善人よりむしろ悪人になるべきだ。

悪人ほど、世にのさばる。善い行いをした者が、悪人の代わりに報いを受ける。鏡の中でさんざん見てきた。

わかってはいるが、すぐには自分を変えられない。

「取っておいてくれ。僕に何かあった時、逃げるにも金が必要だ」

毒を飲まされていると知った時から、たとえ薔薇の聖痕を持った王太子といえども、油断すれば命を落とすのだと悟った。

もしもの時のことを、常に考えておかねばならない。

エアはエセルの言葉に一瞬、泣き出しそうな顔をして、それからうやうやしく真珠の粒を受け取った。

彼女が部屋から出ていくと、エセルはさっそく手紙の封を開ける。

差出人はとある学者だった。長く王宮で政務に携わっていた官吏で、政治や法律に精通している。

任期半ばで王宮を辞し、その後は王立大学で後進の育成に携わる一方、貴族の子弟の家庭教師を務めていた。

名はビリンガム。メルシア家の家庭教師で、公の記録にはないが、オズワルドの師でもあった男だった。

鏡の中で、幼いオズワルドを見出《みいだ》し、後には王太子を支えるように言っていた。七侯の力が増長し、腐敗していくこの国を憂えていた人物だ。

最初は彼の顔と名前しかわからなかったが、王太子宮の図書室でたまたま彼が書いた本を見つけ、その素性を知った。

この老人は、自分の損得を勘定するのではなく、国のことを考えていた。彼ならば信頼できる。それで密《ひそ》かに書を送り、協力を仰いだのである。

王太子の名で手紙を送ったのでは、周囲に何事かと思われてしまう。そこで表書きにはオズワルドの名前を使わせてもらった。オズワルドなら、恩師に手紙を送っても不自然ではない。

手紙は無事、ビリンガムに届いたようだ。エセルに宛てたことがわかる手紙の出だしで、現状に心を痛めていると綴《つづ》られていた。

それから、エセルの要望をかなえることも。

エセルはビリンガムに、自分がこれまで受けてきた教育について、包み隠さず打ち明けた。

父王と側室フリーダの計略で、ろくな学問を身に付けてこなかったこと、最近になってその事実を知り、独学を始めたが、自分だけではわからないことが多すぎること。

ついては、信頼できる家庭教師で、王太子の参謀となれる人物を紹介してくれないかと、手紙を送ったのだった。

オズワルドのことは書かなかった。

本来、老学者が期待したのは、オズワルドがエセルの味方になって、正しい道へと導くことだったはずだ。

しかしエセルにとって、オズワルドはもはや信頼できる人物ではなかった。

オズワルドは変わってしまった。今や彼が考えるのは、自分の出世のことだけだ。エセルの心配などしていない。

恩師であるビリンガムにそのことを告げるべきか迷い、結局書かなかったのだが、老学者もオズワルドの野心には気づいていたのかもしれない。

手紙の返信にもオズワルドのことは一切、触れられておらず、ただエセルのために、自分がもっとも信頼している弟子を差し向けると書かれていた。

――平民で、今は名もなき田舎の一学者ではありますが、非凡な知識と知恵を持つ者です。きっとあなた様のお役に立つことでしょう。

――かの者の名は、マルジン・カレグ。誰より信頼のおける男です。

エセルは一言漏らさず手紙を読んで覚えると、暖炉《だんろ》の火にくべて燃やした。

「マルジン、カレグ……」

舌先で名前を転がす。鏡の中の未来に出てきた名前だ。

エドワードの教師であり、オズワルドも信頼していた、優秀な学者のようだった。

しかし、あの時すでに、マルジンはこの世のものではなくなっていた。

おそらく未来のオズワルドは、今のエセルと同様に、ビリンガムへ助力を請うたのだろう。

そしてマルジンが遣わされた。だが才能ある学者は、中央の権力者に引き立てられたがゆえに、命を落としてしまう。

であるならば今、エセルに呼ばれることで、さらに命を縮めることになりはしないか。

（……怖い）

まだ見ぬ男の死を想像し、エセルはぶるりと震えた。

マルジンだけではない。協力してくれる使用人のエアも、そしてアンナやエドワード、自分の味方や、大切に思う人々の命が、エセルの行動によって危険にさらされるかもしれない。

そうならないために動いているのだが、自分の行動が正しいかどうかはわからないのだ。

（オズワルド）

不安になって思わず、あの男の名をつぶやいた。

彼の胸に縋《すが》りつきたい。大丈夫ですよと抱きしめ、慰めてほしい。

不可能だとわかっている。あの優しい……偽りの抱擁《ほうよう》はもう永遠に失われたのだ。

それでも悲しい時、不安でどうしようもない時、エセルが思い浮かべるのは、真に慈愛の心を持ったアンナではなく、残酷で非情なオズワルドの顔なのだった。


オズワルド・メルシア子爵はこのところ、ずっと苛立っていた。

王太子エセルの元へご機嫌伺いに行くも、いつも門前払いを食らわされるからである。

王宮へ登城する際には、朝か昼には必ず一度、政務の合間を縫って王太子に会いに行く。

そうしないと、エセルの機嫌が悪くなるからだ。

何の取柄もないエセルを苦心して褒《ほ》め称《たた》え、盛りの付いたメス猫みたいな彼の欲望をうまくかわし、気を持たせるような言葉をかける。

男娼《だんしょう》のような自分の役割に吐き気を覚えながらも、エセルの寵愛《ちょうあい》を受け続けるために努力してきた。

エセルはいつだって馬鹿の一つ覚えみたいに、オズワルド、オズワルドと縋ってきたのに。

「いったい何を考えてるんだ？　あの馬鹿王子は」

今朝もまた、追い返されてしまった。これでもう何日目だろう。

王宮の政務を終えて自分の屋敷に戻り、執務室でいつものように仕事をこなしながらも、オズワルドは苛立ちを消すことができずにいる。

最初に断られたのは、今から半月ほど前、エセルが熱を出したと聞いて見舞いに行った時だ。あの時は、熱で寝込んでいるから応対できないと侍女長に言われ、むしろあの馬鹿の相手をしなくてよくなったと、胸を撫で下ろした。

熱が下がった後も断られたが、何日も風呂に入っておらず、このままではオズワルドに会えないと言っていると聞いて、あの男らしいと笑っていた。

エセルは、自分のことをコルウスの生まれ変わりだと信じている。美しく素晴らしい王太子で、オズワルドにも愛されているのだと思い込んで、何も疑っていない。

確かにかつては、薔薇の妖精のように美しい少年だった。

真っ白な肌に、頬と唇だけは薔薇で染めたように赤みが差していた。輝く黄金の髪が白い肌を飾り、瞳は澄んだ青空のようだった。

誰もがエセルの美貌に目を奪われ、彼の顔を見慣れたオズワルドでさえ、近くに行くたびに不思議な気分になったものだ。

あれほど身勝手で癇癪持ちでなければ、たとえ頭が悪くても、みんなから愛されただろうに。怠け者の王太子は子供の頃から勉強もせず、大人になっても王太子らしい仕事は何一つしない。日がな一日長椅子に横たわり、菓子をつまんで酒を飲んでいる。

不摂生が続いたおかげで、玉のような美貌にも陰りが差している。正妃である彼の母のように、そのうち美貌は見る影もなく衰え、豚のように肥えるだろう。

オズワルドも、昔はどうにか愚かな王子を導こうとしたが、今はとっくに諦めた。

あれはどうしようもない、救いのない男だ。

エセルに対する情が微塵《みじん》もなくなったので、かえって割り切って利用しやすくなった。

王太子はいずれ、自分が国の頂点に立つための道具である。メルシア家の三男であるオズワルドが宰相に昇り詰めるためには、王太子という後ろ盾が必要だった。

あんな馬鹿に政《まつりごと》をさせては、たちまち国が傾いてしまうから、エセルはあくまでお飾りでいい。エセルが即位した暁には、七侯を抑え、王の寵愛を受けた自分が実権を握るのだ。

とはいえ、現実は言うほど簡単ではない。

政治家としてのオズワルドはまだ駆け出しで、七侯たちがその気になれば、容易にひねりつぶしてしまえる存在である。

だからこそ、敵にほんのわずかな隙も見せてはならない。常に心を張り詰め、周囲に気を配っている。

オズワルドは未婚ながら、決まって通う女が幾人もいたが、それさえも野望を実現させるための駒に過ぎなかった。

いつか宰相になった時は、七侯を排除する。父のメルシア侯爵も、正妻も異母兄たちも残らず没落させて、自分をいじめて嘲笑《あざわら》った報いを受けさせてやるのだ。

そのために血の滲むような努力を続けてきたのに、またあの愚鈍な王太子が足を引っ張ろうとしている。

あれほどオズワルドを慕い、三日も会わずにいれば癇癪を起こして呼びつけていたのに、この半月以上、オズワルドの訪《おとな》いを拒絶している。

侍女長の言葉によれば、気分がすぐれないから、顔色が悪くてオズワルドに嫌われたくないからと、毎度、殊勝な理由をつけてはいるが、それで納得できたのは最初の数日だけだった。

エセルは明らかに、オズワルドを避けている。王太子に門前払いを受けているという噂《うわさ》は、そろそろ宮廷にも出回り始めていた。

このままでは、オズワルドの唯一の後ろ盾、王太子の寵愛を失ったとみなされてしまう。

「王太子宮の侍女は何と言っている」

オズワルドは部下を呼んで問い質《ただ》した。

オリバーというその部下は、なかなかの二枚目だった。そしてオズワルドに劣らず、女をたぶらかして手玉に取るのがうまい。オズワルドは彼を王太子の宮殿に仕える侍女に接近させ、定期的に王太子宮の情報を引き出していた。

オリバーは、苛立つ必要はない、というように肩をすくめてみせた。

「相変わらずの暴君ぶりだそうですよ。何でも最近は占いやまじないに凝っているそうで、屋敷中の調度を侍女たちに入れ替えさせているそうです。使用人でなく侍女にさせるのは、下々の手を使うと穢れるからだとか。屋敷を浄化しないと、オズワルド様に会えないらしいです」

「気でも狂ったのか」

思わず言ってしまった。馬鹿だとは思っていたが、とうとう気が触れてしまったのか。

「王太子の頭がおかしいのは、以前からじゃないですか。でもそれも、オズワルド様と会いたいがためのようですよ」

そのように、王宮に噂を流しましょうとオリバーが言う。

オリバーは貴族の五男で爵位も持たないが、ただの女たらしではない。優秀な男だ。そしてオズワルドに忠誠を誓っている。

オズワルドの周りにはこうした、能力はあるのに正当な評価をされない、冷や飯食いの貴族の子弟や平民出身の者たちが集まっていた。

若き主人が国の在り方を変えてくれると、期待しているのである。

オズワルドもまた、自分に似た境遇を持つ彼らに応えたいと思っていた。

「それだけならいいが。侍女がそれなら、侍女長はどうしている」

「相変わらず、細々と横領を続けているようですね。小さな悪事ならばれないと思っているところが浅はかだ。侍女たちにはすっかり知られているようです。建てた屋敷に若い男を囲っていることも」

「侍女たちが知っているなら、フリーダ妃の耳にも入っているのだろうな」

ふん、とオズワルドは不機嫌に鼻を鳴らした。

王太子宮はめちゃくちゃだ。侍女長は長年、少しずつ宮殿の歳費を横領して、このほどついに屋敷まで建てた。侍女は怠けて仕事もろくにせず、部下の話ではどうやら、彼女たちも王太子宮の物をちょくちょく盗んでいるらしい。

知らぬは宮殿の主《あるじ》、エセルだけである。

オズワルドは内情を把握していたが、手を差し伸べはしなかった。

王太子の地位が脅かされるようなら策を講じねばならないが、そうでないなら自業自得だ。しかも、侍女長にはどうやら王の寵妃、フリーダの息がかかっている。下手に手を出して、こちらに火の粉が飛んではかなわない。

「引き続き注意してくれ。何か少しでも変わったことがあれば、すぐに報告するように」

「心得ております」

オリバーは素直に応じるが、エセルの心が変わらずオズワルドにあると、疑っていないようだ。それだけ、以前のエセルの執心ぶりはすさまじかった。

しかし、当のオズワルドは不安を覚えていた。

記憶にある限り、あの怠け者の王太子が自分から何かを始めたことなど、過去に一度もなかったのだ。

現状に不満をたらたらこぼしながらも、自身は何一つ行動しない。漫然とその日を暮らしているだけだった。

「それが、占いにまじないだと?」

侍女に命じて、あれこれ調度を動かしているという。馬鹿馬鹿しいが、素直に笑えない。

何かがおかしい。いつものエセルと、何かが違う。

不安が渦巻き、オズワルドはいっそう苛立つのだった。


それから一週間後、オズワルドの予感は的中した。

あれからオズワルドは、エセルへご機嫌取りの手紙や贈り物を送るも、丁寧な礼状が来るだけで会わせてもらえず、不安が焦りに変わっていた。

そんな矢先のことである。エセルが、一人の男を自分の宮殿に引き入れたというのだ。

宮殿に住まわせ、部屋まで与えたという報告を部下のオリバーから受けた。

「いったい、その男は何者だ」

「田舎者の学者です。侍女いわく、痩《や》せて青白い顔の優男で、年は三十過ぎだとか」

「田舎の学者? そんな得体の知れない男を勝手に王宮に入れたのか? あの馬鹿王子に、外部者を入れる手続きなんぞできんだろう」

「その男はもともと、アンナ様がエドワード様のために雇った家庭教師なのだそうです。ですから審査も済んで書類も揃《そろ》っています」

その報告で、オズワルドは久しぶりにアンナの存在を思い出した。末の王子は確か五歳になる。家庭教師を付けるのは少し早い気もするが、王の寵愛を失った側室にとって、息子の成長が何より大切なのかもしれない。

「家庭教師が王宮に着いたのは、つい昨日のことです。男がアンナ様の宮殿に案内されている途中、エセル様が散歩に通りかかって、一目で気に入ったのだとか」

「まさかそれで、無理やり男を奪って行ったというのか？　王の側室の客人を」

オリバーはにこりと笑い、「ご明察です」と言った。ちっとも笑えない。

「エセルは本物の馬鹿だ」

「さすがに、大人しいアンナ様も黙っていられなかったんでしょう。家庭教師を返してくれと王太子宮に乗り込んできて、なかなかの騒ぎだったそうで。あの分では今頃、王宮中に噂が広まっているでしょうね」

「それで、当の家庭教師はどうなった」

「王太子宮の玄関先で、アンナ様が泣いてひざまずき、ようやく週に三回だけ、エドワード様の家庭教師に行かせると言質を取ったようです。ただ、身柄はエセル様の預かりになりました。家庭教師は昨日のうちに、王太子宮の一番いい部屋を与えられたのだとか」

ではその家庭教師の男とやらは、昨日からエセルと同じ屋根の下にいるというわけだ。

オズワルドはギリリと奥歯を噛《か》みしめた。

(よもや、その日のうちに同衾《どうきん》することはないだろうな。……まさか。エセルはああ見えて、初《う》心《ぶ》な男だ)

しかし油断はできない。気に入った男を侍《はべ》らせて、そのうち閨《ねや》を共にするようになるのではないか。

身体を交えるのは最後の手段と、少年の頃から慎重に触れてきたのに、横から現れた得体の知れない男にかっさらわれる事態になったら、目も当てられない。

エセルは自分のものだ。王太子の寵愛を得るのは、オズワルドだけでなくてはならない。少なくとも今は。

苛立ちと共に、どす黒い靄《もや》のようなものが心の底から溢《あふ》れて、オズワルドは居ても立ってもいられず立ち上がった。

「王太子宮に行く。……男の名はなんと言う」

「カレグ。マルジン・カレグです」

聞いたことのない名だ。カレグ家というのも覚えがない。おそらくは平民で、学者といっても田舎でくすぶっているくらいだから、大した能力もないのだろう。

どんな男を引っ張り込んだのか、この目で確かめねば。

オズワルドは屋敷を飛び出すようにして、王太子宮へ向かった。

マルジン・カレグは、枯葉のような焦げ茶色の髪を後ろで無造作に束ねていた。背中を丸め、高くて尖《とが》った鼻を紙面に擦《こす》りつけるようにしながら、そこに書かれた文字を追っている。

エセルはお茶を飲みながら、そんな彼の横顔を見つめた。

別に、見惚《みと》れているわけではない。マルジンの顔立ちは、いささか鼻が高すぎることと、痩せぎすであることを除けば端整と言えたが、オズワルドのような、微笑み一つで老若男女を籠絡するほど凄味《すごみ》のある美貌ではなかった。

植物のようにひっそりとしていて、摑みどころのない男だ。

昨日、マルジンと初めて顔を合わせた。まず、想像よりずっと若いことに驚いた。三十三歳だという。

身に着けている衣服は、質素で古臭い。これでも、王宮に取り立てられると聞いて、マルジンの住む町の町長が急いでまともな服を用意してくれたのだそうだ。

王宮にそぐわぬ質素な装いにエセルは驚いたが、当人はそれを恥じ入る様子もない。

この村夫子《そんぷうし》は、恩師ビリンガムに頼まれて王宮に上がったものの、王太子のエセルに対してはいささか懐疑的だった。

「いったい、王太子殿下ともあろうお方が、この田舎者に何をさせようというのですか」

それが、マルジンの最初の質問だった。知識と知恵を授けてほしいと、エセルは答えた。

「僕は世の中のことを何も知らない。今は赤ん坊も同然なんだ。知恵を付け、できるだけ早く僕がこの国の政治に加われるようにしてほしい」

マルジンはもったりと瞬きをしてから、「わかりました」と、無表情に応じた。

「他ならぬ師の頼みです。私もできる限りのことを致しましょう」

そして早速、分厚い書物を渡された。マルジンが持参した政治学の本だ。

彼の著書だという。これを一晩で読んで、思ったことを書いて提出しろと言われた。

出された指示はそれだけで、大いに戸惑ったものの、エセルは一晩で本を読んで所感を書き出した。

今、目の前でマルジンが読んでいるのが、エセルの答案である。

「及第点」

ぱっと紙から顔を離すなり、抑揚のない声でマルジンが言った。

「ぎりぎり及第点、といったところですな。落第の一歩手前です」

予想以上に厳しい結果だった。エセルは肩を落とす。

「落第……そうか」

鏡で真実を見てから、エセルは独学で勉強をしてきた。以前よりはまともになったつもりだが、長年勉強を怠けていたツケは大きかった。

それにやはり、自分は人より頭が良くないのだと思う。渡された本はどうにか最後まで読んだけれど、知らない言葉がたくさんあったし、内容を半分も理解できなかった。

しゅんと萎《しお》れるエセルを見て、マルジンは無言のまま目の前に置かれた茶器を手にする。お茶はすっかり冷めているはずだが、構わず飲んだ。

「そう落胆することはありますまい。だから私を呼んだのでしょう」

「それはそうだが」

ほんの腕試しだったのではなかろうか。これで未来など変えられるのか、俄然《がぜん》不安になる。

マルジンはゆっくりお茶を飲み、これまたゆっくりと口を開いた。

「殿下。及第点と申しますのは……」

その時、部屋の外から慌ただしく侍女長の声がかかって、マルジンの言葉を最後まで聞くことはできなかった。

オズワルドが訪ねてきたのだという。

「今日は殿下にお会いするまで帰らないと、見たこともない剣幕なのです」

弱りきった侍女長の様子から察するに、相当な勢いなのだろう。

エセルはひっそり苦笑する。マルジンのことが、オズワルドの耳に入ったらしい。

それにしても耳が早い。もしかすると侍女長にフリーダの息がかかっているように、この屋敷の誰かもオズワルドと繋《つな》がっているのかもしれない。

（逃げ続けるのも、ここらが限界か）

すでに一か月近く、オズワルドに会っていない。会うのが怖かった。

彼の前で、うまく演技をする自信がない。その顔を見たが最後、感情のまま振る舞ってしまいそうだった。

――僕を騙《だま》していたのか。愛してなんかいないくせに、気を持たせるふりをして。

恨み言を、洗いざらいぶちまけてしまいたくなる。

どうして彼にだけ、こんなふうに強く気持ちを傾けてしまうのだろう。

これ以上、心を乱されたくない。この一か月近く、彼を慕っていた時の気持ちを必死に忘れようとした。でも、できなかった。

だから彼に会うのを避けてきたけれど、もう限界だ。

エセルは向かいに座る家庭教師を見る。相変わらず表情がなくて、何を考えているのかわからない。しかしそれでも、彼は自分の味方だ。

大丈夫、自分はもう一人で戦うわけではない。

そんなふうに自身を鼓舞し、エセルは侍女長に、隣の部屋へオズワルドを案内するように言った。

「隣で客人に応対してくる。お前はここで待っていてくれ」

マルジンは小さくうなずいて応じてから、何か思い出すように瞬きをした。

「オズワルド・メルシア子爵。私の弟弟子ですな。お会いしたことはありませんが、師から噂は聞いております。大変優秀で野心的な政治家だと」

「そうだ。そしてこの宮廷で、今のところ唯一、僕の味方になり得る人物だ。味方というより、一蓮托生《いちれんたくしょう》と言うべきかな。でもただの野心家ではない。心の底には良心が残っていて、船が沈みそうになったら最後まで残って舵《かじ》取りをするような、悪人になりきれない男だ」

マルジンはそのオズワルドへの評が意外だったのか、わずかに目を瞠《みは》った。

彼が口を開きかけた時、侍女長がエセルを呼びに戻って来た。

エセルが隣の部屋に入ると、こちらに背を向けて座っていたオズワルドは、弾かれたように立ち上がった。

「殿下！　お会いしとうございました」

振り返りながら言い、それから驚いたように言葉を切った。

彼が何に驚いたのかわからない。ただ、エセルを見て目を見開き、言葉を失ったように立ち尽くしていた。

「何度も訪ねてくれたのに、すまない。体調がすぐれなかったんだ」

エセルもオズワルドの様子に驚いてしまい、ぎこちなく返してしまった。

予定では以前の自分と同じように、我がままで横暴に振る舞うつもりだったのに。

すまない、なんて、かつての自分だったら決して言わなかった。

自分から非を認めるなんて、王太子の矜持《きょうじ》を損ねるようで、いかなる場合も謝罪の言葉を口にできなかったのだ。

「……いえ」

これにはオズワルドも、さらにうろたえたようだった。

ちょうど、侍女がお茶を運んできたので、オズワルドに座るように言った。エセルはその向かいに座る。

オズワルドは途方に暮れた顔をした。侍女も驚いている。

以前のエセルは、当然のようにオズワルドの隣に座っていた。それだけでなく、人目もはばからずオズワルドの腕に絡みつき、商売女のようにしなだれかかっていた。

オズワルドと侍女の視線を受け、エセルは小さく咳払《せきばら》いする。

「これからは、立場にふさわしい態度を取ろうと思ってな。子供の頃のように振る舞っているだけで、下々の者たちから『盛りのついたメス猫』だのと陰口を叩《たた》かれる」

言いながら、じろりと侍女を睨《にら》む。侍女は驚いて身を震わせ、その拍子に茶器をテーブルの上に倒した。

まだお茶を注ぐ前だったから、大したことにはならない。しかし、侍女は怯えたようにその場にひざまずいた。

「申し訳ございません。殿下、どうかお許しを」

エセルは大丈夫、と口にしかけ、途中で気づいて立ち上がった。

「この愚図！　侍女のくせにお茶一つ満足に淹れられないのか！　役立たずめが！」

喚き散らして地団太を踏む。いつもこうしていたからだ。オズワルドが気を取り直した様子で「どうかお気をお鎮めください」と、やんわりなだめた。

なだめながら、エセルの隣に席を移す。そうして主君の手を取り、優しくさすった。

「お茶なら私が淹れましょう。ようやく殿下にお会いできたのです。こんなことで貴重な時間を無駄にしたくありません」

オズワルドの媚びるような眼差しの奥に安堵の色があって、エセルは複雑な気分になった。

まともな態度を取ると訝《いぶか》しがられ、気が触れたように喚くとホッとされるなんて。

それから、エセルが許すとも許さないとも言わないうちに、オズワルドは勝手に侍女を下がらせた。

手ずからお茶を淹れ、甲斐甲斐《かいがい》しくお茶菓子と一緒にエセルの前に並べる。

さりげなく、再びエセルの手を取ろうとするから、やんわりと避けた。

オズワルドは、ムッとした顔になるのを隠さなかった。

「殿下。私が何か、あなた様の気に障ることをしたでしょうか」

「なぜそう思う」

「なぜって。一か月も会ってくださいませんでした」

こちらを覗き込んでくるから、エセルは相手を見ないようにそっぽを向く。

怒っていたわけではない。ただオズワルドの顔を見たくなかっただけだ。

久しぶりに彼と顔を突き合わせて、愕然《がくぜん》とした。

オズワルドのエセルに対する媚《こ》びの売り方が、あまりにあからさまだったからだ。

まるで、宮廷に出入りする御用商人のようだ。媚びへつらう商人たちを、エセルは鼻で笑っていたのに、オズワルドの態度にはまるで気づかなかった。

本当に自分は今まで、見たいものを見たいようにしか見て来なかった。

自分の頭で何一つ考えない、馬鹿な王太子。オズワルドがエセルを侮《あなど》っているのが、今となってははっきりわかる。

「エセル様。私の愛《いと》しい王太子殿下。何か気に障ったことがあるなら、どうか教えてください」

そっぽを向いたままでいたら、怒っていると勘違いされたらしい。哀れっぽい声がした。

振り返ると想像通り、オズワルドは口元にだけ笑みを浮かべ、冷たい眼差しでエセルを見ていた。

「殿下。何をお怒りになっているのですか」

何も怒ってなどいない。ただ、絶望しただけだ。そうとは言えず、咄嗟《とっさ》に言い訳を考えた。

「別に。僕に会わなくたって、お前は寂しくなんかないだろ」

「何をおっしゃるんです。このひと月近く、あなたに拒絶されて胸が張り裂けそうでした」

白々しい言葉が、耳を通って抜ける。

昔はもっと、実のある会話をしていた気がする。もっと子供の頃には。

勉強のことや、未来のこと。あの頃の会話を思い出せばわかる。オズワルドは小姓になりたての頃、エセルをまともな王太子にしようと心を砕いていた。

でもエセルは、オズワルドの愛情をもっともっとたくさん浴びたくて、そのことしか考えていなかった。

オズワルドが成人し、宮中で周りから嫌がらせやいじめを受けながらも成り上がろうともがいていた頃、エセルは自分の可能性について諦め、代わりにオズワルドにすべてを背負わせていた。

王宮で立場を確立すること、仮初めの愛情を注いでエセルを満足させること。何でもかんでもオズワルドにやらせて、エセルは自分の宮でくつろぎ、ちょっと気に入らないことがあるだけで癇癪を起こしていた。

オズワルドに見限られて、当然なのだ。

「殿下。そんなに悲しい顔をされては、私まで泣きたくなってしまいます」

「勝手に泣けばいい。慰めてくれる女がたくさんいるだろ」

オズワルドには、通っている女が何人かいたはずだ。どこからか、噂を耳にしたふりをしようと咄嗟に思いついた。

ほんの一瞬、オズワルドは虚を突かれたように口をつぐんだ。しかし、瞬きをする間にたちまち立ち直る。

「女？　何のことです。私に恋人などいないのは、あなたもご存知のはずでしょうに」

意味が分からない、という素振りは真に迫っていて、見事な演技だと感心した。

「とぼけなくていい。噂を聞いたんだ。オズワルドには女がいるって」

「誰がそのようなことを。くだらない。噂は噂、真実ではありません。どうか信じてくださ い」

素早い動きで手を握られたので、今度は避けられなかった。

「本当です。信じてください」

きらきらとした灰紫の瞳が、エセルのすぐ間近に迫ってくる。美しくて、でも薄っぺらい微笑みと共に。

エセルは再びそっぽを向いた。見ていられなかった。鏡の中の未来で、醜いエセルに宝石をねだる男たちの顔と、今のオズワルドの表情はまったく同じだった。

毅然《きぜん》とした態度を取ろうとして、どうしてもうろたえてしまう。

しかし、オズワルドの方は一向にめげていなかった。

「今も昔も、私の心にあるのはあなただけです、エセル様。この想《おも》いは未来永劫《えいごう》変わりありません。この刺草の痣にかけて誓いましょう」

最後の言葉に、思わずふっ、と笑いが漏れてしまった。オズワルドを馬鹿にしたわけではない。けれど、急に何もかもが馬鹿らしくなった。

「エセル様？」

こんな茶番は、まったく時間の無駄だ。オズワルドにとっても、エセルにとっても。

エセルは黙って茶器を手に取った。お茶を飲む間に、考えをまとめる。やがて口を開いた。

「これからは、毎日でなくていい。そうだな、三日に一度、訪ねてきてくれ」

オズワルドを見ると、彼はきょとんとしていた。無理もない。これまで、エセルが意味のある言葉など口にしたことはなかった。

「忙しいお前を煩《わずら》わせるのは忍びない。だが僕との逢瀬《おうせ》がなくなっては、お前が王太子と決別したと思われてしまう。三日に一度くらいがちょうどいいだろう。ただ僕のご機嫌を取る必要はない。人払いをするから、ここで僕と会っているふりをして休んでいけばいい」

「何を……仰《おっしゃ》っているのです」

まだとぼけようとするから、必要ないとかぶりを振った。

もっとうまくやるつもりだった。侍女長たちに対するように、暗愚に振る舞って今までと変わっていないことを印象付けるつもりだったのに、無理だった。

自分はオズワルドの前では、平静でいられない。些細《ささい》なことで心が乱れてしまう。

「オズワルド。僕にとってお前は必要な人間だ。お前にとって僕がそうであるように」

相手の瞳に希望の色が浮かんだ。オズワルドが手を握ろうとするので、慌てて距離を取る。

「お前は僕がいなくては、この先の出世は望めない。冷や飯食いの三男坊としては大出世だが、周りから寄ってたかって潰《つぶ》されて失脚するか、ただの一政治家で終わるだろう。だがそれは僕も同じだ。一人では政治の場にすら立てない。このままでは、王になっても変わらない。即位をしても政治は七侯たちによって進められ、僕は玉座にさえ座ることなく、王宮を出ることさえ自由にならない。僕一人だったなら」

エセルが言葉を発するごとに、オズワルドの目が驚愕に見開かれていく。

「僕にもお前が必要なんだ。お前を見限ることはない。だから安心してほしい。これから二人きりの時は、機嫌を取るふりをしなくてもいい。ただ対外的に、僕とお前の仲がいいことを知らしめられればそれで」

「あなたは……何を仰っているかわかっているのですか」

動揺を押し隠すように、オズワルドは薄笑いを浮かべた。

「私のあなたへの愛と忠誠が、上っ面のおべっかだと、そう仰ってるも同然ですよ」

相手の手が伸びてきて、エセルは強くそれを払いのけた。正面からオズワルドを見据《みす》える。そうするのは、エセルにとって本当に勇気のいることだった。

「これ以上の茶番は互いに時間の無駄だ。そう思わないか、メルシア子爵」

瞬間、冷たい灰紫の瞳に、カッと怒りの炎が上がるのが見えた。

「——あなたは……っ」

腕を摑まれたかと思うと、エセルは声を上げる間もなく、身体ごと長椅子に引き倒されていた。その上からオズワルドが覆いかぶさるように両腕を押さえつける。

「あの田舎学者か。あなたが引っ張り込んだという男が、そのようにあなたに吹き込んだのですね」

オズワルドの顔は、怒りと苛立ちに歪《ゆが》んでいた。もう自分の相手をしなくていいと言ったのに、どうしてそんなに怒るのかわからない。

エセルは困惑した。それに、見たこともない表情をする彼が怖い。

「オズワルド、痛い。マルジンは何も……」

「マルジン！　さっそく名前で呼んでいるのですな。何もない？　村夫子に吹き込まれたのでなければ、では誰に入れ知恵されたのです。私以外の誰が！」

「別に、誰にも」

押さえつけられる痛みをこらえて言うと、ただちに「嘘だ」と、決めつけられた。

「あなたが、まともなことを考えるはずがない」

断言されて、思わず泣き出しそうになった。オズワルドにとって、エセルはまともな頭など持たない人形で、乱暴にねじ伏せてもいい相手なのだ。

彼が自分を蔑んでいるのは知っていたが、こんなふうに扱われることは想像していなかった。

「……痛い、オズワルド」

「殊勝なふりをして。しばらく見ない間に美しくなられたが、もう田舎学者を咥《くわ》えこんだのですか」

オズワルドは片方の手を離したが、それはエセルを解放するためではなかった。

左手だけでエセルの手首をまとめ上げ、拘束する。右手をシャツのボタンにかけた。

「やめろ」

何をしようとしているのかわかって、エセルはゾッとした。怖い。

抵抗したくても、両手はびくともしない。足をばたつかせたが、身体の上にオズワルドが乗っているので、逃げることがかなわない。

「何を怯えるのです。あなたは私に、何度も抱いてほしいと仰っていたではないですか。今、それをかなえて差し上げましょう」

それは確かに、少し前まで自分が望んでいたことだ。だが今は嬉しくない。それどころか鳥肌さえ立った。

「い、嫌だ」

本気でかぶりを振ると、オズワルドの瞳にさらに怒りが灯《とも》った。

「やはり、心変わりをされたのですね」

「違……」

言いかけて、口をつぐんだ。どんなに必死になって伝えようとしても、オズワルドはエセルの言葉など聞いてくれない。彼の耳には何一つ届かない。

そのことに気づいて絶望しかけた時、まったく唐突に隣の部屋に繋がる扉が開いた。

エセルとオズワルドは同時に固まる。二人が目を向けたその先に、青白く表情のない男の顔がひょいと覗いた。

「殿下が嫌がっているようですが。これ以上、無理を強いるのなら人を呼びますよ」

抑揚のない声で言う。覇気《はき》とは無縁のその声音に、しかしオズワルドはゆるゆると拘束を解いたのだった。

「見苦しいところを見せて、すまなかった」

オズワルドが帰った後、マルジンは侍女に頼んでお茶を淹《い》れなおさせた。

温かいお茶を勧められるまま口にして、エセルはようやく人心地がつく。それから、自分の身体《からだ》が震えていたことに気がついた。

「こちらこそ、助けが遅くなって申し訳ありません。最初は痴話喧嘩《ちわげんか》かと思いましたので」

エセルはその言葉に、うっそり笑う。

「今まで僕がオズワルドへの痴情に溺《おぼ》れていたから、お前に心変わりしたと思って焦ったんだ。もうあんなふうに気を引く必要はないと言ったんだが、僕の言葉は届かないみたいだ。まあ、これまでの僕の行いを鑑みれば、それも無理のないことだがな」

いくら毒のせいで苛立《いらだ》っていたとはいえ、これまでの行いはまともではなかった。

今だって、決してまともとは言えないかもしれない。自分自身の考えや行動に、客観的な判断を下せる自信がなかった。

いつだってエセルは、見たいものだけ見て、物事を自分の都合よく捉《とら》えてきた。これからもそうではないと言い切れない。

「メルシア子爵の焦りは、それだけでもなさそうでしたが」

マルジンは何か考えるように遠くを見た後、そんなことをつぶやいた。

「どういうことだ？」

尋ねたが、学者はすぐに「いえ」と、いささか眠たそうに目を伏せる。

「確かなことは言えません。私はまだ、あなたのこともメルシア子爵のことも、よく存じ上げていないのですから」

それもそうだ。そもそも付き合いの長いエセルでさえ、オズワルドの一面しか見てこなかった。人の内面など、外側からそうわかるものではない。

だとすると目の前のこの学者にも、外見の印象からは垣間《かいま》見えない面があるのかもしれない。

「何か？」

こちらの視線を受け、マルジンがもったりと小首を傾《かし》げる。

「いや。僕もお前のことを、よく知らないと思ってな」

ビリンガムの紹介を受けてマルジンを呼び寄せたが、彼がどういう人物なのか、ほとんど知らない。

ビリンガムの手紙には、王立学院を首席で卒業し、王都の官吏となった後、しばらくは彼の部下として王宮にも出入りしていたらしい。

地方出身の平民としては、大いなる出世である。それがなぜか、ある時から故郷に戻り、田舎の教師をして糊口《ここう》をしのぐようになった。

「王都にいたのに、なぜ故郷に戻ったんだ？　そういえば聞いていていなかった」

「多くの人は、まずそこを気にされるのですが」

マルジンはくすりと笑う。何も聞かないエセルを、珍しく思っていたようだ。

「お前が優秀で信頼がおける相手だ、ということはわかっていたからな」

ビリンガムが、もっとも信頼する男だと言っていた。それにオズワルドもエドワードも、マルジンを手放しで褒《ほ》めていたし、心から信頼していたようだ。

ただそれは未来の出来事だし、エセルがマルジンを起用した時点で、オズワルドの部下になることは難しくなった。

先ほどの、オズワルドの様子を思い出す。隣の部屋から現れたマルジンを、射殺しそうな視線で睨《にら》みつけていた。

オズワルドが誰かに対し、あんなふうに剝《む》き出しの敵意を向けるのを、初めて見た。

エセルとの距離を詰めようとしたのに、邪魔をされて腹が立ったのだと思うが、それにしても強烈な敵意をマルジンに向けていた。

あれでは将来、オズワルドがマルジンを登用することなどないだろう。それがいいことなのか悪いことなのか、今の時点ではわからない。

ただ、こうしてマルジンと知己になった以上、彼をむざむざと早死にさせたくなかった。

「簡単に言えば、官吏たちの派閥争いに巻き込まれ、敗北したのです。私はビリンガム様に目をかけていただき、飛び級して王立学院で学びました。卒業後は官吏として王宮に仕えておりました」

王立学院は、学問に優秀な者だけが入れると聞く。そこで飛び級したのだから、彼の頭脳は相当なのだろう。

「我が師ビリンガムは、官吏時代よりこの国の未来を憂い、様々な改革を提案していました。私も平民出身として彼の考えに大いに賛同するところがあり、また引き立てていただいた恩もあって、彼の派閥に属していたのです」

今のまま、あちこちから重税を取り立てて王侯貴族だけが贅沢《ぜいたく》をする生活では、国が破綻《はたん》してしまう。ビリンガムは未来を憂えていた。

だから国を建て直すために、様々な改革案を提案した。

もちろん、ただ愚直に改革を述べていたわけではない。官吏たちと政治的な駆け引きを行い、その結果、国王からも目をかけられる地位に出世していたという。

ならばその下にいたマルジンも、それなりに順当に地位を上げていただろう。

「当然、師が提案する改革の多くは王侯貴族にとって都合の悪いものでした。また師の出世は、敵対する派閥にとっても面白くないことだったでしょう」

ビリンガムはその賢智から、王や貴族にも一目置かれていたが、一方で危うい男だという認識もされていた。

「十数年前、干ばつ被害に端を発した大規模な暴動が地方で起こりました。師はその責任を取らされ、大きく降格されたのです。彼は以前から地方の食料問題に取り組んできたのですが、それらの功績は敵対派閥に握りつぶされました」

ゆっくりと話すマルジンが、いささか早口になる。強く拳《こぶし》を握り込む仕草が、悔しさを表していた。

ビリンガムを不穏分子とみなす王侯貴族、反対派閥の官吏から政策の責任をなすりつけられたというわけだ。

結局、ビリンガムは降格を機に官吏を辞職した。師であり上司である彼がいなくなって、その下にいたマルジンたちは、宮廷で肩身の狭い思いをしたようだ。

マルジンを含め、ビリンガムの派閥の官吏たちもまた、多くが宮廷を辞することとなる。

「師は、私を王立学院の教師に取り立ててくれようとしましたが、辞退しました」

王立学院でも、似たような派閥争いがあった。そうした争いが何もかも嫌になって、マルジンは故郷に戻ったのである。

その後、ビリンガムとマルジンは手紙のやり取りを続け、互いの近況を報告し合った。

「師はこころざし半ばで宮廷を去ったことを、深く後悔しておいででした。私も、故郷の田舎町に戻ってその退廃を目の当たりにし、師の仰《おっしゃ》っていたことは杞憂《きゆう》ではなかったと確信したのです」

「つまり、このままでは、国の存亡が危ういということだな？」

エセルは、鏡の中で見た光景を思い出す。過去、現在、未来、すべての時間軸において、田舎の町や村は困窮していた。

「その通りです。しかし、師も私もすでに官ではない。何もできない歯がゆさを噛《か》みしめておりました。鬱々《うつうつ》とした日々を送るうちに、自然と我々を追い出した宮廷への恨みが募ります。このまま田舎でくすぶっていたくない、という思いもありました。そんな折、師を通してあなたに呼ばれたのです」

マルジンの物言いは周りくどいが、言いたいことはわかった。

師のビリンガムと同様、マルジンもこの国の行く末を憂えている。同時に、自分たちを追い出した宮廷への復讐心《ふくしゅうしん》、再び中央に返り咲きたいという野心も募らせていた。

エセルに呼ばれたことは、彼にとって渡りに船だったと言える。

「師は、現在のあなたを評価しておいででした。殿下とは手紙でのやり取りのみだが、じゅうぶんに聡明《そうめい》さがうかがえる、我らの憂いを払い国を建て直す希望となるかもしれないと。正直、その見解には懐疑的でした」

正直な言葉に、エセルは苦笑する。マルジンが宮廷にいた時代、エセルはまだ幼かったが、我がままな性格は官吏たちにも知られていたかもしれない。

「どうせ、僕の現在の悪評も師から聞いたんだろう？　それでも仕えようと思ったわけだ」

「これを逃せば、中央に戻る機会は二度と訪れないでしょう」

「なりふり構っていられなかったわけだ。正直だな」

マルジンはおよそ、言葉を飾ることをしない。官吏時代もそうだったのかわからないが、無用なお世辞に慣れたエセルにとっては、彼の正直さが心地よかった。

「しかし、ほんの二日足らずですがあなたのそばにいて、確信しました。あなたは噂《うわさ》のような暗愚な暴君ではない」

「ありがとう。その評価は嬉《うれ》しいが、噂は本当なんだ。僕はひと月前まで、手の付けられない阿呆《あほう》だった。何一つ学ばず、物事も見たいようにしか見ない。民草のことなど小石ほどにも考えてこなかった。なぜ変わったのかは、一言では言えないが」

鏡の真実のことは、馬鹿正直に話したところで、とうてい信じてもらえるとは思えない。

マルジンは無表情のまま、こくりと素直にうなずいた。

「では、今は聞かないでおきましょう。重要なのは現在です。あなたは自分自身と、そしてこの国の両方を変えようとなされている。どちらも難しいことです。しかし、あなたならば実現できるかもしれません」

「……本当に？」

自信はない。始めたばかりの学問も落第の一歩手前で、前途は暗澹《あんたん》として見える。

「あなたは決して暗愚ではありません。それどころか大変聡明な方とお見受けしました。先ほどの答案は及第点ギリギリと申しましたが、王立学院の生徒でも、恐らくこれを解けるものはおりませんよ。あなたの頭脳が劣っているのではなく、問題が高度すぎるのです」

マルジンはテーブルに置かれたままのエセルの答案を示し、頬をほんの少し緩めた。もしかすると、笑ったのかもしれない。

「あなたが幼少期から受けてきた教育が、ほとんど意味をなしていなかったことも聞いております。それが真実なら、あなたの教養はこのひと月、独学で得たものなのでしょう。確かに知識の範囲が偏っていますし、そのくせ基本的なことをご存じでない。しかし、答案は驚くほど秀逸でした」

「まだ、見込みはあるということか？」

「大いに。もしも王立学院に入っていたなら、私のように飛び級も可能だったでしょうね。考えが柔軟で、物事を変えたいという強い意志が窺《うかが》える。あなたに出会えたことは、私にとって人生最大の幸運でした。今の国政を変えたいという同じこころざしを持つ方、それも聡明な方が私の主《あるじ》となるのですから」

マルジンは座った姿勢のまま、胸元に右の拳を当てて略式の家臣の礼を取って見せた。

「エセル王太子殿下。知をもってあなたにお仕え致します。この国の憂いを払うために、どうか私をお使いください」

マルジンの表情は相変わらず乏しいが、それが単なる儀礼ではなく、本心であることは窺えた。

厳かな気持ちになり、エセルは背筋を伸ばす。

「ありがとう、マルジン。お前の期待に応えられるよう、僕も力を尽くそう」

ようやく味方が増えた。それも、頼もしい味方だ。一歩、前に踏み出せたような気がして、エセルはほっと息をつく。

おかげでオズワルドのことはしばし、頭から離れていた。

その翌日、エセルはかねてより考えていたことを、さっそく実行に移した。

まず何よりも先に、できるだけ早く、やらなければならないことだ。

使用人のエアには以前から準備を頼んでいたから、マルジンを得た今、行動しない手はない。

「マルジン。明日、街へ行きたい。お前にも付いてきてほしい」

だから、彼にもそう伝えた。マルジンは幾度か瞬《まばた》きした後、「かしこまりました」とだけ答えた。確かに答えたのに。

「なのになぜ、当日になってブツブツ文句を言ってるんだ？」

エセルがすっかり身支度を整えた横で、マルジンは背中を丸めて爪を噛み、さっきからしきりにブツブツ言っている。

「文句など。いや、しかし、本当に？」

つい先ほど、朝食を食べ終えるまで、マルジンに変化はなかった。身支度を整え、さあ行くぞと言ったところで、急にオロオロとうろたえ始めたのだ。

「殿下がお忍びで下町に行かれたい、というのは理解しました。実際にご自分の目で、市井の人々の暮らしをご覧になりたいというのでしょう」

「その通りだ」

何としても、この目で見なくてはならない。

鏡の中に、エセルが行ったことのない町や村がたくさん映っていた。過去、現在、未来、いずれにおいても、そこに住む貴族ではない人々は困窮していた。

時代が下るにつれ、状況はより深刻になっていく。目を覆うような悲惨な光景もあった。

あれが事実なのかどうか、確かめなければならない。

未来で起こる暴動、「革命」は、貴族ではなくその他大勢の民たちによって引き起こされるのだから。

エセルとマルジンだけで地方に足を運ぶことはできないので、行くとすればここ王都にある下町しかない。

鏡を見た後、自分にできることをやろうと決めた時から、計画を立てていた。図書室にあった地図や文献で、王都の全体像はおおよそ把握している。

「エアには、僕らが留守の間、周りに上手《うま》く誤魔化してもらうことになっている。ほんの半日ほどだから、見つかる心配はない」

お忍びで街に出ることは、エアとマルジン以外には秘密だ。

エセルが正気で、今までとは違う行動をしていることを、誰にも気取られてはならない。オズワルドにさえ。

誰が敵かわからない王宮で、味方の少ないエセルはまだ、癇癪《かんしゃく》持ちの怠惰な王太子でいなければならなかった。

「いえ、そういうことではなく。殿下には、護衛がいらっしゃらないのですか？」

恐る恐る、という口調で、マルジンが尋ねる。エセルは首を傾げた。

「いないな」

そういえば以前、アンナにも似たようなことを言われた。あの時はまだ、アンナを誤解していたから、気にも留めていなかったが。

「僕は生まれて一度も、王宮を出たことがない。いや、生まれたばかりの頃に一度、外祖父のゴドウィン卿の邸宅に行ったらしいが、さすがに覚えていないな。外に出ることもないから、護衛もいない」

エセルとて、丸腰で街に下りるのは心許《こころもと》ないが、いないものは仕方がない。

マルジンはそこでまた、さらに驚いたというように目を見開いた。何度か瞬きをして、やがて大きなため息をつく。

「なるほど。あなたは王太子の身でありながら専属の護衛騎士もおらず、王宮を一歩も出たことがない。殿下のお立場をようやく理解した気がします。奪われていたのは教育の機会だけではなかったようだ」

マルジンは言って、ふうっとまたため息をついた。予想以上に厄介な主君を持ったことを、後悔しているのかもしれない。

「家庭教師を辞めるか」

今、彼にいなくなられるのは困る。しかし無理強いはしたくない。

恐る恐る相手を窺うと、マルジンは表情を変えないまま小さくかぶりを振った。

「ここで辞めればまた、田舎で死んだように生きるだけです。お供しますよ。参りましょう」

エセルは心底ほっとした。いざとなれば一人でも行くつもりだったが、一度も王宮の外に出たことがないエセルにとって、このお忍びの視察は不安との闘いでもあった。

「私は昔、ほんの一時ですが下町に住んでいたんです。以前とは街並みも変わっているかもしれませんが、そこらの貴族よりは案内として役に立ちますよ」

「それは頼もしいな」

「そのかわり、護衛は期待しないでください。子供の頃から本の虫で、喧嘩の一つもしたことがありません」

無表情にきっぱりと言うから、少し笑ってしまった。ひょろりとしたマルジンは、確かに腕っぷしは強くなさそうだ。

「何もないことを祈るよ」

言いながら、オズワルドなら護衛もこなせるだろうと考える。彼は学問だけでなく、武芸も得意だった。いや、それだけ努力してきたのだ。

エセルも彼と同じように自身を磨いていたら、今頃はオズワルドも味方でいてくれたかもしれない。

そこまで考えて、頭を振った。

（よそう）

どんなに後悔しても、過去は変わらない。でも未来はわからない。

嘆くのではなく、行動しなければ。

エセルはエアに留守を頼み、マルジンに用意しておいた荷物を持たせて王太子宮を出た。

王太子が気まぐれに王宮をほっつき歩くのはいつものことなので、誰も気にはしない。そしてエセルは、王宮の中のことなら詳しかった。

使用人たちが出入りする、裏の通用門へ向かうと、いったん道を逸《そ》れて人気《ひとけ》のない雑木林の中に入る。そこでエアが用意してくれた、黒髪のかつらをかぶり、使用人の服に着替える。

マルジンを先に歩かせ、エセルは従者のふりをして彼の後ろに付く。

通用門の出入りには通行証が必要だが、マルジンは家庭教師として通行証を持っているし、エセルはエアの通行証を借りておいたので、難なく通行を許された。

拍子抜けするほど簡単だった。門番が仲間同士でおしゃべりをしていて、ろくに通行人の顔も見ていないのは気になったが、ともかく無事、王宮の外に出られたのだ。

通用門の外は急で狭い石の階段が続き、それを下りると今度は、急な坂道になっていた。

王宮の周りをぐるりと巡るように坂を下って、正門に行き当たる。眼下に街並みが広がっているのが見えた。

「あそこに見えるのが街ですよ」

マルジンが教えてくれた。王宮は小高い山の上に建っていて、正門から街が眺望できるのだ。

王宮の周りを囲むようにして、山の高い部分に貴族たちの屋敷が集まっている。貴族が住むこの地域は、山の手と呼ばれているらしい。

山を下りきった平地に平民たちが暮らしており、居住区は山の上と下とで身分がはっきり分かれていた。

「街の中でも、正門から見下ろせる東の区域が一番、交通の便が良くて栄えていますね。ここは平民の中でも比較的、裕福な人々の住む界隈《かいわい》です。殿下がご覧になりたい下町は、その西側にあります」

マルジンは言いながら、早足に先を進む。坂道だし、道は王宮の石畳のように綺麗《きれい》に舗装されていない。追いつくのが大変だった。

「そっちの道は、遠回りじゃないか？　西に行くなら、このまま下りた方が近いだろう」

坂は広い一本道だったが、途中でいくつか小道に分かれていた。マルジンがそのうちの一本に逸れようとしたので、エセルは声をかけた。マルジンは驚いた顔で振り返った。

「王宮を出るのは初めてなのでは？」

「事前に地図を見たと言っただろう」

「なるほど。確かに遠回りになりますが、こちらの道の方が馬車が通らず人通りも少ないので、お忍びにはこちらがいいかと。治安のいい山の手を横切って山を下りることになりますし」

エセルは納得した。

「やはり、実際に足を運ばないと、地図を見ただけではわからないな」

マルジンはうなずき、先を歩き続ける。少ししてから、前を見たまま尋ねた。

「もしかして、殿下は地図に描かれていた道をすべて覚えておられるのですか」

「ああ。見たら覚えるだろ」

相手はそうだとも、違うとも答えなかった。また少しして、

「課題として提出した私の著書ですが、分厚くて読むのに時間がかかったでしょう。最後まで読めましたか」

「何とかな。正直に言えば、読んで理解できないことも多かった」

「私の論文を理解できる者の方が少ないです。『君主政体の原理』の章は、どれくらい理解できましたか。『貴族と市民が体制を監視することによって、君主政体を健全に機能させる』と述べた点について」

「『貴族と市民』ではなく、『人民全体が体制を監視することによって、君主政体が効率的かつ健全に機能する』ではなかったか？」

マルジンは振り返り、また前を向いて「ふふ」と声を漏《も》らした。

「素晴らしい記憶力ですね」

「覚えるのは得意なんだ。でも、覚えたことが生かせなくては意味がない」

実際、今までこの記憶力が役に立ったことなどなかった。エセルにとっては、さしたる取柄だとは思えない。

「なるほど。しかし、学問をするには大いに有利です。今後も役に立つでしょう」

そうだといいな、と、マルジンの薄い背中を眺めながら、エセルは思った。

街に下りて改めて、エセルは自分がとても贅沢に暮らしてきたのだと思い知った。

マルジンと一時間ほど歩き続け、ようやく下町に辿《たど》り着いた。途中、山の手を抜けて、裕福な平民が住むという界隈も通ったが、街並みは思っていたよりずっと質素だった。

商店が建ち並び、活気のある通りもあったが、ほんの一角だ。そこもごちゃごちゃして埃《ほこり》っぽい。

下町に入ると、より不潔だった。通りのあちこちにごみが散乱し、ひどい臭いがする。

王宮のように美しい場所は、どこにもなかった。

道も舗装などされていなくて、歩きづらい。マルジンは慣れているのか、すたすたと先を歩いて行ってしまう。

下を向いていないとゴミを踏んでしまうが、彼に置いて行かれないように歩こうとすると、うつむいていられない。

一歩前に出ると、ぐにゅっと得体の知れない柔らかい物を踏んでしまい、鳥肌が立った。

「ま、待ってくれ」

どんどん離れていくマルジンに声をかける。マルジンは振り返り、ようやく距離ができていることに気づいた。せかせかした足取りでエセルの方へと戻ってくる。

「申し訳ありません。焦って先を急いでしまいました」

「何か、その先に急ぐようなものがあるのか？」

無表情なので、焦っているようには見えないが、マルジンは問われてちらりと進んでいた方向を振り返った。

「この辺りが王立学院時代、私が暮らしていた場所なのです。寮に馴染《なじ》めなくて。都会の下町もやっぱり馴染めなくて、すぐ師に泣きついて、師の屋敷に居候させてもらうようになりましたが」

「……ここに、か」

エセルは思わず、ぐるりと周囲を見回した。店もちらほらあるが、通りには活気がなく、開いているのかいないのかわからない状態だ。明らかに朽ちた建物もあった。

「あまりに様変わりしていて、道を間違えたのかと思いました。昔はもっと、賑《にぎ》やかだったんですよ。店だってたくさんあった」

馴染めなかったが、思い出の場所なのだろう。マルジンの記憶にある光景と、今の街並みがだいぶ変わっていて、戸惑っているようだった。

「その角を曲がった通りに、貧乏学生だった頃に通った安い食堂があって、まだあるかどうか確かめたかったんです」

マルジンは、すぐ先にある曲がり角を示した。エセルはマルジンと共に先へ進む。

けれど、角を曲がった先にある光景を見た途端、二人は言葉もなく立ち尽くした。

「ここは……」

マルジンが言っていた店など、どこにもなかった。あるのは糞尿《ふんにょう》とごみにまみれた道路、朽ちかけて廃墟《はいきょ》となった街並みだけだ。

骸骨《がいこつ》のように骨と皮だけになった老人が路上に横たわり、その横を骨と皮だけの子供たちが駆けていた。

「貧民窟だ」

思わず、というように、マルジンはつぶやいた。

「下町ではなかったのか？　道を間違えたのか」

「いいえ。道は間違えてはいません。あの老人が横たわっている廃墟が、私が通った食堂です。十数年の間に、貧民街が広がったのです」

やせ細り、目だけがせり出した幽鬼のような子供たちが、遠巻きにエセルたちを見ていた。

その中の一人が不意に、トコトコとこちらに近づいてくる。その子供は、弟のエドワードと同じくらいの年格好だった。

手足は骨と皮だけで、裸足《はだし》で服はボロを纏《まと》っただけだ。その子供が、垢《あか》と泥にまみれた手をにゅっと突き出す。

「たべもの、ある？」

物乞いをされているのだと気づき、エセルは急いで手にしていた包みを解いた。

少しの果物とパン、それに小銭。エアがエセルの宝石を金に換えてくれたのだ。大きな金貨は下町では使いにくいからと、銅貨にしてくれた。

「これを……あっ」

おずおずと包みを差し出そうとした。どうぞ、とこちらが勧める前に、子供は目についた果物とパンを奪って走り出す。

はずみで、エセルは包みを取り落としてしまった。残りの食べ物が地面に落ち、銅貨が音を立てて方々へ散らばる。

すると、遠巻きに様子を見ていた子供たちがわっと一斉に群がった。エセルを突き飛ばして足元の食べ物を拾い、ガツガツとその場で食べる。食べ物を拾えなかった子供たちは、小銭を拾い集めた。

方々で奪い合いが起こり、あぶれた子供たちはエセルに手を突き出す。

「もっとちょうだい」

「すまない……食べ物はもうないんだ」

もっと持ってくれば良かった。子供たちの勢いに呑《の》まれながら、後悔と共に謝罪する。

しかし、子供たちはエセルの言葉など聞いていなかった。表情のない虚《うつ》ろな目で、次々と手を伸ばす。手にしていた包みの布を奪い、外套《がいとう》を剝《は》ごうとした。

「ま、待て。やめろ」

「行きましょう。これ以上は危険です」

マルジンがエセルの腕を引き、子供たちの群れから助け出した。子供たちはエセルを追いかけることはせず、その場に立ち尽くす。ただ言葉もなくじっと、エセルたちが去っていくのを見つめている。

エセルはそんな子供たちの視線に後ろ髪を引かれながら、どうすることもできず逃げるしかなかった。


王宮に戻ると、熱いお湯をたっぷり張った風呂に浸《つ》かった。

薔薇《ばら》の香油を垂らしたお湯で身を清めると、ようやく人心地がつく。けれどすぐその後から、罪悪感が押し寄せてきた。

自分がこうして贅沢な風呂に入っている間も、あの子供たちはお腹《なか》を空《す》かせているのだ。

マルジンにとっても、下町の様子は衝撃だったようだ。気落ちした顔をしていた。

「地方の貧困は耳にしておりましたが、王都の退廃がこれほどとは。私も想像していませんでした」

エセルの居室に来たマルジンは、疲れた声で言い、ため息をついた。

すでに陽《ひ》が落ちていたが、二人とも食事をする気力もなかった。エアに葡萄酒《ぶどうしゅ》を用意させ、二人でしばし、無言で盃《さかずき》を傾ける。

やはり、鏡に映った光景は真実だった。

マルジンが衝撃を受けるほどに、王都の街には貧困が広がっていた。下町は貧民街に飲み込まれ、かつての賑わいを失っている。

それに、あのガリガリに痩《や》せた子供たち。王の膝元である都で、エセルが暮らすすぐ近くで、あんなにも飢えている子供がいた。そしてこのままいくと、ああした子供たちはもっと増えていく。

エセルは、自分が着ている絹のシャツの袖口を見つめる。

何の飾りもないシャツだ。けれどこの一着分の金で、何人もの子供たちが食べ物を買うことができるのだろう。

そんな貧しい人々を後目《しりめ》に、今この時も王侯貴族たちは贅沢に耽《ふけ》っている。

(どうすればいい?)

現状を考えれば、未来で暴動が起こるのは必定だ。

「どうすれば変えられる?　いや、変えることなどできるのだろうか」

「殿下」

マルジンが気がかりそうにこちらを見る。エセルは、黒っぽい茶色の瞳を縋《すが》るように見つめ返した。

「知恵を貸してくれ、マルジン。このまま人々に貧困が広がれば、いずれ災いが起こる。——たとえば十年後」

エセルはわずかにためらい、すぐにその逡巡《しゅんじゅん》を振りきって「真実」を打ち明けた。

「十年かそこら、そう遠くない将来、大規模な暴動が起こる。圧政に耐えかねた民衆が決起するんだ」

マルジンは少しも驚かなかった。ただ、軽くうなずいた。

「十年先と言わず、地方では小さな暴動がすでに幾度も起こっています」

「やはりそうか。だが十年後には、地方の領主では抑えきれないほど大きな暴動が起こる。それらは王都にまで広がり、ついには王宮の中にまで押し寄せる。王宮の兵士たちもあらかた暴徒に付き、王宮を守るものはほとんどいなくなる。革命が起こるんだ」

「……革命」

エセルの言葉に、マルジンは一瞬、驚いたように目を瞬《しばたた》いた。

「何か、おかしなことを言ったか」

「いえ……いいえ。どうぞ続けてください」

マルジンに促され、エセルは気を取り直して先を続けた。

「それまで特権の上に胡坐《あぐら》をかき、贅沢をしてきた張本人、七侯や一部の王族はいち早く国外へ逃げ出す。残った王と心ある家臣たちがすべての責を負わされ処刑され、あるいは暴徒に虐殺される」

鏡の中で見た光景を思い出しそうになって、エセルは息を吐いた。

地下廟《びょう》での一度きりではない。あれから、夜ごとにあの夢を見る。国を建て直さない限り、もはや夢を見ずに眠ることなど不可能ではないかと思えてくる。

それほど、エセルが目にしたものは悲惨だった。

「コルウス建国王の血筋は絶え、これを機に隣国の侵攻を受けて、ついにルスキニア王国は瓦《が》解《かい》する。その後もこの土地は周辺の国々の勢力争いに巻き込まれ、ルスキニア人が安息を迎える日はついに来ない」

エセルは、マルジンの目を見つめた。

「これが、僕が予測するこの国の未来だ」

いかに国を憂う学者といえど、ここまでは想像していないかもしれない。飛躍しすぎだと言われるだろうか。

マルジンは、ぱちぱちと何度か瞬きをした。彼は相手の言葉を頭の中で検討する時、こんな仕草をするらしい。

「予測と言うには、あまりに具体的ですな」

「予知夢を見たと言ったら？　僕は薔薇の聖痕《せいこん》を持つ王太子だ。そういう力があるのかもしれない」

痣《あざ》のある胸元を叩《たた》いて見せる。マルジンはそこをちらりと見たが、興味がなさそうにすぐ視線を外した。

「私は神だの予言だのは信じません。ですが、殿下の仰る未来は実際に起こっても何ら不思議はないでしょう」

「必ず起こる。僕は何としてもそれを阻止したい。僕が王にふさわしくないから革命が起こるというなら、王太子の座を降りてもいい。できることなら何でもする。ただ……ただ、大切な者たちが無事でいられるなら」

真っ先に、オズワルドの顔が思い浮かんだ。彼は未来で、エセルを恨みながら死んだ。オズワルドはエセルが嫌いだ。一度は思い通りにならないからと、凌辱《りょうじょく》しようとしたのだ。怒りと欲望のない交ぜになった、あの歪《ゆが》んだ顔を思い出し、ぶるりと身体が震える。あんなことをされたのに、自分はまだあの人でなしが好きなのだ。

「殿下？」

向かいでマルジンが怪訝《けげん》そうに小首を傾げたので、エセルは急いで感傷を振り払った。そう、エセル個人の感情など、今は捨てるべきだ。

「どうすれば革命を阻止できるのか、知恵を貸してほしい。僕は王太子なのに、これまで何一つ政治に関わってこなかった。このひと月で読めるだけの本を読んだが、ただそれだけだ。世の中のことを何も知らないんだ」

こんな王太子でも、国の未来を変えられるだろうか。自信など微塵もなく、あるのは不安と恐怖だけだ。

あまりに思いつめた顔をしていたのかもしれない。マルジンは気圧《けお》されたように顎を引き、すいと逃げるように視線を逸らした。またそれを誤魔化すように咳払《せきばら》いする。しかし、やがて彼の口から出た声音は、いつもと変わらない静かなものだった。

「殿下の仰る未来が本当に起こるとして、それを阻止するのは生易しいものではありません」

「だが、不可能ではない？」

「今の段階ならば、まだ打てる手はあります。もっとも、それで未来がどうなるかはわかりませんが」

過去と現在の出来事が、無数に積み重なって未来に繋《つな》がる。過去を振り返ったとて、いったいどの出来事が歴史の分水嶺《ぶんすいれい》だったか、断定できる者がいるだろうか。

「わかっている。お前も僕も預言者じゃない。ただ、このまま何もしないわけにはいかないんだ」

何かをしなければならない。でもその何かがわからない。

「今の僕が王宮でできることは少ない。この王太子宮でさえ、すっかり思い通りにはならないんだ。侍女たちはたびたび屋敷の調度をくすね、侍女長は王太子宮の歳費を横領している上に、側室フリーダの命で僕に毒を盛っている」

エセルは、毎朝のお茶に遅効性の毒が入っていることをマルジンに打ち明けた。これにはマルジンもさすがに驚いたようだ。

「私も王宮でほんの一時働いておりましたから、王族の方々に関して、いろいろ見聞きもしましたが。いや、王宮とは恐ろしい場所ですな」

「そんな王宮の奥へお前も入ったんだ。お前自身も慎重になる必要がある。王の末弟の家庭教師など誰も注目しないが、それが僕の家庭教師になれば話は別だ。僕にまともな知恵を授けているなどと外に漏れたら、お前の命も危うい。何か罪をなすりつけられて、すぐに死刑だ。王太子を殺すには大義名分が必要だが、平民を処分するのに理由などいらないからな」

エセルはついでに、以前の侍女長が処刑されたこと、侍女だったアンナが側室になった理由も話した。

マルジンが怖気《おじけ》づいて逃げ出す可能性もあったが、身の危険を知らせずに引き入れるのは公正ではない。

「怖いなら、辞めてくれてもいい」

マルジンが黙り込み、うつむいて自分の親指の爪を噛み始めたので、エセルはそう言った。

今、彼に辞められるのは絶望的だが、強制したところで満足に働けないだろう。最悪の場合、マルジンが翻意《ほんい》して敵に回ることもあり得る。

「失礼しました。怖気づいたのではありません。……いえ、正直に言えば少し、恐ろしいのですが」

爪を噛んでいたのは無意識だったようで、エセルの視線に気づき、彼にしては素早い動きで手を膝に置いた。

「しかし殿下。あなたは平民の絶望をご存知ではない」

ふっと鼻息を漏らし、男は頰をわずかに引き上げて見せた。これが彼の笑顔らしい。

「田舎の学者に、希望など何一つありません。嫌気がさして辞めたはずの王宮に戻るのを、浅ましく夢見ながら何もできず、老いて死ぬのを待つばかりでした。妻子もなく、ただ一人の身内だった老母も昨年、亡くなりました。私にはもう、失うものなどないのです。今さら何を恐れることがありましょう。昨日、殿下に誓いました忠誠は、決して上辺だけのことではございません」

もったりとした茶色の目の奥に、静かに燃える炎を見た気がした。

彼はただ国の未来を憂うだけの、青臭い学者ではない。かつては平民から王宮の官吏へと立身出世し、仄暗《ほのぐら》い宮廷の闇を垣間見てきた。

そして官吏たちの政争に破れて都を去り、故郷の田舎町でくすぶりながら、過去の官吏としての華やかな生活を思い出し、悶々《もんもん》としてきた。

世の中の良いことも悪いことも、光も闇も知っている。マルジンはエセルがあらかじめ想像していたよりも、世俗慣れした男だ。それは嬉しい誤算だった。

良心と理想はほんの少しでいい。ずる賢いほうがいい。その方が長く生き残れるから。

「ならば、僕を手伝ってくれ。知恵を授けてほしい。僕はこれから、どうすればいいのか」

「十年かそこら先の、『革命』を阻止するためには、ということですな」

そうだ、とエセルはうなずく。マルジンは再び親指の爪を齧《かじ》りかけて途中で気づき、そそくさと手を膝に置いた。

それから細い指先で、トントンと忙《せわ》しなく膝を叩く。思案しているらしく、そのまま黙って焦点の合わない目で宙を見つめるので、エセルは何も言わず見守った。

「まず、貧民街で炊《た》き出しをしましょう」

やがて目の焦点が戻ると、マルジンは言った。

「それから、王都にいくつか孤児院があったはずです。きっとどの孤児院も運営は厳しいはずですから、殿下が寄付をして、一時的な助けになるのです」

「……それだけか？」

いささか拍子抜けした。もっと、画期的な案が出ると思っていたのだ。

「炊き出しも寄付も、ほんの一時、それも王都の一部の者の助けにしかならないのではないか」

「むろん、根本的な解決にはなりません。一時しのぎです。しかし、殿下が今すぐにできることは、これくらいです」

マルジンは事実を述べただけなのだろうが、エセルの心に突き刺さった。

「そうだ。僕は何の権限も持たない。成人した王太子なのに、政治にも参加できないんだから」

「それもおいおい、解決していかねばなりませんな。いえ、一時しのぎというのは、そう悪いことではありませんよ。貧民街の人々は、今日の糧に困っているのです。炊き出しと寄付なら、国の法律を変えるよりずっと迅速にできます。たとえ一時、一部の民であっても、その日の命を繋ぐことができるのです」

確かに、今日出会ったあの子供たちは、今すぐにでも死んでしまいそうなくらい痩せ細っていた。小さな子供たちと、エドワードの顔が重なってつらくなる。

あの界隈の人々を残らず貧しさから救うのは至難の業だ。国を変えると言っても、いつまでかかるかわからない。でも炊き出しと寄付なら、もっと速やかにできる。

「他にも利点があります。殿下は暴動、革命が起こると仰いましたね。王侯貴族がすべからく、民たちの憎悪の的になると」

エセルはうなずいた。

「民たちの間では今すでに、王や貴族への不満が募っております。下々に重い税を課し、自分たちは贅沢三昧。口にはしませんが、王族や貴族など糞食《くそく》らえと思っているでしょう。私は思っています。……失礼」

こほん、とマルジンは誤魔化すように咳払いする。

「そんな王侯貴族の中にあって、一人立ち上がる王太子殿下は、民たちの目に救世主のように映るでしょう。薔薇の聖痕を持つ救世主だと。王や貴族は敵だが、王太子は自分たちの味方だと、民たちは捉えるはずです」

「つまり、人気取りということか」

「左様。この人気取りというのはしかし、重要なことなのですよ。あなたの言う未来が本当になるのなら、なおさら。民たちが支配者層を憎悪し、殺したいと思っても、あなただけは別枠だと考えるでしょう。むしろ王侯貴族への憎しみが増すほどに、味方である王太子殿下への期待と人気は高まるはずです。もっとも、民たちから支持され続けるためには、炊き出しと寄付だけでは足りませんが」

「それでも第一歩、足掛かりにはなるというわけか」

何より手っ取り早く、そして明確な成果が得られる策なのだ。この第一手の効果が消える前に、次の手を打てばいい。

「ええ。とはいえ、この炊き出しと寄付さえ、今の殿下のお立場では難しいでしょう。ご自身の居宮においてさえ、お味方は私とエアというあの娘のみ。護衛騎士の一人もいない。エアは一介の使用人ですし、私もかつて官吏だったというだけの家庭教師にすぎません。早急にもう一人、宮廷貴族を味方に付けなければ」

「すぐには無理だ。僕はろくに貴族との交流もないんだから」

せいぜい、式典で顔を合わせる程度だ。そんな相手を引き入れたところで、裏切られるのが落ちのような気がする。

　エセルがぼやくと、マルジンは軽く口角を引き上げた。

「ぴったりの人物がいるではありませんか。まだ金と力はほどほどですが、すこぶる優秀なことは確かでしょう。やはり、彼を引き入れない手はありません」

「彼？　……まさか」

「ええ。オズワルド・メルシア子爵です。殿下も仰っていたではありませんか。彼とは一連托《いちれんたく》生《しょう》だと」

「それはそうだが」

　エセルの中でオズワルドは、味方という概念からすっかり外れていた。

「昨日のようなことがありましたから、殿下はお嫌かもしれませんが」

　マルジンは思い出したように言い、頬の筋肉を直ちにもとに戻した。もったりした目にわずかながら、こちらを案ずる気配がある。エセルはかぶりを振った。

「いや、気をつかわなくていい。オズワルドが優秀なのは確かだ。味方になればこれほど頼もしいことはない。もっとも、彼が僕らに協力してくれるかどうかはわからないが」

「快く、とはいかないでしょうが、協力してくださると思いますよ。早速、メルシア子爵に一筆、手紙をしたためていただきたい」

　マルジンは言って、また頬をひくりと引き上げた。

「……くそっ、あのうらなりめ。ただの家庭教師のくせに」

オズワルドは、誰もいない自宅の執務室で悪態をつき、拳を机に叩きつけた。

「くそっ……エセルもエセルだ。あの馬鹿王子」

折に触れて、先日の王太子宮での失態を思い出してしまう。

我ながらどうかしていた。エセルを押し倒すなどと。

悪いのは自分だということはわかっていたが、それでもオズワルドは、己の愚行を素直に認めることができない。

されど後悔はたびたび押し寄せて、数日経《た》った今も八つ当たりのように、エセルや彼の家庭教師に呪詛《じゅそ》を吐いているのだった。

本当に馬鹿な真似《まね》をした。

今まで、慎重の上にも慎重を重ねて行動してきたのに、エセルの態度に苛立ち、感情のまま愚かな行動を取ってしまった。

エセルを無理やり押し倒し、乱暴しようとするなんて。オズワルドに組み敷かれた時の、王太子の怯《おび》えた顔が忘れられない。

なぜ、あんなことをしてしまったのか。

王太子宮を訪ねた時から、自分は冷静ではなかった。これまでずっとオズワルドの尻を追いかけ回し、甘ったるく媚《こ》びてきたエセルが、会うのを拒むようになった。

そして新しい男を宮殿に引き入れたと聞き、頭に血が上っていたのだ。

王太子宮に赴く間も、誰の差し金だろうと考えていた。しかし、アンナが見つけてきたというのなら、後ろに誰かが付いている可能性は薄そうだ。彼女の存在は、とうに王宮の皆から忘れ去られている。

ならば本当に純粋に、エセルがその男を気に入ったのかもしれない。

（なぜだ）

三十過ぎの男なぞに、なぜエセルは興味を持ったのか。部下の話からして、容姿もオズワルドに比べればさほどでもないようだ。

オズワルドは、自分の容姿に自信があった。笑顔一つで、男も女も蕩《とろ》けたようになる。ここまで出世できたのも、美貌《びぼう》と手練手管が役に立ったからだ。

では何か、その男が特別なことをエセルにしてやったのか。

（身体か？）

考えると、怒りが爆発しそうだった。ずっと餌《えさ》を鼻先にぶら下げて我慢させていたのに、横から見知らぬ男がやってきて、餌付《えづ》けされた。これでは、とっておきの手管が使えなくなるではないか。

焦燥ばかりが先に立った。王宮へ赴く時は、誰に会うのでも常に冷静な状態でなければならないのに。

気色ばんで王太子宮を訪ねると、今日は会うという。何時間でも粘るつもりだったのに、あっさり奥に通されて拍子抜けした。

もしかしてこのひと月、エセルが自分を拒んでいたのは、あの馬鹿王子なりの手管だったのではあるまいか。

侍女に案内されて王太子宮の廊下を歩く間、オズワルドはそんなことを考えた。

オズワルドの愛情を、試していたのかもしれない。あの王子は、そういうところがある。

いつも愛に飢えていて、我がままや無理難題を言っては、ちらちらとオズワルドの反応を窺うのだ。これでもまだ、自分を愛していてくれるか、とでもいうように。

そんな浅はかさがいじらしく、そして苛立たしかった。甘えた根性が憎らしくもあった。

自分は幼い頃からたった一人で辛《つら》い人生に堪《た》えてここまで来たのに、お前は何もせず人に寄り掛かるだけなのかと。

お前なんか愛していないと、そのお綺麗な面を張り飛ばしてやったら、どんなに楽しかろう。

そんな想像を幾度もしたことがある。

今回はいささか手の込んだやり方だった。あの馬鹿にしては、だが。

通されたのがいつもの入り口に近い応接室ではなく、エセルの居室だったので、オズワルドは自分の考えが正しかったと確信した。

（なんだ、やっぱり俺に気があるんじゃないか）

中年男を引き入れたというのも、大方オズワルドへの当てつけだろう。相変わらず浅はかな男だ。

ほっと溜息《ためいき》をつくほど安堵《あんど》が湧き上がったことは無視して、オズワルドは馬鹿な王太子をせせら笑った。

しかしその余裕も、隣の部屋から現れたエセルを見るなり、彼方《かなた》へ消え去った。

エセルの風貌が、以前とすっかり変わっていたからである。

いつだって青ざめて不健康そうな顔色をしていたのに、今日は頬に赤みが差して薔薇色をしており、唇も艶《つや》やかな果実のようだった。

くすんでざらつき、あちこちに吹き出物があった肌は、磨き上げられたように滑らかで、高価な陶器のようだった。

王太子はかつて、オズワルドも感心した美貌に戻っていた。いや、昔は蕾《つぼみ》のような愛らしさだったのが、今は大輪の花が咲いたように艶めいている。目が離せないほどの美しさだった。

それでいて、装いは素っ気ない。簡素なシャツとズボンは部屋着だろうか。それに上着を羽織っただけという、飾りのない格好だった。以前なら、オズワルドを何時間でも待たせて着飾って現れたのに。

極めつきは、オズワルドに向ける眼差《まなざ》しだ。

冷静というには、あまりにも冷めた目をしていた。ぱちぱちと長いまつ毛を瞬かせ、どこか不安げにも見える。

客を迎える態度はむしろ礼儀正しかったが、それはよそよそしさと等しかった。

いつも無遠慮にオズワルドの隣に寄り添ってきた王太子は、今日は当然のように向かい側に座った。

(……このひと月、いったい何があった？)

この男は、本当にエセルなのだろうか。

オズワルドの中に、強い不安と焦りが湧き上がった。嫌な予感がして、それは的中した。

エセルは別人のように変わった。何よりオズワルドを驚愕《きょうがく》させたのは、オズワルドが彼を愛していないことに、エセル自身が気づいていて、さらにそれを受け入れていることだ。

白々しいおべっかを本気にして喜んでいた彼が、いつどのように気づいたのか。

混乱する自分を、オズワルドはどうにか立て直そうとした。

シラを切って愛の言葉を囁《ささや》いたが、エセルはなびかない。それどころか、怯えたような素振りさえ見せる。

エセルが、自分から離れようとしている。表面的な関係ではない。彼の心がオズワルドから離れているのだ。

（そんな馬鹿な）

何があっても、エセルの心は変わらないと思っていた。彼は今後もずっと、オズワルドへ必死に愛を乞い続ける。そう信じていたのに。

オズワルドは激しく取り乱した。あまりに混乱していたので、自分が取り乱していることにさえ気づかなかった。

『これ以上の茶番は互いに時間の無駄だ。そう思わないか、オズワルド』

冷ややかな言葉に、怒りが爆発した。

嘘《うそ》だ。こんなまともなことを、馬鹿王子が言うはずない。きっと家庭教師の男に何か吹き込まれたのだ。そうに違いない。

気づくと、エセルを押し倒していた。

吸い付くような肌の感触と、追い詰められた小鹿のように怯えた眼差し。弱々しく美しい男が自分の身体の下にいるのを見て、怒りとはまた別のものが理性を突き崩した。

そうだ、この場で彼を抱いてしまおう。そうすればきっと、今までどおり自分の言いなりになるはずだ。

隣の部屋から家庭教師の男が現れて、愚かな行為は中断された。

青白い顔の優男が騎士よろしくエセルの危機に駆けつけ、オズワルドは追い払われてしまった。

これではオズワルドが当て馬のようではないか。みっともなく逃げ帰った自分を思い出して、怒りが込み上げてくる。

「くそ……くそっ」

オズワルドは悪態をつき、書斎机に拳を叩きつけた。

「エセルのやつ、いったい何を考えているんだ」

オズワルドを捨て、あの冴《さ》えない中年男に乗り換える気だろうか。そんなことをして、何になるというのだ。

向こうはただの家庭教師ではないか。着ているものだって粗末だった。恐らく平民だろう。アンナが連れて来れるくらいの人物だから、たとえ貴族でも貧乏貴族で何の力もないに決まっている。

顔だって大したことはなかった。姿を見たのはほんの一瞬、こちらも取り乱していてよく観察できなかったが、自分の容姿の方がずっと優れている。

顔だけではない。オズワルドは忙しい中でも、いまだ日々の鍛錬を欠かさず、身体つきは騎士と同じくらい逞《たくま》しい。知力だけでなく、武術にも秀でている自信があった。

何もかも自分の方が優れているのに、なぜエセルはあの男を選んだのだろう。

(いや、家庭教師を選んだ、と考えるのは時期尚早だ)

エセルの家庭教師に対する態度は、かつてのオズワルドに向けていたものとはまるで違う。熱っぽさもなく、恋慕っているというわけではなさそうだ。

（ではなんだ？　まさか、今さら学問でもあるまい）

オズワルドは怒りと屈辱を抑え、冷静になろうとした。

この間は、ほんの少し間違えただけだ。まだエセルとの関係が終わったわけではない。焦らず慎重に振る舞おうではないか。

ようやく心を落ち着けたその時、外から「旦那様」と、家令の声がした。

「お手紙が届いております。中にお持ちしてもよろしいでしょうか」

オズワルドが荒れていたので、そっと機会を窺っていたのだろう。バツが悪くなって、ぶっきらぼうに扉の向こうに尋ねた。

「誰からだ」

「王太子殿下からのお手紙でございます」

オズワルドはそれを聞いて思わず、椅子を蹴《け》って立ち上がった。

それから数日後、オズワルドは不機嫌と苛立ちを露《あら》わに、王太子宮の中食堂でエセルと晩餐《ばんさん》を共にしていた。

「オズワルド。料理が口に合わないか？」

「いえ、美味《おい》しいですよ」

むすっとしたままのオズワルドに、エセルが静かに声をかける。オズワルドは不機嫌を隠さずに答えた。

葡萄酒をあおると、給仕がすかさずやってきて、盃に葡萄酒を満たす。

エセルとオズワルドは、何人もの客が料理を囲めるような長いテーブルの両端に向かい合って座っている。

大食堂ほどではないものの、この中食堂はそれなりの客をもてなすためのものだ。日常で使う食堂はまた別にある。

そちらはこぢんまりしていて、広さだけ言えば、庶民のそれと大して変わらなかった。

オズワルドも以前は、何度も小食堂で食事をした。特にエセルが幼い頃は、夜、薄暗い部屋に独りぼっちで食事をするのが寂しいらしく、夕方になるとしきりとオズワルドを引き留めようとしたものだ。

そんな幼い王子の寂しさも理解できるから、オズワルドも面倒だなと内心でぼやきつつ、三度に一度くらいは誘いに応じた。

一緒に食卓を囲み、エセルが嬉しそうに料理を頬張る姿は可愛《かわい》かった。あの頃はまだ、侍女

の中にもまともな者が少しいて、

「オズワルド様がいらっしゃると、いつもよりたくさん召し上がってくださるんですよ」

と、喜んでくれた。

エセルは、オズワルドが出世をするための駒だ。その考えが変わることはなかったが、エセルの屈託なく無邪気な笑顔は、オズワルドの心の奥に凝《しこ》った何かを溶かしてくれた。

もっとも、年を経るごとにエセルの我がままは肥大していき、笑顔は媚《こ》びを含んだ狡《ずる》いものに変わって、オズワルドも夜の誘いを避けるために夕食を断るようになった。

だから、エセルとこうして夕食を共にするのは久しぶりだ。

ただ、場所はよそよそしい中食堂で、テーブルの端と端という距離がそのまま、エセルの心の距離を表しているようで面白くなかった。

もっと面白くないのは、エセルのすぐ斜め前に、マルジンがいることだ。

本当なら、あの席には自分が座っていたはずなのに。当然のような顔をしてそこに座るマルジンが腹立たしかった。

数日前、エセルから送られた手紙には、折り入って相談したいことがあるので、朝参のついでではなく、都合をつけて王太子宮に来てほしいと書かれてあった。

良ければ晩餐に招きたい、ともあったので、オズワルドは驚いた。

あんなことがあって間もなく、いったい何の相談をするのか。エセルがこんな正式でまともな手紙を書けることにも驚きだった。

せいぜい、字が書ける程度だろうと侮《あなど》っていたのだ。エセルが子供の頃から、勉強の進捗《しんちょく》を見てきたが、それくらい、彼の成績はお粗末だった。

恐らくはあの、ひょろりとした家庭教師に書かせたのだろう。馬鹿王子はオズワルドとマルジンとで、恋の鞘《さや》当てでもさせるつもりなのかもしれない。

（そうだ。あの家庭教師の男に乗り換えたんじゃない。俺を嫉妬させたくて手元に置いてるんだろう）

そうでなければおかしい。わざわざ晩餐になど招くのも例のないことだ。

（夜は……伽《とぎ》を覚悟しなければならないかもな）

エセルは、オズワルドか家庭教師のどちらか、あるいは両方に自分を抱かせるつもりかもしれない。

オズワルドは勝手にそんなふうに、エセルの意志を解釈した。

（そろそろ抱いてやるか。またぐずられても困るしな）

エセルを組み敷いた時の劣情が、ぞろりと頭をもたげる。王太子のあの怯えも、ひょっとしたら演技かもしれない……などとも考えた。

女がよく使う手だ。マルジンが邪魔をしなければ、エセルもあのまま抱かれていたのではないか。

よくよく思い出すと、エセルの怯えた瞳に、媚びが浮かんでいた気がした。

きっとそうだ。やはり、エセルはエセルだ。何も変わっていない。

自分の考えに気を良くし、オズワルドはすぐ明日にでも会いに行くと手紙を返した。

その夜に会う予定だった女との約束は反故《ほご》にし、仕事も早く終わらせて、出かける前には湯《ゆ》浴《あ》みをした。

爪の先まで整え、夜の燭台《しょくだい》の明かりで一番映える服を身に着けた。エセルと会うのに、これほど気を入れてめかし込んだことはない。

あの馬鹿のためにと考えると業腹だが、ここで彼を繋ぎとめておかねば、後々困ることになる。

そうして完璧に身支度を整えて王太子宮に赴いたのに、エセルは相変わらずよそよそしく、案内された食堂の席は遠く離れていて、エセルの横にはマルジンがいる。

自分だけ仲間外れにされたようで、面白くなかった。

(俺をからかって、遊んでいるんじゃないだろうな)

そんな考えまで浮かんでくる。最近、忙しさにかまけてエセルにぞんざいな態度を取っていた。彼も気づいていて、意趣返しをされているのではないか。

「それで殿下。私にご相談があるとのことですが、どのようなお話ですか？」

食事はほとんど会話がなく、気詰まりだった。これが今までだったら、オズワルドも気を利かせてあれこれと話しかけていただろう。

だが今は、エセルのご機嫌を取る気になれない。それに今のエセルを見ていると、つまらないお世辞など軽くかわされてしまいそうだった。

「その話は、食事の後にしよう。少々込み入っていてな。別室で、お茶でも飲みながらゆっくり話そう」

そう言われては、わかりましたと応じるほかない。むすっと食事を続けるオズワルドに、エセルは気を遣ったのか、料理のお替わりを勧めたり、今日の肉料理は料理長が腕を振るったものだ、などと当たり障りのない会話をした。

葡萄酒を飲みながら、オズワルドは正面にいるエセルを窺い見る。

（やはり、変わった）

隣のマルジンにも時折、何か話しかけているが、いずれも食事が足りているか、といった内容だった。

二人とも、さして親密な態度を取るわけでもなく、どちらかといえばオズワルドを気にしている。といって、恋の鞘当てを期待しているようには見えない。

ぎこちない雰囲気のまま食事が終わり、エセルに促されるまま、三人でエセルの居室へ向かった。

先日、オズワルドがエセルを押し倒したあの部屋だ。あの時の出来事を思い出して気まずくなり、一瞬、入るのがためらわれた。

「オズワルドはまだ、飲み足りないのではないかな。お茶より、酒を持ってこさせよう」

対するエセルは冷静で、あの時のことをおくびにも出さない。

手早く使用人に指示を出していた。先ほど食堂にもいた、若い娘だ。

侍女長は、最初にオズワルドを案内したきりどこかに引っ込んでしまい、他の侍女たちも姿を見せなかった。

エセルは先に立って部屋に入り、奥の長椅子に腰を下ろした。オズワルドは当然、向かいに座るべきだろう。さすがに隣に座って口説くほど、厚顔無恥にはなれない。

先日のことを謝ろうかとも思ったが、マルジンがいるので言い出しにくい。

(だいたい、この男はいつまでいるんだ?)

そもそもこの男は何者なのか。先日は名乗り合う状況ではなかったし、今夜もエセルからごく簡単に、家庭教師だと紹介されただけだった。

ただの家庭教師ではあるまい。元はエドワードのために雇われた男だし、エセルに今さら教育もあるまい。

オズワルドへの当てつけでないのなら、どういう理由で側《そば》に置いているのだろう。

「殿下」

向かいの席に座りかけて、ふとそのことを思い出し、エセルに声をかけた。しかしその時、マルジンがオズワルドの言葉を遮った。

「メルシア様、こちらへ」

エセルの向かいの席を指して言う。思わずムッとした。

「客に席を勧めるのは殿下がなされることだ。僭越《せんえつ》だぞ。そもそも殿下。なぜ私との話し合いの場に家庭教師が必要なのですか」

きつい口調で言ってから、エセルに視線を向けて、ようやく気づいた。

エセルは、オズワルドに怯えていた。自分の隣に座るのではないかと、不安げな顔をしている。その証拠に、オズワルドと目が合った途端、薄い肩が小さく震え、青い瞳に恐怖の色が浮かんだ。

彼は冷静なのではなかった。オズワルドの狼藉《ろうぜき》を、何とも思っていないわけではない。必死に平静を装っていたのだ。

自分に必死に言い訳をし、正当化しようとしていたあの行為は、エセルの心を大きく傷つけていた。

罪を突き付けられ、オズワルドは言葉を失った。

「あ……」

「そこに座ってくれ、オズワルド。彼のことは、これから話そうと思っていた」

冷静さを取り戻すのは、エセルの方が早かった。静かな口調で言われて、オズワルドは向かいに座る。

言い訳の言葉も、取り繕う言葉も何一つ見つからない。自分がひどくみっともない、負け犬になった気がした。

マルジンはといえば、何を考えているのかわからない無表情で、エセルとオズワルドの側面に勝手に椅子を持ってきて、ちょこんと腰を下ろしていた。

およそ優雅とは言えない一連の男の所作に、オズワルドも毒気を抜かれる。

その時、若い娘の使用人がお茶と火酒を運んできた。エセルが娘に「ありがとう」と微笑《ほほえ》み、娘もにこりと微笑みを返してお辞儀をする。

彼がかつて、使用人にそんな態度を見せたことはなかったから、オズワルドは呆気《あっけ》に取られてしまう。

しかし娘の態度からして、それはすでに彼らの間で日常となっているようだった。マルジンも素知らぬ顔で、下がった使用人の代わりに給仕役に徹している。

改めて、エセルを見た。まだオズワルドへの怯えがわずかに残っているが、それ以外は物静かで、言葉も動作も理性的だ。

オズワルド以外、マルジンも使用人も、エセルの態度をいぶかることなく受け入れている。

（いったい、どういうことなんだ？）

オズワルドはまるで、自分だけが異世界に迷い込んだような錯覚に陥った。

「彼はマルジン。マルジン・カレグ。僕の家庭教師兼、参謀だ」

改めてエセルから男を紹介され、オズワルドはどんな顔をしたらいいのかわからなかった。マルジンが無表情に「以後、お見知りおきを」と礼をする。ぎこちなくそれに応じるオズワルドを、エセルは探るような目で窺った。

「彼のことは、なんと噂されているのかな。オズワルド、お前の耳にも入ってるだろう。お前が見聞きしたままを、隠さず教えてくれ」

そう言われて、ますます困った。いまだかつてオズワルドは、エセルに対してこんなふうに迷うことはなかった。

いつだって自分が告げたいことを、告げたいように口にしていた。それが真実かどうかなど関係なかった。オズワルドの言葉にエセルが満足すれば、それでよかったのだ。

エセルだって、オズワルドの言葉を疑ったことはなかったはずだ。無条件に自分を信じていた。

適当に誤魔化そうか迷った。しかし、目の前の青い瞳は理知的で、何もかもを見透かしているようだった。

相手に底知れぬものを感じ、オズワルドは仕方なく、聞いたままを打ち明けた。

「彼はもともと、アンナ様がエドワード様のために採用された家庭教師だと、聞きました。カレグが王宮に着任した際、たまたま通りがかった王太子が目をかけられ、登用されたのだと」

「もう少し、ありていに言ってくれ。噂が気に食わないからといって、癇癪を起こしたりしないから」

「……家庭教師を横取りされたアンナ様が、こちらの宮に来られてひと悶着《もんちゃく》あったとか。週に三回だけ、エドワード様の家庭教師をすることを許されたと伺いました」

「お前の間諜《かんちょう》は優秀だな」

笑いながらエセルが言う。オズワルドはぎくりとした。

「うちの侍女が、お前の護衛騎士の一人といい関係らしい。この宮殿の中のことは、筒抜けなんだろう？」

「……いえ」

じわりと額に汗がにじんだ。目の前の酒を飲もうと手を伸ばしかけ、思い直す。エセルもマルジンも、まだ盃に手を触れていなかった。これを飲んで大丈夫なのか、と不安がよぎった。

エセルのことを侮っていたが、もしかして自分は今、危険な状況に置かれているのではないだろうか。

目の前の二人に脅威《きょうい》を感じた時、エセルが困ったような顔になった。

「そんな不安そうな顔をしないでくれ。状況を確認したかっただけだ。こちらの期待通りに伝わっていて、安心したよ。間諜がいることを咎《とが》めているわけじゃない。お前の間諜以外にも、この宮には外と通じている者たちがいくらでもいるんだから」

これにも、どう答えてよいかわからなかった。気づいていたのか、とは言えない。

そうしたオズワルドの困惑も、やはりエセルは理解しているようだった。「オズワルド」と、聞いたこともない静かな、けれどどこか距離を感じる声音で呼びかける。

「困惑するのはわかる。以前の僕と今の僕は、あまりにも違うだろう。自覚はある。ただ先日も言ったように、僕とお前は協力し合わねば、この宮廷で生きていけない人間だ。今日呼んだのは、改めてお前を我々の味方に引き入れたかったからだ」

我々、という時、エセルの視線はマルジンを向いていた。マルジンもエセルを見ている。

そんな二人の様子に、面白くない気分になった。胸の中がもやもやしたが、慌ててその気持ちを振り払う。まるでこのオズワルドが、二人に嫉妬しているようではないか。

「念を押されなくとも、私は常にあなたの味方ですよ」

にこやかに言って見せたが、自分でも馬鹿馬鹿しく感じていた。今さらこんな演技をしたとて、もうエセルはオズワルドの正体を知っている。

案の定、エセルは小さく目を伏せただけで、オズワルドの言葉には何も返さなかった。

「オズワルド。僕には味方が必要なんだ。僕には何の力もないし、このマルジンは知恵者だが、宮廷ではやはり何の力も持たない。だがお前は違う。宮廷でわずかながら力を持っている。また、庶子の三男ながら、ここまでのし上がった実力もある。お前を味方にしない手はないと、マルジンに言われたんだ」

「それはどうも。家庭教師殿のお眼鏡にかなって光栄ですな」

マルジンに言われたからか。ムッとして、思わず嫌味を言ってしまった。

取り繕おうとして、面倒になる。どうせ本性を知られているのだ。もう今さら、飾る必要などないのではないか。

「腹を割って話したい、ということですか」

繕うのをやめて投げやりに言うと、エセルは「そうだ」と、うなずいた。

「わかりました。ならばもう、ご機嫌とりはやめましょう。俺もいささか、うんざりしていたんでね」

オズワルドは足を組み、椅子の背もたれに身を預けて姿勢を崩した。言葉遣いもぞんざいになる。

これでどうだ、というように相手を見る。エセルは怒りもせず、「そうしてくれ」と、うなずくだけだった。

その瞳がどこか悲しそうに見えて、胸がちくりと痛む。だがその痛みに、オズワルドは気づかないふりをした。

感傷は嫌いだ。何の役にも立ちはしない。

「それで？　腹を割って、あなたは俺に何を望むんです」

今まで馬鹿のふりをしていたのか、ある日突然、正気に返ったのかわからないが、エセルがこうして手の内を見せるからには、何かオズワルドに期待するものがあるのだろう。

水を向けると、エセルはすぐには答えず、酒で唇を湿らせた。

「いくつか協力してほしいことがある。一つ目に、この宮殿に侍女を送ってほしい」

「侍女ですか」

それほど突飛な希望ではなかった。オズワルドがこの宮の主なら、まず真っ先に侍女を入れ替える。

「近々、今いる侍女たちをクビにする。彼女たちは仕事をしない上に、王太子宮でたびたび盗みを働いている」

やはり、エセルも気づいていたのだ。オズワルドは小さくうなずくにとどめた。

「ただクビにしたのでは、別の盗人《ぬすっと》が送り込まれるだけだ。なので、先に信用のおける人物を探しておいてほしい。お前の息のかかった者を。次の侍女が決まり次第、僕が騒ぎを起こして侍女たちをクビにする。最初は半数」

ずいぶん慎重だった。しかも、侍女を辞めさせるのに騒ぎを起こすという。

そんなことをしなくても、王太子宮の侍女を入れ替える権限は、むろん王太子にある。エセルは辞めさせたい者を辞めさせて、取り立てたい者を連れてくればいい。

マルジンの一件も同じことだ。わざわざアンナに芝居を打たせていた事実に驚いた。エセルはあれほどアンナを憎んでいたというのに、いつ仲直りしたのだろう。

「侍女長は、そのままにしておくのですか?」

エセルはどこまで知っているのか。そしてまだ、オズワルドに隠していることがあるのかもしれない。試しに、侍女長の名を出してみる。

「彼女の処断については、お前に相談しようと思っていた。侍女を入れ替える時期や人数についても、慎重にしたい。下手をすると僕の命が危うい」

「命……」

エセルは黙って立ち上がると、部屋の飾り棚に向かった。何かを取り出して戻ってくると、テーブルに薬包のようなものを置いた。

オズワルドは手に取って中を検《あらた》める。一匙《ひとさじ》ほどの白い粉が入っていた。

「それを毎朝、小さな匙に一杯。僕が起き抜けに飲むお茶に入れるのが、侍女長からの指示なんだそうだ」

「まさか……」

薬に気を取られていたオズワルドは、弾《はじ》かれたように顔を上げた。

「すぐには効かない。ただ長いこと飲んでいると、臓腑《ぞうふ》がボロボロになって死ぬらしい。お茶を飲むふりをして捨てるようになって、ずいぶん体調がよくなった。今は頭痛も腹痛もないし、倦怠感《けんたいかん》に悩まされることも、むやみに苛立つこともない」

オズワルドは言葉を失った。呆然《ぼうぜん》と目の前の青年を見る。

このひと月の間に、ずいぶん美しくなったと思った。以前は青白い顔をして、皮膚も荒れ放題だったから。日頃の不摂生のせい、自業自得だと馬鹿にしていた。

痛みや倦怠感を抱えていたことも知らなかった。いつも癇癪を起こして、ただの我がままな男だと思っていたのに。

(――違ったのか?)

いつから毒を飲まされていたのだろう。記憶を掘り起こしても、エセルが健康そうな薔薇色の頬をしていたのは子供の頃だけだった。

「大丈夫。この毒のせいで、僕が父より先に死ぬことはない。少なくとも、あと十年くらいは生きられるはずだ。ただ、これを飲んでいないことがフリーダに知られると、他の方法で命を狙《ねら》われるかもしれない」

事も無げに言うので、ゾッとした。だがそう、王太子が命を狙われたとて、何の不思議もない。宮廷とはそういう世界だ。

わかっていたはずなのに、どうして自分はただの一度も、その可能性について考えなかったのだろう。

エセルのことを侮って、馬鹿で身勝手だと決めつけていた。オズワルドが宮中を必死に這《は》い回って立身の努力をしている間、豪華な宮殿で贅沢暮らしをしている、ただの木偶《でく》だと。

「僕はできれば、この先できる限り健やかでいたい。お前も僕が死んでは、宰相どころか宮廷での立場さえ危ういだろう。僕はゆくゆく、お前が宰相となって七侯を抑えられるよう、できる限り協力をする。だからお前も、僕が王に即位するまで無事に生きられるよう、協力してほしいんだ。僕らは一蓮托生。同じ船に乗った仲間だ。そうだろう？」

目の前の青年は、静かに淀《よど》みなく語る。その美しさは、神々しくさえあった。

顔の造作に変わりはない。ただ肌がくすんで顔色の悪い彼を、以前のオズワルドは「醜い」と断じていた。真実も知らずに。

——真実とは何だろう？

オズワルドは、今まで自分が信じてきたものが足元から崩れていくような、底知れぬ不安をおぼえていた。

第三章

季節が移る頃、王太子宮の侍女や使用人の半数が解雇される事件が起こった。侍女に至っては三分の二が解雇されたから、これは事件と言える出来事である。けれどその発端が、例によって王太子エセルの癇癪《かんしゃく》と気まぐれであったため、王宮の人々は「またか」と思うだけで、さして問題にしなかったようである。

事が起こると、オズワルドが直ちに王太子宮へ馳《は》せ、エセルの機嫌を取って騒ぎを鎮めた。さらに、エセルがクビにした数だけ、新しい侍女と使用人を差し向けた。エセルはオズワルドが選んだ侍女たちを気に入り、目をかけているという。

侍女長を含む古参の侍女たちは、冷遇とは言わないまでも、以前より遠ざけられている。

オズワルドは一時、王太子の寵《ちょう》を失ったと噂《うわさ》されていたが、今も三日に一度はエセルに会いに王太子宮に赴いている。

エセルが、弟エドワードの家庭教師を奪ったという事実は、すでに人に忘れ去られて久しく、今となっては噂をする者もいなかった。

「こちらにマルジン・カレグ殿がいることすら、多くの人は知らないのではないでしょうか」

庭を散策するエセルに付き従いながら、若い美男の護衛騎士が軽薄な口調で語る。

先日、エセルの専属騎士となった、オリバーという男だ。以前はオズワルドの騎士であり、王太子宮の侍女とねんごろになって間諜《かんちょう》も行っていた。

オズワルドが新しい侍女を送り込む際、身辺警護にも信頼のおけるものを、ということで、オリバーが送られてきた。

彼と通じていた侍女はクビになったが、すでに別の古参の侍女と新たな関係を築いているらしい。その美しい容姿を使って、あちこちで女をたぶらかしては、宮廷の噂を仕入れてくる。意図的に噂を流すこともあった。そういう技に長《た》けているのだ。

見た目も話し口調も軽薄な男だが、実際は口の堅い男だ。忠誠を誓う相手は王太子ではなくオズワルドで、エセルに仕えているものの、オズワルドに関わる情報を本人の許可なく漏《も》らすことはない。

それでいて、こちらの情報はオズワルドに筒抜けなのだろう。エセルもそれはわかっていたが、何も言わなかった。

オズワルドがエセルの味方でいるうちは、オリバーもまたエセルの味方だ。

オリバーだけではない。侍女や使用人が入れ替わり、エセルは自分の宮殿でようやく息をつけるようになった。

それに、オズワルドが遣わした者たちはみな優秀で、今までになく過ごしやすい。人材を用意してほしいというエセルの願いに対し、オズワルドは十二分に応えてくれたのだ。

「良かった。マルジンが目立っても、いいことは一つもないからな。今後もマルジンの身の回りを注視してくれ」

そのマルジンは今、エドワードの家庭教師をするために、アンナの宮殿に行っている。週に三日、エドワードの教育をするというのは口実だったが、実際にそろそろ家庭教師を付けてもいい頃だ。

それに、未来ではマルジンがエドワードの教師だった。弟の教育の機会を奪いたくない。将来は有望な少年に成長する予定だし、幼いうちから信頼のおける教師に教わるのがいいだろう。そう考え、マルジンに教師を頼んだ。

マルジンはエドワードの教師であると共に、アンナとエセルの連絡係でもあった。彼は時折、教科書の間にエセルが預けた資金を忍ばせて、アンナの元へ行く。

オズワルドにもアンナの削られた歳費のことを相談したが、すぐに動くのは得策ではないという話になった。

侍女たちの入れ替えに加え、第三夫人の宮の歳費を見直したと知られれば、暗愚なはずの王太子に確たる意志があるのではないかと、宮廷の人々に警戒されてしまう。

そして、あまりオズワルドが目立ちすぎるのもよくない。

エセルは、誰にも死んでほしくなかった。見知った人たちが死んでいくのは、夢の中だけで十分だ。

「殿下があまり学者殿を構われると、オズワルド様がやきもちを焼きますよ。今だって相当、焦ってるんですから」

からかう口調でオリバーが言う。エセルはちらりと後ろを振り返って、騎士を睨《にら》んだ。

「お前は軽口が多いな。僕はそういう冗談は好きになれない」

オズワルドが嫉妬《しっと》などするはずがない。彼はエセルを嫌悪しているのだから。

エセルは、オズワルドの不機嫌な顔を思い出す。

晩餐《ばんさん》に招いて以来、オズワルドは演技を止《や》めた。言葉遣いはぞんざいになり、出てくる言葉には少なからず皮肉が混じっている。

それが彼の本性だ。エセルに対する情など少しも持ち合わせてはおらず、ただ出世の道具だと思っている。

人が変わったエセルを見て、彼は今、どういう感情を抱いているだろう。

我がままを言わなくなった代わりに、自分の思い通りにもいかなくなったから、以前より厄介に思われているかもしれない。

いずれにしても、オズワルドがエセルに対して抱いているのは、負の感情だけだ。

そんなことはわかっている。わかりきっているから、心を平らにして傷つかないようにしている。

　それでも、オズワルドがエセルを見て不機嫌そうにしていると、悲しくなってしまう。

　オズワルドがエセルを嫌うのと同じだけ、自分も彼を嫌いになれたらいいのに。

「申し訳ありません。しかし、冗談というわけでは……」

　オリバーが後ろで戸惑ったようにつぶやいた時、侍女の一人が庭先に出てきた。

「メルシア子爵がお越しになりました」

　噂をすれば、だ。侍女に、いつもの居室に通すように言い、エセルたちもすぐそちらに向かった。

「ごきげんよう、我が君。今日もお美しい」

　オズワルドは先に部屋に着いていて、エセルが部屋に現れると、唇の端を歪《ゆが》めて一礼した。

　気にしたところで仕方がない。エセルは胸が小さく痛むのに気づかないふりをして、当たり障りのない挨拶を返す。

「あの田舎学者は、今日はエドワード様のところですか」

　部屋にマルジンの姿が見えないのを見て、オズワルドが言った。オズワルドはマルジンに対しても、皮肉な態度を取る。

　優秀な学者に対する敵愾心《てきがいしん》なのか、最初の出会いがバツの悪いものだったからか、理由はわからないが、マルジンをひどく嫌っているようだった。

鏡の中で見た未来では、あれほどマルジンに信頼を置いていたのに。エセルは、自分のせいで仲良くなるべき二人が仲違《なかたが》いした気がして、密《ひそ》かに罪悪感を覚えている。

「ところで、長らくお待たせしておりましたが、街への視察の準備が整いました」

皮肉を言ってもエセルが乗ってこないので、オズワルドはただちに要件に入った。

「本当か。いつだ」

嬉《うれ》しい知らせに、思わず前のめりになった。オズワルドはその勢いにわずかに鼻白んで、

「来週です」と、答える。

「カレグの提案通り、下町に寄り、貧民街の孤児院を訪問する予定です。炊《た》き出しは食材も人員も確保し、視察の後、すぐに実施できるかと」

「そうか。良かった」

いつになるかとじりじりしていたから、安堵《あんど》した。

オズワルドには王太子宮の人事を入れ替える件と並行し、貧民街への炊き出しと、孤児院への寄付についても、準備を依頼していた。

ただ王太子の名で予算を割くだけでは、民たちに印象付けることはできないと言って、マルジンはさらに、王太子みずから貧民街へ視察に行くことを提案した。

オズワルドははじめのうち、この案には反対していた。治安の悪い場所へ、わざわざ行く必要はないと言うのだ。

しかし、エセルは退《ひ》かなかった。王太子の自分が、貧しい者たちに寄り添う姿を実際に見せることに意味がある。

それに、あの貧民街の惨状を、自分と一緒にオズワルドにも見ておいてほしかった。

オズワルドは腹黒の野心家だが、その奥に捨てきれない良心がある。だからこそ未来では、国を建て直そうと尽力し、暴徒が攻め込むまで王宮に残った。

そんな彼に、悲惨な未来に繋《つな》がる現在の真実を見てもらいたかったのだ。

エセルがマルジンと二人、お忍びで街に出かけ、貧民街が広がっている状況を説明すると、オズワルドは絶句していた。

エセルを射殺しそうな目で睨み、続いてマルジンの胸倉を摑《つか》むと、「二度と殿下を危険な目に遭わせるな」と脅した。

自分に黙って勝手な真似《まね》をするなとか、王太子の身に何かあったらどうするのかと、くどくど説教をされたけれど、最終的にはエセルと共に貧民街へ視察する案を受け入れてくれた。

王太子宮の人事に炊き出し、視察の準備と、一気に仕事が増えたのだから、オズワルドも大変だったはずだ。

でもこれでようやく、貧民街に手を差し伸べられる。

「通常の執務に加えて、大変だっただろう。本当にありがとう」

嬉しくて、素直に感謝の気持ちを表したら、オズワルドが驚いて目を見開いていた。

無理もない。今まで彼が何をしたって、感謝などしたことがなかったのだから。

しかし、以前よりは周りが見えるし、わずかだが人々の苦労が想像できるようになった。見て、知ってしまえば、何も感じないではいられない。

「これでようやく前に進める。オズワルド、お前のおかげだ」

怪訝《けげん》な顔をされても、彼の労をねぎらいたかった。真《ま》っ直《す》ぐに気持ちが伝わることはないとわかってはいたが。

オズワルドはそんなエセルの謝意を正面から受け止め、一瞬、飲まれたように顎を引いた。言葉を思い出すかのように口を開き、視線をさまよわせてから、やがて目を伏せた。

「……恐れ多いお言葉でございます、王太子殿下」

声音から皮肉は感じられなかったが、こちらの視線から逃れるように下を向いたオズワルドが何を考えているのか、エセルには少しも理解できなかった。

一週間後、エセルは再び街へと向かった。

今回は徒歩ではなく、護衛を従えての馬車での移動である。王宮を出たことがなかったエセルにとって、徒歩での外出とはまた違った新鮮味があった。

「保安のためにあまり目立たぬよう、あえて粗末な馬車を用意しました。どうかご容赦くださいませ」

出発前、オズワルドが言った。

今日は下町と貧民街へ向かうため、エセルやオズワルド、それに護衛の騎士たちも地味で質素な装いをしている。マルジンは田舎で普段着にしていたという、いつにも増して粗末な服を身に着けていた。

「ああ、構わない。それに僕は、馬車に乗るのはほとんど初めてなんだ。王族の馬車がどんなものかわからないからな」

気にする必要はない、という意味で、エセルは返答した。

けれどオズワルドは、なぜかそこで言葉に詰まる。ひどい話を聞いたとでも言うように眉をひそめ、そして目を伏せた。

「そう……左様でございましたか」

とはいえ、次に視線を戻した時には、いつもの彼に戻っていた。

にこやかでいて、エセルに対して少しばかり皮肉げで斜に構えた、腹黒い近習の顔だ。

王太子宮の玄関前で馬車に乗り込み、一行は出発した。

馬車は二台用意され、一台にはエセルとオズワルド、それにオリバーが乗り、マルジンは別の護衛騎士ともう一台の馬車に乗せられた。

馬車は粗末で狭いが、四人乗りだ。なぜマルジンだけ別の馬車なのだろうと思ったが、行き帰りのことだけだからと、疑問を口にすることはしなかった。

馬車の周りは、馬に騎乗した護衛騎士が取り囲んで進む。

先日は徒歩だったので時間がかかったが、馬車だとあっという間だった。

王宮の前から延びていた石畳が消え、やがて踏み固められただけの土の道になる。ところどころぬかるんだ跡があるから、雨が降ると歩くのも一苦労だろう。

そうするうちに、富裕層向けの商家などが建ち並ぶ界隈《かいわい》を通り過ぎた。

「このまま、まずは下町へ向かいます」

オズワルドが言った。すでに下町の顔役と話がついており、そこで顔役があらかじめ手配した町の人たちと、王太子が直接顔を合わせることになっていた。

王太子がお忍びで町を視察しに来て、町の人々の話を聞くという体を作るのである。

エセルは、茶番だと下町の顔役に嫌がられるのではないかと密かに心配していたが、訪れた下町では、顔役をはじめ町の人々に歓迎された。

王太子がわざわざ足を運び、自分たちの暮らしぶりを気にかけてくれることが、奇跡のように嬉しかったらしい。

「貴族様でさえ、我々平民になど頓着なさいませんのに。やはり王太子様は薔薇《ばら》の英雄だ」

顔役の男が、大げさなくらい感激する。

男の歯はところどころ抜け落ち、ひどい口臭がしていたし、他の市民たちも垢《あか》じみていて、顔役の男と似たり寄ったりだ。

以前のエセルだったら、鼻と口を覆って「近寄るな！」と叫んでいただろう。それくらい、王宮に住む人々と庶民とでは様相が違った。

マルジンと貧民街を訪ねておいてよかった。貧民街に比べればまだしも、下町に住む人々はましな格好をしていると思える。

エセルはそうした内心の戸惑いを綺麗《きれい》に押し隠し、熱心に彼らの声に耳を傾けた。

下町の市民たちが告げる不満の多くは、税が重いこと、農村部から売られてくる食料が日に日に高騰しているといったことだった。

仕事がない、地方から流れてくる浮浪者で治安が悪くなった、という声もある。

そしてやはり、人々の暮らしは総じて年を経るごとに厳しさを増していた。

「殿下、そろそろ次に参りませんと」

頃合いを見て、オズワルドが周囲に聞こえるように声をかけた。

「もうそんな時間か」

市民の声は尽きることがないが、いつまでも下町に留《とど》まってはいられない。今日の最も重要な目的は、貧民街の孤児院に赴くことだ。

エセルはいつの間にか膨《ふく》れ上がった周囲の人だかりに向け、口を開いた。

「すまない、もう行かなければならないようだ。そなたたちの声はしかと聞いた。すぐに解決できない問題もあるが、必ずこの街の人々の暮らしが良くなるよう、この王太子エセルの名にかけて誓う」

人々は押し黙っていた。彼らの顔には期待と猜疑《さいぎ》の両方が浮かんでいる。顔役や一部の人以外、手放しでエセルの来訪を歓迎しているわけでもなさそうだ。

何となく白けた空気を感じた。直感的に、このまま去ってはいけないような気がして、素早く周りを見回す。

「ただし、そこの……そなた、ガスと言ったな。そなたが女房と仲違いしているのは、僕にはどうすることもできない。たまには甘い言葉の一つでもかけてやるんだな」

市民の中で一人、女房との関係が上手《うま》くいっていなくて……と愚痴《ぐち》をこぼした男がいたのだ。くだらないことを言うなと、顔役にどやされてすぐ引っ込んだのだが、彼の顔と名前をエセルは覚えていた。

エセルに声を掛けられたガスという男は、うへえ、と声を上げ、「参りました」と、おどけたように言って頭を掻《か》いた。周りがどっと笑う。

エセルは再び周りを見回し、「それから」と、続けた。

「そなた、ベン。そなたの指が曲がったままなのはおそらく、職人仕事のせいだ。職業病と言えるものだから、これも僕にはどうしてやることもできない。僕の庭師も同じ手をしていてな。

僕の好きな手だ」

もう一人、個人的な問題を口にした男がいた。ベンはぽかんと口を開けていたが、やがて感激したように、「ありがとうございます」と、涙ぐんだ。周りが驚いたように息を呑《の》む。

「彼の名前も、覚えておられたので？」

顔役が言うので、エセルは微笑《ほほえ》んでうなずいた。

「ああ。二人だけではない。ジョセフ、ジョン、ウィル、アン、ロロ……そなたたちが僕に何を訴えたか、すべてこの胸に刻んでいる。この街の暮らしが少しでも早く上向くよう、善処するから、どうか待っていてほしい」

名前を呼ぶ際、彼らの顔を一人一人見つめた。誰もが息を詰め、エセルを見つめる。

やがて、誰かが神に祈るように顔を伏せた。それを見た他の人々も、次々にエセルへこうべを垂れる。

「エセル王太子様」

「薔薇の救世主だ」

さざなみのように、人々がエセルの名を口にした。

白けた空気はどこにもない。皆が奇跡に触れたようにエセルを見ていた。

下町を後にしたエセルたちは、馬車ではなく徒歩で貧民街へ移動した。道が狭くてごみなどの障害物が多く、馬車や騎馬ではかえって動きが取りづらくなるためだ。

「市民の顔と名前を、よく覚えておられましたね」

護衛に取り囲まれながら移動する途中、オズワルドがエセルに言った。彼もまた、信じられないものを見た、というように驚いていた。

「了爵は、殿下の人並み外れた記憶力をご存知ないので？」

エセルの後ろにいたマルジンが言う。オズワルドが、目を剝《む》いて彼を振り返った。

「横から口を挟むな」

「記憶するのは得意なんだ、昔から。ただ覚えるだけだが」

睨まれてもしれっとしているマルジンに、オズワルドがさらに怒りを燃やしかけたので、エセルは急いで答える。

オズワルドは驚きと困惑、それに不審の入り混じった表情で、再びこちらを見る。ならばなぜ、あれほど勉強にてこずっていたのか、不可解なのだろう。

オズワルドにも、真実を打ち明けても良かったが、今この場でする話ではないだろう。

「その話は後でしょう」

やんわりたしなめると、オズワルドもようやく冷静さを取り戻す。それからは特に会話もなく、一行は先へ進んだ。

下町から貧民街への孤児院へは、いくらもかからなかった。

前回、マルジンと二人で赴いた時と同様、通りを一本隔てると、途端に街並みが変わる。

「話には聞いていたが。ひどい有様だ」

そう言って顔をしかめたのは、エセルの脇に付いていた護衛騎士のオリバーだった。

「オリバーは、貧民街は初めてか」

「子供の頃に何度か訪れたことがあります。ほとんど好奇心で。しかし当時は、これほどひどくはありませんでしたよ」

誰の目から見ても、貧困の加速は明らかなのだ。

やがて目的地である孤児院に着いた時には、他の護衛騎士たちも硬い表情になっていた。

先代の王の時代に建てられたという孤児院は、貧民街にしては立派に家と呼べる造りをしていた。

しかし、建物は古くあちこちは傷み放題で、院の周りにもごみや汚物が散乱して異臭を放っている。

孤児院にはあらかじめ、下町の顔役を通じて面会を申し出ていたのだが、王太子が来るという話は半信半疑だったようだ。

迎えてくれた孤児院の院長だという老女は、物々しい一団が現れて驚き、慄《おのの》いていた。

「申し訳ありません。よもやこのような場所に高貴な方が来られるとは、思ってもおりませんでした」

怯《おび》えたようにこうべを垂れる老女は、貧民街の住人とは思えないほど所作も丁寧である。聞けば、かつて彼女は下級貴族の子女だったという。

なぜそんな身分の者が、貧民街で孤児院など経営しているのか事情はわからない。痩せた身《から》体《だ》や節くれだった手と、凛《りん》とした佇《たたず》まいが相反していて不思議だった。

「いや、いい。面を上げよ。こちらが無理を言ったのだ。中を見せてくれないか」

エセルは院長を怯えさせないように、努めて柔らかな声音で言った。老女はわずかに顔を上げ、真意を測るようにこちらを見た。しかしすぐにまた、そっとこうべを垂れる。

「恐れながら、この先はとても、高貴な方々にお見せできるものではございません」

「どういう意味だ？」

「その……人の手が回りませんで、清潔とは程遠く、臭いなどが……。裏庭にお回りいただけましたら、子供たちを向かわせますので」

今いるこの場所よりも、中はもっと不潔で悪臭がするというのだ。院長がちらりとエセルの周りに控える騎士たちを見る。

騎士の中には、臭いに耐えられないというように口元を覆っている者が何人かいた。彼らの多くは下級貴族だ。貧民街には慣れていないのだろう。

オズワルドも険しい顔をしている。エセルも表に出さないようにしているが、顔をしかめたくなる臭いだった。マルジンだけが、いつも通りの眠そうな顔をしていた。

「いや、それほど劣悪ならば、やはり見ておかなければならない。少しでいい。中を覗《のぞ》かせてくれ」

鏡の中でも、酷《ひど》い状況を何度か目にしてきた。あれには臭いはなかったが、覚悟はしている。

院長は一瞬、エセルの瞳の奥を覗きこむように見つめた後、「かしこまりました」と、うなずいて中へ通してくれた。

院長が先に立って家の扉を開け、護衛のオリバーの後にエセルが続く。建物の中に一歩入った途端、逃げ出したくなった。

密閉された建物の内部は、あらゆる不快な臭いが充満していた。獣の巣だとて、これほどの臭いではないだろう。

前を行くオリバーが「うっ」と呻《うめ》く。酷いのは臭いだけではなかった。

床も壁も、汚物を塗《ぬ》りたくったのかと思うほど汚い。そんな中、手足が枯れ枝のように痩せた子供たちがふらふらと奥から出てくる。

誰もが髪はぼさぼさの伸び放題で、半分の子供は下着すら身に着けていなかった。

子供たちは、咎《とが》めるような眼差《まなざ》しでこちらを見つめるだけで、一言も言葉を発さない。少し大きな子供が出てきて、慌てたように小さな子供たちを奥に引っ込めた。

「幼い子供ばかりだな」

彼らの視線に気圧《けお》されていたエセルは、ようやくそれだけ言った。

やっと歩き出したばかりのような、幼児ばかりだ。

「もう少し大きな子供たちは、昼は働きに出ています。働ける年齢になると、ここから出ていく子供もいます。ここはあまり、良い環境とは言えませんから」

子供たちはくず拾いや、荷運びのようなことをして日銭を稼ぐという。ただそれも、毎日仕事にありつけるとは限らない。孤児院にふらりと戻ってくる子供もいるそうだ。

「この孤児院はこれまで、どこから資金を得て運営してきたのだ？　だいぶ困窮しているようだが」

そう尋ねたのはオズワルドだった。彼も悪臭に耐えかねたのか、手巾で鼻と口を覆っていた。

「以前はほとんど、善意の寄付に頼っておりました。私が若かりし頃、この孤児院を始めた時分はまだ、世の中が豊かで、貴族や大きな商家の方々が、慈善事業として資金を寄せてくださっていたのです」

ただそうした慈善家たちも、近年は高齢化して、代替わりと共に寄付が打ち切られたり、家業が傾いて資金が苦しくなったりと、先細りしていったそうだ。

「足りない分は、私の財産を切り崩して賄《まかな》っておりましたが、それも底をつきました」

「では今はどう……いや、そうか。では今は、資金繰りが困難なのだな」

オズワルドは聞きかけて、やがて何かに気づいたのか、それ以上追及するのをやめた。

彼がちらりとエセルを横目で見たので、何か、この場で尋ねるのがはばかられるような事実があるのかもしれない。

きっともう、まともな、合法的なやり方では運営できないということなのだろう。

たとえば、子供たちに盗みを働かせているとか。たとえそうでも、この現状を見た後では仕方がないと思ってしまう。

「想像以上に酷いな。農村部よりはまだ、都市部の方がましだと思っていたが。何ら変わらないではないか」

鏡の中のことを思い出し、エセルはつぶやく。

「殿下は、農村部にも足を運ばれたのですか」

院長の声がどこか感心したように聞こえたので、慌てた。

「いや、話に聞いただけだ。地方では何度か、飢饉《ききん》も発生していると。木の根をしゃぶり、土を食べて飢えを凌《しの》いでいると……そう聞いた」

「そのようですね。日照りの続く場所では、飲み水にも事欠く有様だとか。それを思えばここはまだ、ましと言えるかもしれません」

悲しげに目を伏せた院長の言葉は、自身に言い聞かせているかのようだった。その悲しみの向こうに絶望を感じて、エセルも足元に視線を落とす。

しかし、嘆いてばかりもいられないのだ。その絶望の先には、さらなる地獄が待っているのだから。

エセルは未来を思い出し、顔を上げた。

「後日、この界隈で炊き出しを行うつもりでいたが、それだけでは足りないようだ。今すぐ当面の活動資金を寄付すべきだと思うが。どうだ、オズワルド」

名指しで尋ねると、オズワルドは弾《はじ》かれたようにエセルを見た。何度か考えるように瞬《まばた》きをした後、「はい」と答えた。

「私も同じ考えでおりました。今後、継続した寄付を募らなくてはなりませんが、それとは別に、今すぐの資金が必要と存じます」

「恐れながら、エセル殿下。発言をお許しいただけますでしょうか」

その時、騎士たちの陰からマルジンが顔を出した。オズワルドが不快そうに、じろりとそれを睨む。エセルが許すと、オズワルドの眉間に深い皺《しわ》が寄った。

「ここは人手が足りていない様子。先ほどの下町で、当面の物資を購入して寄付するのが良いのではないでしょうか。買い出しの手間が省けますし、安全でしょう。この辺りは治安もよくありませんから」

老いた女性が金を持っているとわかったら、強盗に遭うかもしれない。その際、老女や子供たちに危害が及ぶことは十分に考えられた。

「確かにその通りだ。オズワルド、護衛の中から二人ほど、人を割けるか。これからすぐに物資を買いに行かせよう。院長も、それでいいか」

振り返ると、院長は戸惑った様子でおずおずとうなずいた。

「当面の食料や日用品を確保する。今後は僕から毎月、決まった額を寄付しよう。人手を増やし、子供たちがきちんと食事をして、清潔な場所で寝起きできるようにする」

「は――はい」

「これはあくまで、応急的な処置だ。孤児院で救われるのはほんの一部、困っているのは、ここにいる子供たちだけではないことも、理解している。この国の貧しさを解消しなければ、根本的な解決にはならない」

今さらエセルが言わなくても、院長にはわかりきったことだろう。だがこれは、宣誓だった。

鏡の中ではない、現実に自分の目で、この国の惨状を見た。思っていた以上に酷かった。王宮にいたままではわからなかった。

未来に起こる革命を止めるだけではない。今、ここにある窮状を救いたいと強く思った。

この気持ちを忘れないために、あえて言葉にしたのだ。

「国を建て直すには、きっと長い時がかかるだろう。その間に、どれだけの人の命が失われていくことか。すべてを助けることはできないが、この孤児院は今後、我々が取りこぼした命をいくつも救ってくれるだろう。これまでそうしてきたように」

院長が、目を見開いてエセルを見つめた。その両目が不意に潤む。老女は頰を震わせた。

「殿下……」

「そなたは、か弱い婦女子の身でありながら、一人で子供たちを守ってきた。我々が守るべき民を守り、救ってくれた。王に代わって礼を言う。……ありがとう」

院長から、うっと嗚咽《おえつ》が漏れた。皺だらけの頰に涙が流れる。

「殿下……エセル王太子殿下。ありがとうございます」

むせび泣く老女の肩を、そっと撫《な》でる。その肩はあまりに薄い。老女の嗚咽が、号泣に変わった。

「やはり一度、ゴドウィン卿と話をするべきだな。それも早急に」

エセルが疲れた声で、つぶやくように言った。

オズワルドは神妙にうなずく。

「その方がいいでしょう」

少し前まで、オズワルドはエセルに対して斜に構えていた。でも今はもう、そんな気持ちにはなれない。

エセルの疲弊は理解できたし、オズワルドも疲れている。身体よりも精神が。昼間、あの悲惨な孤児院の状況を見た後では、自分の心の屈託がひどく下らないものに思えてならなかった。

貧民街があそこまで深刻な状態になっていたことを、オズワルドは知らなかった。いや、視察をするに当たって、お膳立てを依頼した部下からおおよその話は聞いていたが、見ると聞くとでは違う。

エセルが貧民街に足を運びたいと言わなければ、オズワルドはいつまでも、王都の現状を知らないままだった。

貴族の誰も知らないだろう。もし目にしたとしても、目を逸《そ》らすだけかもしれない。貧民街の実情を見て、危険な状況だと判断できる者が、今の貴族たちの中でどれだけいるか。

地方で飢饉が起こり、国中が疲弊している。国庫は底を突きかけ、それを誤魔化すために重税を課している。

そうした現状を、オズワルドはよく理解していた。しているつもりだった。

いずれ自分が政治の中枢に食い込んだあかつきには、こうした問題を是正していこう。そう考えていた。

だが実際は、いずれ、などと悠長なことを言っていられる状況ではなかった。

思っていた以上に、この国は危険な状態だ。宮廷にいただけではわからなかった。今日、エセルに導かれてそれを知った。

昼の光景を思い出すと気が重くなり、そしてエセルに対しても、驚くことや不可解なことばかりで、感情が追いつかない。

「……七侯について、懸念もある」

エセルがまた、ぽつりと言った。

「懸念？」

言葉の続きを待ったが、沈黙が続いた。見ると、エセルは酒の入った盃《さかずき》を手にしたまま、まぶたを閉じていた。

「殿下」

声をかけると、はっとしたように目を開き、慌てて首を起こす。もう眠いのだろう。

以前なら、そんなエセルに皮肉の一つも言っていたかもしれない。何も知らずにいたままだったら。

オズワルドも疲れていたし、はす向かいに座るマルジンも、さすがに疲れた顔をしている。

一日中視察で歩き回り、気の滅入《めい》るような惨状を見たのだから、無理もないことだ。

生まれてからほとんど王宮を出たことがなかったエセルにとって、どれほど衝撃的で、心を削る出来事だっただろう。

物心ついてから、彼が王宮を出たのはこれで二度目だという。一度目は先日、マルジンとお忍びで街に下りた時だった。

エセルは、ろくに馬車に乗ったこともなかった。外の世界をほとんど見たことがないのだ。

王族とは、そのようなものかもしれない。けれどその事実に気づいた時、オズワルドはエセルに憐憫《れんびん》を覚えていた。

彼はオズワルドが思っていた以上に、様々なものを奪われて生きてきたのではないか？

「すまない。……ああ、ゴドウィン卿の……いや、七侯の話だったな」

眠い目をこすりながら、なおも話を続けようとするので、オズワルドは思わず、はす向かいにいるマルジンを見てしまった。

もう夜も更けた。一日視察をしたし、本当ならとっくに解散しても良かったのだ。

けれどオズワルドの中に、早くあの悲惨な現状を何とかしなければ、という焦りがあった。

エセルやマルジンの中にもあったはずだ。

王太子宮に戻ってから、エセルはもう少し話し合いたいとオズワルドを引き止め、オズワルドも二つ返事でそれに応じた。

マルジンを含めた三人で晩餐を取った後、いつもエセルが応接するこの部屋に移動した。

それから三人で、今後の方策について話し合っていたところだった。

ずいぶん時間が経《た》ってしまった。まだ話したりないが、さすがにもう遅い。今日はオズワルドも、王太子宮に泊まることになっている。

「今夜はもうこの辺で、お休みになった方がよろしいのではないですか」

マルジンが抑揚のない声で言った。彼も先ほどから、しきりにあくびを噛《か》み殺していた。

「いや。事は迅速に進めなくては」

「それではお茶を持ってこさせましょう。マルジン、頼めるか？」

この様子では、寝ろと言っても寝ないだろう。そう考えたオズワルドは、マルジンに目配せした。男は無表情のままうなずいて席を立つ。

いけ好かない男だが、察しは悪くないらしい。オズワルドも立ち上がると、しきりに眉間を揉《も》むエセルから酒盃《しゅはい》を奪ってテーブルに置いた。

「お茶が来るまで休憩しましょう」

「しかし」

「俺が休憩したいんですよ。自分だけのことじゃない。もう少し、下の者のことも考えてください」

わざときつい言葉をかける。こんな口を利くことは、以前なら許されなかった。たちまち寵を失っていたところだ。

けれど今のエセルは、オズワルドが冷たい言葉を投げかけても、怒りもしないはずだ。

「あ……そうか。そうだな。すまない」

案の定、間違いに気づいた様子で顔を上げ、それからしゅん、と肩を落とした。

「また、自分のことばかりだったな」

一言も言い返さない。そんなエセルが、オズワルドはもどかしくて腹立たしかった。どうして腹を立てるのか、自分でもわからず感情を持て余している。

エセルはしばらく、疲れた顔で宙を見ていたが、やがてすぐにまぶたを閉じた。オズワルドが黙って見守っていると、王太子の呼吸はすぐに深くなった。

その時、そっと扉が開く気配がしたので、オズワルドは振り返って「静かに」という仕草をした。

マルジンがそこにいて、わかっているというようにうなずく。

「寝室の準備が整ったそうです」

彼はオズワルドの目配せを正確に理解していて、お茶ではなく王太子の寝所を整えるよう、使用人に言いに行ったのだった。

「わかった。俺が運ぶ」

マルジンがエセルに近づいたので、オズワルドはすかさず牽制《けんせい》した。田舎学者は軽く肩をすくめてみせる。

「むろん、私の細腕では運べません」

舌打ちしそうになるのを、オズワルドはすんでのところで抑えた。

そんな会話を交わしていても、エセルは目を覚まさない。よくよく疲れているのだろう。早く休ませてやりたい、と急《せ》いた気持ちになった。

エセルの背中と膝裏に手を差し込んで、抱き上げる。その軽さに驚いた。

細身とはいえ、彼も成人した男性だ。それなのに、王太子の身体は驚くほど軽かった。

「ん……」

腕の中でエセルが小さく身じろぎする。しかし、白いまぶたは閉じたままだった。

上着を脱いだオズワルドの薄いシャツ越しに、相手の温《ぬく》もりが伝わってくる。王太子の寝室へ向かいながら、幼い頃にもこうやって、寝ているエセルを抱いて運んだことを思い出した。

遊んでいる途中で眠ってしまった、あどけない子供。小さな温もりに心が温かくなったように、今も無防備なエセルを抱いていると、なぜか泣きたいような感情が込み上げてくる。

(馬鹿な。あのエセルだぞ)

馬鹿王子――心の中でつぶやきかけて、どうしてもできなかった。彼が愚かではないと、オズワルドはすでに十分すぎるほど理解している。

寝室には、エアといういつもの使用人がいた。オズワルドがエセルを抱えてきたのを見て、寝台の上掛けをめくる。

献身的で気の利く娘だ。感心するところなのに、なぜか腹立たしかった。

このところ、誰に対しても苛立《いらだ》っている自覚がある。それが、エセルの身近にいる人々だということも理解していたが、あえて考えないようにしていた。

エセルを寝台に横たえると、彼は小さく呻き、すぐにまた寝息を立てはじめた。

上掛けをかけてやり、彼が目を覚まさないか、見守る。

その間に、使用人は寝台脇の小テーブルに備え付けられた戸棚を開き、中に水がたっぷり入った水差しをしまっていた。

取り出しにくいだろうに、どうしてわざわざそんな場所にしまうのか。怪訝に思ったが、エセルのお茶に毒が入れられていたことを思い出した。

毎日飲む水にも、彼は神経を尖《とが》らせねばならないのだ。

使用人はすぐ立ち去ったが、オズワルドはしばらく、燭台《しょくだい》の明かりの下でエセルの寝顔を眺めていた。

彼は眠っていても美しかった。

そう、彼の顔の造作は、まるで神が作った芸術品のように整っている。毒のせいで衰えていた時でさえ、美男子と言える容貌《ようぼう》だった。

その事実を認めるたびに、オズワルドは何かに敗北したような悔しさと屈託を覚える。

愚かで醜いエセル。そう言って嘲笑できたら、どんなにかすっきりするだろう。

今すぐ目を覚まして、かつてのように理不尽な我がままを繰り返し、媚《こ》びた眼差しを向けて、抱いてくれと縋《すが》ればいい。そうすれば、彼を軽蔑できるのに。

けれど、どんなに凝視しても、エセルの身体はぴくりとも動かなかった。

本当に眠っているのかと、不安が頭をもたげる。

小テーブルの上にあった手鏡を取り、顔の前にかざした。鏡が息で曇ったのを見て、ようやく安堵する。

王太子は美しいが、痩せて青ざめていた。顔色は疲れのせいもあるのだろうが、今夜の夕食もあまり食べていなかった。

ふと、長く飲まされ続けた毒は、エセルの身体をどれほど蝕《むしば》んでいるのかと考える。

――大丈夫。この毒のせいで、僕が父より先に死ぬことはない。少なくとも、あと十年くらいは生きられるはずだ。

エセルは以前、そう言っていた。

まるで、十年後の死を予感しているような口ぶりだった。

彼はおかしい。エセルはなぜこうも変わったのだろう。別人になった、というのも違う。仕草や口調は、まごうことなく彼のものなのに、急に年を取ったかのような、あるいはこれまで眠っていたものが目覚めたかのような、常では考えられない変貌ぶりだった。

オズワルドは、昼に見たエセルの様子を思い出す。

下町では、大勢の人々に囲まれても、堂々として臆さなかった。それにあの記憶力。一人一人の顔と名前、彼らが何を言ったのか覚えているなんて、そんな芸当はオズワルドでさえできない。

昔から得意だと言い、マルジンは「ご存知ないのですか」などとのたまう。それほど物覚えが良かったなんて、オズワルドは知らない。

そしてエセルは、貧民街の悪臭に顔をしかめることもなく、騎士たちでさえ及び腰だった孤児院の中へ、躊躇《ちゅうちょ》なく入っていった。

速やかに内情を把握し、物資を寄付するよう手配をさせ、さらに院長を労《いた》わった。

むせび泣く老女の服は垢じみていたが、エセルは構わず彼女に触れた。

以前とあまりに違いすぎる。以前のエセルは、王族や貴族以外の者を下賤《げせん》と決めつけ、触れることさえ嫌がっていたのに。

「う……」

身じろぎ一つせずに眠っていたエセルが、不意に低く呻いた。起こしてしまったのかと、オズワルドは慌てて彼のそばを離れる。

しかし、エセルは目をつぶったまま再び呻き声を上げた。

「あ……嫌だ。もう……やめてくれ」

夢にうなされているらしい。苦悶《くもん》の表情を浮かべ、何かから逃げるように身を捩《よじ》った。

「や……死ぬな……」

「殿下。エセル様」

その様子が尋常ではなかったので、オズワルドは思わず彼の肩を揺さぶり、呼びかけた。

何度か呼びかけると、エセルは不意にぱちりと目を開けた。しばらく、焦点の合っていない瞳が宙をさまよう。やがて、オズワルドの姿を見つけたようだった。

「オズワルド」

たった今、絶望を見てきた。そんな表情だった。涙に濡《ぬ》れた目で、ぼんやりとエセルはつぶやく。

「生きていたのか……」

エセルに水を飲ませ、額の汗を拭《ふ》いてやり、寝室を出た。

彼の様子が気がかりだったが、頑《かたく》なに大丈夫だと言う。オズワルドがいると気が休まらないようで、部屋を出ていくしかなかった。

居室に戻ると、てっきり先に休んだと思っていたマルジンがいて、酒を飲んでいた。

無表情な家庭教師の顔を見ると、いつもは腹が立つのに、今はなぜかホッとしてしまう。

「卿も、もう少しお飲みになりませんか」

マルジンが盃を掲げた。話がしたいという意味だと思い、彼の向かいに腰を下ろす。

今まで自尊心が邪魔をして避けてきたが、そんなことを言っている場合ではないのかもしれない。

先ほどのエセルの様子を見て、オズワルドは腹を決めた。

エセルは変わった。自分は彼の近習として、彼と利害を共にする者として、その理由を正しく知らなければならない。

そして変化したエセルを知るのは、自分ではなくマルジンだ。

「殿下は夢見が悪いようで、ひどくうなされていた。ああいうことはよくあるのか」

マルジンから葡萄酒《ぶどうしゅ》の盃を受け取りながら、オズワルドは尋ねた。向かいの男は表情を変えないまま、わずかに小首を傾《かし》げる。

「私の部屋は殿下の寝所から離れているので、よくは存じませんが。そういえばエアという、いつもの使用人が、そんなことを申しておりました。殿下は普段からあまり、眠れていないご様子だと」

いったい、いつからだろう。

「食も細い。以前はもう少し食べていたんだ。ひっきりなしに菓子を摘まんで、肉や魚もよく食べていた。何もせず暇だから、食べることが楽しみなんだろうと思っていたんだ。好みもうるさかったし」

エセルの様子が変わった後、何度か食事を共にしたが、いつも彼の皿に載る料理はほんの少しの量だ。

「殿下は、ご自身の食べきれるだけの量を用意させているようです。それも、非常に厳格に。食欲のない時は事前に料理人に申し付けて、量を調整しています。食べ物を無駄にするのがお嫌いなのではないですか」

「やはり、以前と違う。以前は山ほどの料理を用意させて、その時々で気まぐれに、食べたいだけ食べていた」

七面鳥を丸ごと焼かせた上、一口食べて放り出し、高級な果実の一番甘い部分を齧《かじ》っては捨てていた。

マルジンが彼を変えたのだろうか。それが何より知りたくて、オズワルドはマルジンを正面から睨みつけた。誤魔化すことは許さない、というように。

「お前が殿下に何か言ったのか。どうしてあそこまで変わった？」

マルジンの頰が、ひくりと引き上げられた。ふ、という声が漏れる。もしや笑ったのだろうか。

「あなたは、何よりそれが一番気にかかるのですな。殿下をもっとも理解し、影響を及ぼすのが常に自分でなければ気がすまないわけだ」

それはいつもの抑揚のない声だったが、皮肉を言っているのだということは理解できた。怒りがこみ上げる。しれっとした青白い顔を、殴りつけてやりたくなった。

「村夫子《そんぷうし》が、知った風な口をきくな」

拳《こぶし》を握って腰を浮かせると、マルジンは敵をやりすごす亀のように首をすくめた。

「失礼。しかし、あなたには出会った時から、謂《いわ》れのない罪を責められ続けている気がします。その気もないのにまるで間男のように扱われるのは、気分のいいものではございませんよ」

間男、という表現が気に食わなかった。まるでエセルを挟んで、自分とマルジンが恋の鞘《さや》当てをしているかのようだ。

「ふん」

オズワルドは鼻を鳴らして葡萄酒をあおる。盃を飲み干して、乱暴にマルジンの前に置いた。酒を注《つ》げ、という意味だ。マルジンは「やれやれ」と小さくつぶやき、それでも素直に酒を注ぐ。

「殿下がなぜ変わったのか、以前とどのように違うのか、私にはわかりません。私が師に言われてここに来た時にはもう、今の殿下でしたから」

「……師？　お前の師が殿下にお前を差し向けたのか」

マルジンがここに来た経緯も謎だった。

オズワルドが知っているのは、アンナがエドワードの家庭教師に雇ったというのは、口実だったというところまでだ。

どこでマルジンを知り、なぜ彼を雇ったのか、本当のところを聞こうとしてうやむやになっていたのだった。

今初めて耳にした、マルジンの師というのが今回の黒幕なのだろうか。

つい前のめりになると、家庭教師はまた、「ふ」と息を漏らして頬をひくつかせた。いちいち癇《かん》に障る男だ。

「私の師は、あなたの師でもあります。我々は言ってみれば兄弟弟子なのですよ。『国は王と貴族が作るのではなく、民によって作られるものだ』」

マルジンが勿体《もったい》つけた口調で言い、オズワルドはすぐさま思い出した。

昔、メルシア家に家庭教師に来ていた、老学者の言葉だ。

「ビリンガム先生……。お前が、先生の？　教え子なのか」

「彼の下で学び、官吏となってからはあの方の部下となりました。私は一時、王宮にいたのです。くだらぬ派閥争いに巻き込まれて、師ともども放逐されましたが」

「お前のことを調査させたが、そのような記述はなかった」

オズワルドはマルジンが現われてすぐ、身元を洗っていた。王都の学院を卒業したことは知っている。学院でいくつか優秀な論文を残していたが、あとは郷里で教師をしていたとあるだけで、経歴がよくわからなかったのだ。

王宮で官吏をしていたのなら、記録があるはずだ。

「では宮廷にもまだ、ビリンガム様の味方がいるのですな。ビリンガム様は、私を殿下に遣わした後、宮廷に残る彼の部下に指示をして、私に関する記録を消したのでしょう。私が宮廷でビリンガム様の下にいたこと、私が優秀で天才的な頭脳の持ち主であったことを知られるのは、私にとっても殿下にとっても良いことではありませんから」

自分で天才というのに呆《あき》れたが、本気のようだ。

「エセル様の後ろには、ビリンガム先生が付いていたのか」

ようやく、自分に納得のいく事実が出てきた気がした。しかし、そう考えたそばから、マルジンが「いいえ」と首を横に振る。

「ビリンガム様は、エセル様に請われて、私を紹介しただけです。殿下が信頼のできる参謀を探していると。師が関わったのは、それだけです。師と殿下は書簡のやり取りをしただけで、実際に会ったこともございません」

見えかけたと思ったのに、また真相がうやむやになった。

「殿下がなぜ、先生のことをご存知なんだ？」

宮殿に閉じこもっていたエセルが、どこで引退した老学者の存在を知ったのか。王太子の家庭教師は、老学者とは所縁《ゆかり》がない。

疑問を口にすると、マルジンもいささか怪訝そうな顔をした。

「ビリンガム様に師事していた、あなたからお話を聞いたのだと思っていました」

オズワルドは大きくかぶりを振る。

「俺は、先生のことを殿下に話したことはない。一度たりとも」

エセルを懐柔するために、オズワルドは彼に言うべきこと、言わないでおくことを明確に分別していた。

メルシア家の庶子として苦労していたことは話したが、ビリンガムが密かに自分に目をかけて、力になってくれたことは話さないようにしていた。

ビリンガムに師事していた事実を知っているのは、彼が信頼するごくわずかな者だけだ。オズワルドの父や正妻、異母兄たちもいまだに、オズワルドがどこで教育を受けたのか知らないはずだ。

それほど彼らはオズワルドに興味がなかったし、侮《あなど》っていた。宮廷で力を付けてきた今でさえ、すべては王太子の寵愛のおかげだと思っている。

「しかし、エセル様が師に宛てた手紙に書かれていたそうですよ。師はオズワルド様が師事された優秀な学者で、己の富より国のことを考える信頼すべき人物であると」

ビリンガムはいくつも本を出しており、宮廷でもその功績は知られている。図書室を調べれば、その存在を知ることは可能だろう。

しかし、オズワルドとの繋がりを見出《みいだ》すことは困難だ。オズワルド自身が秘匿《ひとく》していたのだから。

「俺は殿下に話していない。あの方と過ごした時間は長いが、その中で実のある会話などほとんどしたことはなかった」

今は実のある話しかしない。それもひどく事務的な。エセルが変わって以来、彼との間で、世間話などしたことがあっただろうか。

「殿下はどこかで頭でも打ったんじゃないか。寝込んでる間に、何でも見通せる神通力が備わったんだ。ついでに賢くなった」

オズワルドは、わざと馬鹿にした口調で言った。マルジンが怒ったり、気分を害したりするのを期待したのだが、彼は静かにかぶりを振った。

「エセル様の賢さはおそらく、生まれつきではないですかな。子供の頃から、記憶力が抜群にいい人間というのが、時折いるものです。あの方は分厚い本もあっという間に読んで覚えてしまいますから」

「だからそれが……」

「アンナ様も仰《おっしゃ》っておりました。エセル様は、以前から記憶力に優れていたと」

エセルを持ち上げるマルジンが、腹立たしかった。苛立って声を上げたが、相手は珍しく早口でそれを遮った。

気を削《そ》がれて口をつぐむオズワルドを、男は眠そうな目でじっと見つめた。

「アンナ様は、殿下の侍女をされていたそうですな。当時から殿下はたいそう物覚えが良く、一度だけ図書室で一緒に勉強をしたことがあるそうですが、飲み込みも早く非常に聡明《そうめい》だと感じたそうです。なのに殿下の周りの人々は、まるで殿下が愚鈍で人より劣っているかのように言う。アンナ様は不信感を覚えていたそうです。メルシア子爵、あなたも含めて、殿下に近づく方々は皆、信用ならないと」

「アンナ様が、この俺を？」

地味で気弱な女だとばかり思っていたアンナが、そんなふうに自分を見ていたとは気づかなかった。

そもそも、エセルが元から聡明だったなんて馬鹿げている。鼻で笑ったオズワルドを、マルジンはなおも見つめた。睨んでいるのかもしれない、と思ったのは、次の言葉を聞いてからだ。

「あなたは、気づかなかったのですか」

責めるような声音だと思ったのも、気のせいではないだろう。

「せめてあなたが気づいていれば、殿下はこれほど無為な時間を過ごすことはなかったでしょうに」

言ってマルジンは、咎人《とがにん》でも見るように、今度こそ明確にオズワルドを睨みつけた。

オズワルドはマルジンを居室に残し、自分のために用意された客間へと向かった。

中に入ると、力なく寝台の縁に腰を下ろす。深いため息をつき、両手で顔を覆った。

たった今、マルジンから聞かされた事実が、オズワルドを打ちのめしていた。

エセルはなぜ、誰でもできるような勉強ができなかったのか。幼い頃から、教師たちにどのような仕打ちを受けて来たのか。

マルジンの話を、最初は否定した。王太子についていた教師たちはいずれも、それぞれの分野の優秀な専門家である。そんな馬鹿なことをするものかと思った。

けれど、それが王とフリーダの差し金だと聞いて、否定しきれなくなった。

あの二人なら、それくらいのことはしそうだと納得したからだ。

せめてあなたが気づいていれば……マルジンは言った。

そう、オズワルドは何一つ気づいていなかった。想像もしていなかったのだ。

あのエセルが、教師たちからそんな仕打ちを受けているなどとは思ってもみなかった。

王太子は、初めて出会った幼少の時から、我がままで気まぐれで、人が羨《うらや》む何もかもを持っていた。

見る物を魅了する美しさ、正室の第一子という出自と王太子の肩書き、それに薔薇の聖痕《せいこん》。

オズワルドは貴族の親を持ちながら、使用人に混じって労働し、こそこそと兄に隠れて教養を身に付けた。王太子の茶会に招かれるために、寝る時間を削って礼儀作法を身につけねばならなかった。

そうして血の滲《にじ》む思いをして上ってきた場所に、エセルは最初から当然のようにいる。礼儀も作法も、教養さえ彼には必要ないのだ。そんなエセルが、オズワルドは最初から嫌いだった。

小姓として仕えてからは、両親に顧みられることのないエセルに共感し、無条件に自分を慕ってくる彼に憐憫や愛情を感じることもあった。

けれどエセルは、こちらが情をかけると、応えて返すどころか、人の親切や愛情を竜巻のように吸い上げて、さらにもっと欲しいとねだってくる。

成長するにつれ、性愛を含む情を求めるようになった。

エセルはまるで怪物だった。

野生の獣のように理性に欠け、自分の欲求にだけ忠実。いつでも愛に飢えていて、オズワルドが与える仮初めの愛情をむしゃむしゃと貪《むさぼ》りながら、自意識をどこまでも肥大させていく。

美しい容姿とは裏腹に、エセルのそんな内面がひどく醜悪に見えた。そして王太子の醜さを見るたびに、内心で安堵していた。

オズワルドは、自分自身もまた醜悪だということを知っていたからだ。

自分の父や兄たち、この国の王族や貴族を馬鹿にして唾棄しながら、彼らと同じことをしている。

他人を貶《おとし》め、騙《だま》して蹴落《けお》とし、のし上がる。国のためなどではない、自身の欲望のために。

同じ蛆虫《うじむし》なのに、周りの蛆虫を馬鹿にしている。愚かなことだとわかっていた。だからこそ、自分より馬鹿で醜いエセルを見ると安心した。心置きなく彼を利用することができた。

彼から性的な目で見られることに嫌悪しながら、自尊心をくすぐられて喜んでもいた。エセルには、オズワルドしかいない。オズワルドにもエセルしかいないように。

いつか自分は、エセルを抱くだろう。いずれ一つになって、二人で同じだけ醜く汚れ、腐って溶けていく。お互い、どちらがどちらかもわからないくらいに。

そう思っていたのに、いつの間にかエセルは変わってしまった。

愚かで醜い王子はもう、どこにもいない。

今のエセルは、誰もが理想とする王の器を持っている。清廉《せいれん》で美しく、オズワルドの手の届かない高みまで上ってしまった。

エセルの精神はもう、オズワルドを欲していない。今はオズワルドに協力を仰いでいるが、エセル自身が必要としているわけではなかった。

エセルは孤独でもない。マルジンやアンナをはじめ、彼の崇高な精神に惹《ひ》かれる人々がその足元に集い始めている。

いつかエセルが足場を固めれば、オズワルドの力など必要なくなる。野心家の宰相など、本物の王の前では邪魔なだけだ。

彼は民たちの期待通りの王となるだろう。彼の薔薇の聖痕は本物だった。オズワルドが刻んだ偽物とは違う。

(——エセル。やはり俺は、お前が嫌いだよ)

頭を抱えたまま、オズワルドは宙を睨んだ。

賢明にして清廉、誰よりも美しいエセル。

オズワルドはそんな王太子が憎くて憎くて、もう、彼のことしか考えられない。

季節が変わる前に、王太子宮の侍女長が予算を横領した罪で捕縛された。彼女の下で悪事を働いていた者たちも逮捕され、王太子宮では真面目に仕える者だけが働くことを許されるようになった。

これでようやく、王太子宮は王太子が住まうにふさわしい、正常な状態になったと言える。侍女長の横領の証拠を挙げ、芋《いも》づる式に出てきた王太子宮の不正を正したのは、オズワルドである。

貧民街を視察した直後から、オズワルドは以前にも増して精力的に活動するようになった。あの孤児院での光景が、よほど衝撃的だったのだろうと、エセルは推測している。

彼はまず、エセルの現状を変えるところから取り掛かった。

「何をするにも金がいる。少なくない王太子宮の予算をこれ以上、あの侍女長が男に貢ぐのに使われたくない。それに何より、あなたがこの宮殿で十分に身体を休めることができずにいるのが問題です」

オズワルドは王太子宮に泊まったあの夜、エセルがうなされているのを目にしたらしい。食が細いことも指摘された。

「もっと食べて、体力を付けてください。そんな青白い顔と頼りない身体で民の前に出て、これがいずれ自分たちを率いる王になるのだと、信頼する人がいると思いますか」

冷ややかに言われ、確かにその通りだと反省した。食事を無駄にしないように、ちまちまと量を調節していたのも、料理人たちを煩《わずら》わせるだけだと、苛立たしげに注意された。

エセルが食べきれなかった食事は、後で使用人たちに下げ渡されるらしい。無駄にすることはないと言われてホッとして、あまり食事の量について神経質に考えることはしなくなった。

エセルが何をしても、オズワルドの気を苛立たせるようだが、彼の言葉は辛辣《しんらつ》ながらもいつも的確だった。

オズワルドを味方に付けて良かったと思う。エセルはやはり、どうあっても世間知らずだし、マルジンは膨大《ぼうだい》な学問の知識があっても、世間一般の常識に疎いところがある。

オズワルドが精力的に動き、王太子宮の人事を健全なものにしてくれたおかげで、エセルは自分の宮殿でゆっくり過ごせるようになった。

さらにオズワルドは、自分の主治医を王太子宮のお抱え医師にさせて、エセルの健康を管理させるようにした。食事には毒見係も置くことになった。

貧民街の炊き出しと孤児院への援助も、すでに始まっている。

これもオズワルドが主導して、他の貴族たちからも資金を募り、人員も確保させた。

炊き出しは定期的に行う必要があるし、孤児院もあの貧民街の一つだけではない。人手も恒久的に必要だ。どちらも定期的に継続して行えるよう、オズワルドは手配したのである。

この迅速かつ見事な手腕には、マルジンも感心していた。

「さすがはビリンガム様が認めたお方だ。顔と口先だけではないようですね」

言葉はいささか皮肉めいていたが、オズワルドを認めていたのは確かだ。

王太子宮の横領が暴かれたのに絡めて、アンナの第三妃宮殿の予算も見直させた。これは、オズワルドの助言を受けながらエセルが行った。

エセルはまず、この件の首謀者である母と直談判《じかだんぱん》するため、正妃の宮殿へ赴いた。

母に会うのは久しぶりだった。そして、実際に会って驚いた。

彼女のかつての美貌が、見る影もなく衰えていたからだ。肥え太り、豚のような身体を揺すりながら現れた彼女に、悲鳴を上げそうになった。

その姿は、鏡の中で見た未来の自分にそっくりだった。

彼女は若く美しい男を従えていた。上等な絹の服をまとい、宝石をちりばめたボタンやカフスを付けた青年を見て、吐き気がした。

息子と同じ年頃の青年に向ける母の媚びた目も、オズワルドを見る自分の目にそっくりだった。まるで鏡を見ているようだ。

それでも気を取り直し、エセルは最初はごく事務的に、アンナの宮の歳費を元に戻すよう頼んだ。

もしこの頼みが聞き入れられないのなら、王太子宮の侍女長と同じく、王族の予算を横領したとみなす、とも付け加えた。

彼女の瀟洒《しょうしゃ》な暮らしぶりと隣の青年の身なりを見て、減額した分のアンナの予算を、母の予算に付け替えているのではないかと予想したのだ。

折しも、裁判で王太子宮の元侍女長の罪が確定し、死罪が言い渡された頃だった。母の耳にも届いていただろう。

予想は当たっていたようで、生意気な息子を恨みのこもった眼差しで睨みながらも、渋々承諾した。

その日はそれで話が終わったが、エセルは折を見て、また母に会いに行くことにした。

彼女を見て気がついた。自分も母も同じ、孤独で寂しかったのだと。

夫に顧みられず、それどころか憎まれ、実父には政治の道具にされた。今は王宮の片隅に捨て置かれている。

寂しさを埋めるために色欲に溺《おぼ》れ、酒や食べ物で気を紛らわせた。まるきりエセルと同じだ。

わかった今も、エセルは母が苦手だった。どうしても幼い頃に目にした、彼女と男のおぞましい行為を思い出してしまう。

彼女を見るたびに恨みがましい気持ちが湧き上がるが、彼女の醜悪さの原因を理解した以上、放っておけなかった。

母がエセルをどう思っているのかわからない。ただ、アンナの宮殿の予算は本来の額通り、アンナに支払われるようになった。

これでもう、エセルが裏から貴金属や宝石類を渡す必要はない。エドワードの衣服や玩具《おもちゃ》、本などが屋敷に増えたと、マルジンが報告してくれた。

オズワルドの部下からの報告では、貧民街の炊き出しは順調だと言い、近頃は下町の人々が炊き出しに加わって、貧民街の人々を扶助する動きが出てきているそうだ。

これは孤児院も同様で、オズワルドが手配させた人員とは別に、下町の有志が孤児院を手伝っている。

「王太子殿下が自ら、貧民街へ足を運ばれたことで、人々も希望を見出しているのでしょう」

マルジンが言っていた。人は何も希望がない状態では気力をなくしてしまう。

エセルが現れたことで、この先、何かが変わるかもしれないと期待するようになった。人々の意識が高まり、積極的に動くようになったというのだ。

それはありがたいことだ。エセルの行動の効果が、最大限に現れた。

しかし、効果がいつまでも続くわけではない。人々から希望が消えないうちに、次の一手を打たなくてはならないのだ。

そして、下町や孤児院の視察のように、小手先だけの手はいつまでも使えない。

「人を動かすというのは、実に大変なことだな。宮殿に引きこもってダラダラしていた方が楽だ。王が政治を家臣任せにするのもよくわかる」

宝石の付いたカフスを留めながら、エセルはぼやいた。エアが苦笑しながら、夜会用の上着を着せてくれる。

「では、ここで諦めますか」

エセルが着飾るのを、手伝うでもなくただ眺めていたマルジンが、表情を変えることなく言った。

「ここでやめたら、僕は一生、安眠できないだろう」

立ち止まったら、オズワルドやマルジン、アンナやエドワードも悲惨な死を迎えることになる。エアだってどうなるかわからない。

民衆の不満をエセルから逸らすというマルジンの作戦は、ひとまずは成功した。けれどそれで、未来が変わったという保証はない。

鏡の中の出来事が、毎夜自分を苛《さいな》む夢が、いずれ現実になるかもしれない。その恐怖が、エセルを突き動かしている。

本当は、疲れるし苦しい。眠る時さえ休まらない。いつか、この悪夢から逃れることはできるのだろうか。

「メルシア子爵がおいでになりました」

すっかり身支度を整えた頃、ちょうど計ったかのように、使用人がオズワルドの到着を告げた。エセルが中に通すように言うと、間もなくオズワルドが現れた。

エセルと同様に、オズワルドも今夜は夜会服を着ている。絹のような銀髪を綺麗《きれい》に撫でつけ、黒っぽい夜会服に身を包んだ彼は、ため息が出るほど美しかった。

エセルは彼と反対に、白地の夜会服にした。

本当はオズワルドと揃《そろ》いの方が、彼を寵愛していることを誇示できていいかと思ったが、女のドレスでもあるまいし、とも考えた。

結局、気恥ずかしさが勝って、オズワルドに今夜はどんな服を着るのか尋ねることができなかった。

「今夜も美しいですな、殿下。顔色が悪いことを除けば、誠に」

オズワルドはじろりとエセルを見下ろし、皮肉っぽく言った。開口一番がこれだ。彼は相変わらず、エセルへの嫌悪や苛立ちを隠さない。

「ちゃんと寝ているし、食べている」

「エア、本当か？」

オズワルドは、エアを見た。エアはずっとエセルに付いているので、オズワルドも名前を覚えたらしい。

娘も以前はおどおどしていたのが、近頃は目に力がこもってしっかりしてきた。今もオズワルドの鋭い視線に怯《ひる》むことなく見返している。

「はい。以前よりよく召し上がっておいでです。ただ、野菜は苦手なようですが」

「エア！」

娘が澄まして答えるので、エセルは思わず声を上げた。好き嫌いがあるなんて、子供みたいだし贅沢《ぜいたく》だと思う。以前は気にしていなかったが、今は気になる。でも、どうしても野菜が苦手なのだ。

残すのは悪いので、一人の時は目をつぶって食べる。先日、こっそり厨房《ちゅうぼう》に行き、料理人になるべく野菜を出さないでほしいと頼んだのだが、エアに知られてしまった。

野菜は身体にいいんですよ、と、アンナみたいな口調で諭された。

「睡眠もきちんと取ってください。夜に眠れないなら、昼でもいい。陰気で青白い顔をしているのは、どこぞの田舎学者だけでじゅうぶんだ」

オズワルドがまた嫌味ったらしいことを言い、部屋の隅にいたマルジンが「ふん」と、表情を変えないまま鼻だけ鳴らした。

どうも二人は仲が悪い。互いの能力は認めているようなのに、何かと嫌味を言い合っている。

「わかったから、出かけよう。ぐずぐずしては、ゴドウィン卿と話す機会を失ってしまう」

二人が嫌味の応酬になりそうなのを察し、エセルはオズワルドを急かした。

二人で王太子の馬車に乗り込む。王宮の外に出るので、今夜は王太子宮とオズワルドの双方の護衛が周りを固めていた。

これから赴くのは、ゴドウィン家の夜会である。

エセルの外祖父、ゴドウィン卿の孫娘が成人を迎えた、その祝いの宴だった。

昼のお披露目《ひろめ》式は誘いを受けたものの辞退したが、夜会にだけは出席すると伝えた。むろん、孫娘の成人を祝うのは口実だ。

そのことは、ゴドウィン卿もわかっているだろう。エセルが王室の行事でもない、貴族の誘いを受けるのはこれが初めてだった。

これまでも、折に触れてゴドウィン家から、様々な催しの誘いがかかっていた。

エセルが成人してからは、ゴドウィン家だけでなく、方々の家から山ほどの招待状が届いていたが、エセルはどの誘いも受けたことはなかった。

人前に出るのなんてまっぴらだし、なぜ王太子の自分がわざわざ、家臣の家を訪ねてやらねばならないのだと考えていた。

そんなエセルの内心を知ってか、招待状も徐々に減って、近頃はゴドウィン家以外には、王太子に声をかける家はなくなっていた。

家臣たちと親しくしようとしない王太子に、貴族たちは次第に失望していたことだろう。

だから今回、ゴドウィン家の誘いを初めて受けたことは、すでに貴族たちの間で噂になっているはずだ。王やフリーダの耳にも届いているに違いない。

それでもエセルは、ゴドウィン家へ赴くことを決めた。オズワルドと共に、当主のゴドウィン卿と話をするためである。

貧民街への視察をした直後から、エセルたちはゴドウィン卿と会う必要性を感じていた。

これまで、エセルは息をひそめて隠れるように行動していた。王宮はおろか、自分の宮殿でさえ味方がいなかったからだ。

マルジンが家庭教師兼参謀に加わり、オズワルドが協力者となっても、基本的にその身の危うさは変わっていない。

それはオズワルドも同じだ。宮廷の有力者たちに目を付けられれば、エセルもオズワルドもひねりつぶされてしまう。

そうは言っても、いつまでも息をひそめてはいられない。いずれ、もっと多くの貴族を味方に巻き込む必要がある。

孤児院の惨状を目にしたのがきっかけで、エセルだけでなくオズワルドやマルジンにも、事を急がねばという気概が生じた。

エセルが鏡の中で見た未来を、具体的ではないまでも、あの場にいた皆が薄《う》っすらと予感したのである。

そうした理由で、エセルたちはまず、ゴドウィン卿を自分たちの側に引き込むことに決めた。

ゴドウィン卿はエセルの外祖父で、薔薇の聖痕を喧伝《けんでん》した人物である。

一見してエセルの味方に思えるが、実際にはゴドウィン卿にとって、エセルは敵でも味方でもない。ただの駒だ。

七侯の第一席、国王でさえ逆らえない権力者のゴドウィン卿は日々、誰が自分にとって有用かそうでないか、冷徹に見極めている。

孫であり王太子のエセルも、例外ではない。

「ありていに申せば、以前までのあなたはゴドウィン卿にとって、使えない駒でした」

ゴドウィン卿に会うことを決めた際、オズワルドが言っていた。

「世にも貴重な宝石だと思って大事にしていたが、どうやらつまらない石ころらしいとわかってきた。いや、瘴気《しょうき》を帯びていて、持っていることは逆に厄介かもしれない。そんな存在だ。

……おい、田舎学者。睨むな。現状をありのままに告げただけだ」

マルジンが無表情にじっとりオズワルドを見て、オズワルドはそんなマルジンを挑発していた。二人は何かというと喧嘩腰《けんかごし》になる。

ともかく、以前のエセルは我がままで横暴で癇癪持ちであったため、エセルを王太子に擁立《ようりつ》したゴドウィン卿も、頭を悩ませていたらしい。

このままエセルが王になっても、無茶な散財をするだけで何ら役には立たない。貴族たちの心もエセルから離れ、彼を擁したゴドウィン卿が非難される。

ゴドウィン卿のエセルへの評価は、そんなようなものではないかと、オズワルドは推測している。

もし、ゴドウィン卿がエセルを見限るようなことがあれば、エセルの寵愛を頼みにしていたオズワルドも出世の道を絶たれてしまう。

二人の立場は、エセルのせいで危うい状態にあったのだ。

エセルは改めて、オズワルドに申し訳なく思った。彼の幼少期からの努力も何もかも、自分の我がままのせいでふいになるところだった。

「以前がどうかは存じませんが、今は違うでしょう」

しゅんと肩を落とすエセルに、マルジンが慰めるように口を挟んだ。

「むしろこれからは、賢明であることを隠さねばなりません。適度に賢く、適度に御しやすく見せねば」

そうでなければ、ゴドウィン卿に危険視されてしまう。

エセルが見せるのは、今は害のある我がまま王太子ではないということ、オズワルドを変わらず信頼し、寵愛しているというところだけだ。

ただ、それだけでは彼をエセルたちの側に引き込むことはできない。

自分がゴドウィン卿の駒になるのではなく、味方として対等に協力し合える存在とならなければ、意味がないのだ。

互いに協力者となり、エセルが無力な王太子ではないと、宮中に知らしめる。

オズワルドもまた、王太子の寵だけをよすがにしているのではなく、第一席のゴドウィン家が後ろ盾にいるのだと周囲にわからせる。

「しかし、問題はどうやってゴドウィン卿を協力者にするかだ。実のところ、僕は祖父である彼と、ろくに話したこともないんだ」

「一つ、私に考えがあります」

マルジンはエセルのその言葉を待っていたらしい。頬をひくりと引き上げ、彼流の笑いを浮かべて戦略を語り始めた。

「今さらですが、あの田舎学者は連れてこなくて良かったのですか。あなたの従者だと言えば、ゴドウィン卿との話し合いに同席させることも可能でしたのに」

エセルとオズワルドを乗せた馬車は、ゴドウィン家の立派な門をくぐったところだった。

オズワルドが向かいから、世間話をするように声をかけてくる。

綺麗《きれい》に舗装された石畳がどこまでも続き、人の手が程よく入った木々のずっと向こうに、邸宅の屋根が見えた。

敷地の広さだけ見れば王宮に及ばないが、屋敷の警備といい、外壁や私道の造りといい、王宮よりよほど金がかかっているように見える。

長く七侯の第一席に座り、この国の権力者として君臨してきたゴドウィン家の権威を、如実に物語っているようだった。

「マルジンは、なるべく表舞台に出したくない。彼は平民だ。排除するとなれば、僕やお前よりたやすい。お前も、外ではなるべくマルジンの名を口にしないでくれ」

マルジンを呼び寄せたのはエセルだ。彼の命を守る責任がある。

「言われなくても、彼の名など口にしませんよ」

ふん、とオズワルドはつまらなそうに鼻を一つ鳴らして窓の外を見た。相変わらずオズワルドは、マルジンが気にくわないらしい。エセルの口からその名が出ると、特に不機嫌になる。

やれやれ、とエセルは内心でため息をついた。

しかし、いつも通りゆったり構えていられたのも、邸宅の全貌《ぜんぼう》が見えるまでだった。

森が途切れ、邸宅が現れる。屋敷の前には中央に噴水のある車寄せの広場があった。広場の脇には豪華な貴族たちの馬車が整然と停《と》められている。

玄関前には次々と馬車が並び、ゴドウィン家の侍従に迎えられて着飾った人々が中に吸い込まれるように入っていた。エセルの馬車の後ろにも馬車が並んでいて、降りる順番を待っている。

「もし僕が無作法な真似《まね》をしたら、突いてくれ」

煌《きら》びやかな夜会服に身を包んだ貴族を見て、エセルはやにわに怖気《おじけ》づいた。

何しろ、こういう場所は初めてなのだ。王宮での行事は万事、決まりごとによって進むもので、エセルは座っているか、決まった文句を口にするだけでよかった。

不特定多数の他人と交流したのは子供の頃、オズワルドと出会ったあの茶会が最初で最後だ。

「今さら何を怖気づく必要があるんです？　礼儀作法ならさんざん、叩《たた》き込まれたでしょう」

オズワルドがぞんざいな口調で言い放つ。

「そうだが、しかし」

王太子宮の人事が入れ替わったのと同時期に、オズワルドは宮廷の礼儀作法に詳しい貴族の老女を呼んできて、エセルの教師に付けてくれた。

エセルはほとんど教育らしい教育を受けておらず、アンナが侍女だった時代、最低限の作法を身に付けただけだった。

そのことを、恐らくマルジンあたりから聞いたのだろう。エセルは、厳格な教師に作法をみっちり叩き込まれた。

何かを覚えることは、エセルの得意とするところだ。言葉でも絵でも動作でも、記憶するだけなら割合に簡単にできる。

だから、一度習ったことを忘れるということはなかったが、身に付いた所作というのは咄嗟《とっさ》の時に出るものだ。礼儀作法の教師もそう言っていた。

人々の目にさらされて、うまくやれるだろうか。

「貴族たちの、あなたに対する評判を教えて差し上げましょうか、殿下」

にっこりと、優雅な微笑《ほほえ》みを浮かべてオズワルドは言った。こんな愛想笑いをするのは久しぶりで、つい身構えてしまう。

「礼儀作法の一つも身に付けていない、癇癪《かんしゃく》持ちの猿。猿だから、表には出られないだろうと言うのです。まあ、あながち嘘《うそ》でもありませんでしたがね、今までは」

かつてエセルに付いていた家庭教師や、仕えていた侍女たちから、貴族たちへ噂《うわさ》が流れていたらしい。

「だからあなたの評判はすでに、地に落ちているのです。今さら失敗の一つ二つしたところで、これ以上落ちることもありますまい」

順番待ちをしていた馬車が動いて、エセルたちが降りる番になった。

「もしかして、励ましてくれてるのか」

先に降りようとするオズワルドに、思わず声をかけた。偉そうな憎まれ口でわかりにくいけれど、失敗を恐れるなということだろう。

オズワルドはくるりと振り返り、嫌そうな表情をこちらに向けた。

「あなたの頭には、花でも咲いてるんですか。ここに来た目的を忘れないでください」

そう、ゴドウィン邸に来たのは、従妹《いとこ》の成人を祝うためでも、社交のためでもない。ゴドウィン卿と私的な話をするためだ。

馬車を降りると、客の一組ずつに一人の従僕が付き、広間へと案内される。屋敷の内装も、王太子宮よりずっと豪華だった。

広間にはすでに、大勢の客が集まっていた。エセルとオズワルドが中に入った途端、人々の視線が一斉にこちらに集まるのを、エセルは肌で感じた。

ちらりと、隣のオズワルドを見る。

男女ではないので、腕こそ組まないものの、オズワルドの立ち位置やエセルと並んで歩く時の所作は、紳士が淑女の付き添いをする時のそれだ。

これが昼間の祝宴なら、広間の中心でダンスでも踊りそうだった。

人々のエセルへの眼差《まなざ》しは、驚きと好奇心がほとんどで、その中に嘲笑《ちょうしょう》が含まれていた。好意的だと思えるものは、一つもなかった。

今夜の主役である従妹、ゴドウィン卿の孫娘が現れて挨拶を終えると、周りを女性に囲まれた。女性の目当てはオズワルドだ。

こういう場所には時折顔を出しているらしいオズワルドは、にこやかに当たり障りなく、女性たちをあしらった。

鏡の中でも見たが、オズワルドは女好きなのだろう。たくさんの女性に囲まれて、まんざらでもなさそうな顔をしている。

彼は、女性がだめなエセルとは違う。当たり前に女性と結婚をして、家庭を持つこともできるのだ。というより、彼の年ならとっくにそうしていなければおかしい。

エセルに対して、オズワルドが結婚という言葉を一度も口にしなかったのは、反対されるのが目に見えていたからだろう。

「オズワルド。そういえば、お前には子供はいないのか？」

人いきれに酔いかけて、オズワルドが気を利かせて広間の端の椅子に座らせてくれた。飲み物をもらって二人で飲みながら、ふと疑問を口にする。

オズワルドは、何とも言えない顔をした。怪訝《けげん》そうな、気でも触れたのかという表情だ。

「ご存知かと思いましたが、私はいまだに独身です」

「知ってる。だが女はいるだろう。それもあちこちに。二番街の女は元気かな？　彼女らに産ませた庶子はいないのかと聞いている」

相手は一瞬、押し黙った。何人も通う女がいることを、おまけに女の住む場所まで、なぜエセルが知っているのか。その情報源はどこなのかと、頭の中で考えているに違いない。

「子供はおりません……しかし、女のことはどこで」

オズワルドにしてはわかりやすい、うろたえた顔がおかしくて、エセルはふふっと笑った。

「僕の情報源は、お前にはわからないよ。誰にも、マルジンにさえわからない……絶対に」

鏡で見たなどという世迷言《よまいごと》を、誰が信じるだろう。

微笑むエセルに、オズワルドは言葉を失ったように口を開き、目を見開いていた。

「……殿下は、誤解をなさっておられる」

やがて、気を取り直したように言葉を口にしたが、彼にしては珍しくつっかえ気味だった。

「そうか？」

エセルは澄まして答え、広間に入った時に渡された酒をちびりと舐《な》めた。

オズワルドが通う女のことを考えると、ちりちり胸が焦がれる。けれど、真実を見た時から時間が経《た》って、今はもうそんな内心を押し隠すことができた。

「女と言っても、情を交わしたわけではありません。互いの利害で成り立っているだけで」

声は抑えているものの、焦った様子で早口にまくし立てるから、エセルは「わかってる」と、なだめた。

「そう慌てずとも、今さら女を囲ったくらいでお前を見限ることはない。むしろお前の年ならとっくに身を固めているはずなのに、今まで悪かった」

「……まったく、何もわかっておられないではないですか。いいですか、私は――」

オズワルドがなおも何か言いかけた時、広間にいた人々が左右に割れて、奥から男性が近づいてきた。

エセルとオズワルドは、同時に気づいて身構える。

白髪に白い口ひげをたくわえた男は、エセルの祖父、ゴドウィン卿だった。

現王より一回りは年上のはずだが、王よりも若く見える。体躯《たいく》も逞《たくま》しく、たじろぐほどの迫力があった。

オズワルドが流れるような所作で立ち上がり、ゴドウィン卿に挨拶をした。ゴドウィン卿も表面上はにこやかに返したが、今夜ここに現れた真意を探るように、その目は鋭かった。

そしてその眼差しが、ただちにエセルに向く。エセルは、王太子の威厳を損なわない程度に、すみやかに立ち上がった。

「これは王太子殿下。このたびは孫娘の宴にご参席いただき、誠にありがたく存じます」

「従妹の成人を祝う宴だ。出席するのは当然だろう。とはいえ、これまでは不義理をしてすまなかった。卿も知っていると思うが、ずっと体調を崩していたのだ。一時は起き上がるのもままならなかった」

にこやかに、さも当然のごとく健康を害していたと告げる。近くにいた人々にも声は聞こえただろう。驚く声がどこからか上がった。

ゴドウィン卿も初めて聞く話のはずだが、さも以前から知っていたかのようにうなずいた。

「詳しい病状までは伺っておりませんでしたが、もうお身体《からだ》はよろしいのですかな」

「この通り、ぴんぴんしている」

「それは良かった。ならば今後は、我々家臣が王太子殿下のお姿を拝する機会も増えることでしょう」

大袈裟《おおげさ》に喜んで見せる外祖父に、エセルは「うん」と、素直にうなずいた。

「もう健康は問題ない。これからは王太子としての公務を果たそうと思う。だが成人してから何年も、立場をおろそかにしてしまった。いきなり宮廷に出向いたところで、皆を混乱させるだけだろう。そこで、ここは身内に助言を仰ぐべきだと、僕の近習が言うんだ」

エセルは隣のオズワルドを見た。相変わらず王太子の心の頼みは、この麗《うるわ》しい男なのだと皆に知らしめるために。

「僕の今後について、祖父であり七侯筆頭であるあなたに相談したいのだが、どこかで時間をもらえないだろうか」

ゴドウィン卿は鋭い眼差しをエセルに向けていたが、すぐににっこりと満面の笑みを浮かべた。

「もちろん。この老体でよければ、王太子殿下のお力になりましょう。そこまでお元気になられていたとは、喜ばしい。どうでしょう、今夜は久しぶりにお茶でも飲みながら、この祖父に近況など聞かせていただけませんかな」

久しぶりも何も、ゴドウィン卿とお茶を飲んだことなど一度もない。エセルも素知らぬふりで、再びオズワルドを見た。

「彼が一緒なら。まだ王宮の外に出るのは慣れていないんだ。何しろ生まれてからずっと、閉じこもっていたからね」

「それもお身体を考えれば仕方のないこと。殿下がこうおっしゃっているのだから、メルシア子爵も同席されるといい」

エセルの言葉に、ゴドウィン卿は心得たように返す。これで周囲は、エセルがこれまで公の場に姿を見せなかったのは、健康がすぐれなかったせいだと伝わるだろう。

真偽を疑う者もいるかもしれない。しかし、真実などどうでもいいのだ。エセルが本物の馬鹿ではないと知らしめられれば。

「恐れ入ります」

オズワルドもにこやかに会釈し、エセルたちは屋敷の奥へと進んだ。

長い渡り廊下を通ってゴドウィン邸の奥へ入ると、もう夜会のさざめきも聞こえてはこなかった。

さながら王宮のように、この屋敷も人を招くための棟と、屋敷の主人たちが居住する棟とが明確に分かれている。

エセルとオズワルドは、一階の奥にある一室に通された。大きな円卓に座ると、すぐさま、香りの高いお茶が運ばれてくる。

三人はほとんど言葉も交わさずにいたが、ゴドウィン卿がまず最初に口火を切った。

「王太子殿下が伏せっておられたとは、今夜初めて耳にしましたな」

エセルは薄く微笑んだ。

「伏せっていたわけではないが、長らく健康を害していたのは本当だ。……オズワルド」

オズワルドがうなずいて、懐から小さな薬包を出し、ゴドウィン卿の前へ滑らせた。

「殿下、これは?」

「先に横領で逮捕された元侍女長が、僕のお茶の中に毎日、入れていたものだ」

ゴドウィン卿はそれだけで、中身が何かを悟ったようだ。目を瞠《みは》り、眉根を寄せる。

「誰の差し金か、突き止めたのか」

ゴドウィン卿が問いかけたのは、オズワルドに対してである。オズワルドは苦い顔で視線を伏せた。

「誰なのかはわかっていますが、私では追及できません」

「第二妃の差し金です」

エセルが代わりに応える。

「父が絡んでいるかどうかは、僕も存じませんが。遅効性の毒で、長く服用していると頭痛や腹痛の他、わけもなく苛立《いらだ》ったり、精神にも作用があるようです。症状から見て、ひょっとすると王も同じ毒を……」

ゴドウィン卿の顔は、オズワルドが事実を知った時と同じだった。

過去のエセルの癇癪は、毒によるものだと判断したのだろう。気づけなかった自分に呆然《ぼうぜん》とし、エセルの顔と薬包とを何度も見比べる。

エセルは内心で苦笑した。

今までの愚行の原因を、すべて薬のせいだと片付けるのは無理がある。

毒に神経を冒され、癇癪が増えたとはいえ、エセルが愚かだったのは、エセル自身のせいなのだ。

親に愛されない孤独を紛らわせるために、自分は愛される努力など一つもせずに、周りを振り回していた。

「ゴドウィン卿。これは過去の話だ。今は王太子宮の人事も入れ替えられ、つつがなく過ごしている。僕があなたにこの話を告げたのは、王宮での僕の立場をわかりやすく伝えたかったからなんだ」

エセルが声をかけると、ゴドウィン卿ははっとしたように瞬《まばた》きした。

「失礼。フリーダ……第二妃がここまでやるとは思っていませんでしたので」

「僕も思わなかった。気づいたのは偶然だ。ただこの通り、フリーダは僕の存在を目障りに思っている。僕については陛下も同じ気持ちだろう。僕より、長兄を王太子にしたかったはずだ」

それをゴドウィン卿が、薔薇《ばら》の聖痕《せいこん》の持ち主だとエセルを持ち上げて、無理に王太子にした。

フリーダは下級貴族の出身であり、実家の後ろ盾はないに等しい。

もし当初の序列通り、フリーダの子である第一王子を王太子にしていたら、フリーダがどの貴族の派閥と手を結ぶかによって、宮中の勢力図が変わる可能性があった。

ゴドウィン卿は、そうした危険を排除して自分の足元を盤石にしたかったのだろう。だから自分の孫であるエセルを強引に王太子に据《す》えた。

過去のそうした画策が功を奏し、今もゴドウィン卿の立場は揺るぎがないように見える。

ただゴドウィン卿自身、そうした自分の行為のつけを、孫であるエセルが払わされていることには、考えが至らなかったらしい。

「オズワルドも諸卿からすればまだ、若輩だ。僕と僕の近習には力がない。牙を剝《む》いたところで、ひねりつぶされるのがおちだ。だからこの件も、公にはできなかった」

ゴドウィン卿は小さくうなずいた。黙って、エセルに先を促す。その目は相変わらず鋭く、こちらを窺《うかが》っているようだった。

「正直に言えばね、僕はこれまで政治に興味がなかったんだ。黙っていてもいずれ王位は転がってくるし、そうなっても日々は変わらない。まつりごとは七侯に任せ、僕自身は一生のんびりやっていればいい。そう思っていた。しかし、フリーダに命を狙《ねら》われているとわかって考えを改めた」

エセルもゴドウィン卿の目を見据える。老人の目は恐ろしかったが、怯《ひる》んではいけないと言い聞かせた。

「僕が王太子である限り、僕の考えなど関係なく命を狙われる時は狙われる。欲しいなら王位を譲るよと言ったって、誰も聞きやしない。ぼんやりしていたら後ろからバッサリやられる。僕がいるのはそういう世界だ。遅ればせながら立場を理解して、バッサリやられないように防衛することにした」

「このところ、侍女長の不正を暴いたり、貧民街へ支援を差し伸べているのも、その防衛のためですかな」

エセルたちの動きは、当然のことながらゴドウィン卿の耳に入っていたようだ。エセルは軽く肩をすくめてみせた。

「存在感を示そうと思ってね。何しろ今まで、自分の宮にこもりきりだったから。だが、それだけでは足りない。ただ悪目立ちして、かえって周囲に目を付けられるだけだ。僕は……僕と僕の近習は、もっと力を付ける必要がある。あっさり誰かに消されないように。そこでゴドウィン卿、あなたに協力を仰ぎにきた」

なるほど、と、ゴドウィン卿は口の中でつぶやいた。

「しかし、わざわざ頼まれるまでもありません。私はあなたの家臣であり、血の繋《つな》がった祖父です。生まれた時からあなたの味方だ」

エセルはかぶりを振る。茶番はいい、というように。

「ゴドウィン卿、時間は有限だ。率直に、僕の願いを言おう。僕を『円卓会議』に参加できるようにしてほしい。王位を継いでから、などと悠長な話をしているんじゃないぞ。今、できるだけ速やかに、という意味だ」

　ゴドウィン卿は目を瞠った。

「王太子のお立場で、ということですか」

「何もおかしなことではない。祖父が王太子だった時分は、『円卓会議』に参加していた」

「それは……そうですが」

「もともと、『円卓会議』は九人で行われていた。一番初めは国王コルウスと宰相のレムレース、そして宰相に次ぐ功を成した七人の家臣たち。時代と共に宰相という官位が廃れ、代わりに王太子が加わった」

「よく、ご存知ですな」

　マルジンの受け売りだ。法律でも、王太子が『円卓会議』に参加できると明文化されてある。この国の法律に関して、マルジンより詳しい者はいないから間違いない。

「無理を強いているつもりはない。先ほどあなたは、生まれた時から僕の味方だと言ったが、確かに僕らは同じ船に乗った仲間だ。船が沈まないように、僕は『円卓会議』に参加するべきなんだ」

　強く、相手を見据えた。ゴドウィン卿は、真意を探るようにまじまじとエセルを見返した。会議に参加したい、というのが、我がまま王太子の世迷言ではないと理解したのだろう。やがて気を取り直したように、表情を元に戻した。

「殿下を会議に出席させることが、私の利にもなるというわけですか」

「利というより、あなたの船を沈没から救う一手になるはずだ」

「ほう」

老人は、面白がるように目を細めた。若造の大言壮語だと思っただろうか。エセルは構わず続けた。

「現在、『円卓会議』を囲むのは、七人の侯爵たち。国王は欠席しがちで、票は七票だ。多くの評決には筆頭であるあなたの意志が強く反映している。しかし、この強権も決して盤石ではない」

「私が老いている、という意味ですかな」

「それもあるが、それだけではない。ゴドウィン卿、あなたはデヴォン卿が何やら裏で画策し、メルシア卿を抱き込もうとしていることをご存知か」

デヴォン卿の名が出た途端、ゴドウィン卿の顔が強張《こわば》った。「ご存知でしょう」と、エセルは確信をもって告げる。相手の目が大きく見開かれた。

「あなたがデヴォン卿の動きを怪しんでいることを、相手も察知している。では、デヴォン卿がフリーダ妃と繋がっていることは？　これも知っているだろうか」

ゴドウィン卿は目を見開いたまま、軽く首を横に振った。ゴドウィン卿は知らなかった。

「フリーダ妃が？」

いささか怪訝な声音だったのは、まさかあのフリーダが、という意味だろう。

彼女は王の寵妃《ちょうひ》だが、七侯たちにとってはただ、それだけだった。実家の強い後ろ盾もなく、表立って他の貴族と繋がることもない。

王の寵愛を笠《かさ》に着て贅沢《ぜいたく》三昧をしている、ただそれだけの女。そんな風に思っていたはずだ。

「これは噂でも憶測でもない。真実だ。フリーダ妃はただの贅沢好きな寵妃ではない。滾《たぎ》る野心を胸に秘めて、七侯筆頭のあなたさえ気づかぬうちに、他の七侯たちと繋がり、王太子の僕を緩やかに殺そうとしていた。彼女はそういう女だ」

驚きと不審を隠さないゴドウィン卿に、エセルは自分の知る真実を語った。


エセルはずっと、あの霊廟《れいびょう》の前で聞いたデヴォン卿とフリーダの会話が気になっていた。

鏡の中でも彼らを見た。鏡が見せたのだから、きっと二人の会話には意味がある。

未来の革命に繋がるような、重要な意味が。

彼らはいったい、何を企《たくら》んでいるのか。エセルが一人で考えても、答えは出ない。

だからエセルは、この事実を思いきってオズワルドとマルジンに打ち明けた。

二人とも、フリーダとデヴォン卿が何を企んでいるのかまではわからなかったが、ある可能性を指摘した。

それは、『円卓会議』の議決権だ。

「議決権？　なるほど。デヴォン卿がメルシア卿の票を取り込もうとしている、ということですか。なるほど、考えられることだ」

エセルがデヴォンとフリーダの密会、そこから考えられる可能性を告げると、ゴドウィン卿は低く唸《うな》った後、納得したように何度もうなずいた。

政治の重要な決定を下す、『円卓会議』。この会議では決議の際、王と七人の侯爵たちによって多数決が行われる。

現在はゴドウィン卿が強権を振るい、この評決にも影響を及ぼしていた。

「メルシア卿に加え、フリーダ妃を通して王の議決権を摑《つか》めば、それだけで三票がデヴォン卿のものになる。いや、デヴォン卿が近頃、裏で七侯たちに接近していることは気づいていました。しかしよもや、フリーダ妃と通じていたとは」

メルシア卿を取り込もうとしている話も、ゴドウィン卿には初耳だったようだ。

気を落ち着けるように、手元のお茶を飲み干した。

「殿下のご推察通り、『円卓会議』においてこのゴドウィンを出し抜く算段やもしれませんな」

エセルが『円卓会議』に参加することの意味を、ゴドウィン卿も理解したようだ。

これで評決の際には、ゴドウィン側に王太子エセルの一票が加わる。

「わかりました。王太子殿下が『円卓会議』に参加できるよう、速やかに準備をしましょう」

ゴドウィン卿の決断に、エセルはほっとした。しかし、それは表には出さず、「ありがとう」と、にこやかに微笑む。

ゴドウィン卿はそこで、目元をわずかに和ませた。

「ご立派になられましたな、殿下。これも子爵の助力のおかげかな」

言いながら、エセルの隣にいるオズワルドを見る。オズワルドは一瞬、言葉に詰まり、それから控えめに頭を横に振った。

「いいえ。すべては殿下ご自身の努力の賜物《たまもの》です」

それは本心だっただろう。だがゴドウィン卿は、謙遜《けんそん》と取ったようだ。

「子爵の活躍は私の耳にも入っている。メルシア家の上の息子たちより、ずっと優秀だと。これからも殿下をよくお助けするように。君が宮廷でいっそう才を発揮できるよう、微力ながら私も手を貸そう」

これはゴドウィン卿が、オズワルドの後ろ盾になるということだ。

出世を約束されたも同然だが、オズワルドは喜色を浮かべることもなく、どこまでも控えめに、そつのない謝辞を述べた。

ゴドウィン卿との会談は、こうして予想以上の収穫を得て終わった。

別れ際には、ゴドウィン卿は鋭い眼光を引っ込め、ずいぶんと柔らかな物腰になり、前途ある若者を見る目でエセルとオズワルドを見送った。

ただ最後に、「今いっそう、身辺にはお気をつけられよ」と、忠告した。

「これまで殿下は、物の数に入っていなかった。『円卓会議』に参加すれば、多くの人の注目を集めることになります。そうなれば、誰が敵に回るかわかりません」

宮中には、様々な策謀が渦巻いている。誰かにとってエセルが邪魔になれば、命を狙われる。

「承知している。少なくとも、お祖父《じい》様よりは長生きするつもりだ」

軽口を叩くと、ゴドウィン卿は愉快そうに笑った。

彼に見送られながら玄関を出る。夜会の客たちはまだまだ楽しんでいるようで、行きとは打って変わって車寄せは空いていた。

「ではまた、お会いしましょう。次はそう遠くないうちに」

「ああ」

短い別れの後、馬車に乗り込んだ。オズワルドはエセルの隣で終始控えめに振る舞っていたが、馬車が動き出してしばらくすると口を開いた。

「ゴドウィン卿は、あなたを見込んだようだ。彼は次代のゴドウィン家の命運を、あなたにゆだねるつもりかもしれません」

「さっきの一度きりでか？　そう単純な男ではないだろう」

これまではほとんど、式典などでしか顔を合わせたことはなかったが、対峙《たいじ》してみると恐ろしく迫力のある老人だった。

あれが執政者というものなのだろう。微笑んでいても冷徹で、絶えず油断することなく周囲の状況を見ている。

「ゴドウィン卿の子や孫は、彼に比べると今一つパッとしない。自分の後が育たないというのが、先王の時代から辣腕《らつわん》を振るってきた彼の唯一の悩みだと言われています。中でも一番ひどいと思っていた外孫が、立派になって現れた。さぞ喜んでいることでしょう」

オズワルドが、面と向かってエセルを認める発言をするのは珍しい。嬉《うれ》しく思うより、むしろ居心地が悪かった。

「では、今夜の目的は果たせたというわけだな」

「十二分に」

ゴドウィン卿に直談判《じかだんぱん》して、『円卓会議』に参加できるようにする。

王太子の一票を持ち出すことでゴドウィン卿を味方に付けられるし、デヴォン卿とフリーダが何を企んでいても、票決の段階で阻止することができる。

そして、『円卓会議』に出席し、政治に加わることは、そもそもの目的だった、国の現状を変えるための一歩を踏み出すことでもあった。

マルジンが練った策を、うまく実行に移すことができた。まず一歩だが、初手が上手《うま》く功を奏したことで、焦るばかりだった気持ちが少し、落ち着いた。

「殿下のおかげで、私も強力な後ろ盾を持つことができました。今後は余計な根回しに時間を取られずにすみます」

そう、オズワルドは今まで、宮中で孤軍奮闘していたのだ。

「……今まで、すまなかった」

もっと早く、ゴドウィン卿と手を取る意思を示していたら、オズワルドは今頃もっと出世していただろう。

エセルが足を引っ張っていた。彼にいらぬ苦労をさせていた。

思い出して謝罪の言葉を口にすると、相手はなぜか、苛立ったように眉根を寄せた。

「なぜそこで、あなたが謝るんです」

「だって、僕がもっとまともだったら……」

「まともじゃなかったのは、受けるべき教育を受けられず、毒を盛られていたからだ。あなたが謝る筋合いじゃない。どちらかと言えば、気づけなかった私の咎《とが》でしょう」

なぜオズワルドが急に苛立つのか、エセルは理解できなかった。でもきっと、自分が何か気に障ることを言ったのだ。

悲しくなって黙り込むと、オズワルドはさらに苛立ちを募らせたようだった。ぐっと拳《こぶし》を握りこむ。

「私の女のことだってそうだ。あなたはどうしてそう――」

オズワルドはまた、女の話を持ち出してきた。エセルは気にしていないと言っているのに、なぜそうもこだわるのか。

「本当にわからないんですか。それともとぼけて私を振り回しているのか」

「何を振り回すって言うんだ」

本当に意味がわからない。こちらも焦《じ》れて苛立つと、オズワルドはそこで口をつぐみ、なぜか傷ついたような顔をした。

「いったい何なんだ。わかるように言ってくれ」

オズワルドは軽くかぶりを振って目を伏せた。言っても無駄だ、というように。

そんな態度をされては、気になって仕方がない。エセルは問い詰めようとしたが、そこでこの不可解な言い合いは終わった。

オズワルドが弾《はじ》かれたように顔を上げ、馬車の外を窺ったからだ。

「どうした？」

「何やら外が騒がしいのです」

オズワルドは窓から首を出し、近くにいた護衛騎士に「何かあったのか」と、尋ねた。

その時、馬車がゆっくりと停止した。オズワルドに声をかけられた騎士が、馬を馬車の側面に寄せてくる。

「どうやら、王太子宮の留守居から伝令が来たようです。前方に行って確認してまいりますので、殿下と子爵はどうかこのまま」

エセルは反対側の窓から首を伸ばし、前を見た。馬車と騎士の馬が提げたランタンの明かりで、夜でもぼんやりと周りが見える。

先頭にいる護衛が、向かい立つ別の騎士と馬上で何やら話し込んでいた。やがて先頭の騎士が馬の方向を変え、エセルたちの馬車に向かってきた。

騎士の真剣な顔を見た時、エセルは嫌な予感を覚えた。

「殿下。ただいま王太子宮より伝令があり、アンナ妃の宮殿に賊が押し入ったとのことです」

アンナ、賊、という言葉を聞いて、最悪の想像が頭を巡る。

「詳しく話せ」

鋭く声を上げたのは、オズワルドだった。エセルは呆然として、腑抜《ふぬ》けたようになっていた。

「アンナ妃とエドワード王子はご無事なのか。賊はどうした」

「はっ。アンナ妃宮の伝令によれば、あちらの護衛騎士たちが賊を一人捕らえ、あとは抵抗されたのでやむなく殺害したそうです。アンナ様とエドワード様はご無事でしたが、夕食の後も宮に滞在していたマルジン殿が、王子をかばって負傷をしたと……」

嫌な予感が的中した。頭から血の気が引いていく。恐れていた事態が起こった。

「マルジンが？　負傷って、容態はどうなんだ。命に別状は！」

立ち上がり、馬車の窓から乗り出さんばかりに問い詰めるエセルに、オズワルドから「落ち着きなさい」と、静かな叱責《しっせき》が上がった。

報告をした騎士が、戸惑ったように二人の顔を見比べる。

「伝令からの報告ですので、詳しいことはまだわかりません。が、王太子宮に運んで医師から手当てを受けているそうです。緊急に警護を厚くするための措置《そち》として、アンナ様とエドワード様も王太子宮に避難していただいております」

伝令はゴドウィン邸へ向かう途中、ちょうどエセルたちとかち合ったのだった。

「状況は理解した。すぐに馬車を出せ。殿下。ともかく王太子宮へ急ぎ帰りましょう」

オズワルドの指示により、再び馬車が動き出した。それでもまだエセルは、恐慌の中にいた。

「マルジンが……どうしよう。彼が死んだら……僕のせいだ」

未来のマルジンは、オズワルドに登用されたことがきっかけで死ぬ羽目になった。同じ運命を辿《たど》らせたくないと、未来を変えたいと願っていたのに。

彼はもう、鏡の中の名前だけ聞いていた存在ではない。エセルの初めての味方で、優秀な参謀で、エセル自身は彼を信頼できる友人だと思っていた。

「未来は変えられないのか。あの……通りになるのか。僕は間違っていたのか？」

「殿下、落ち着いてください」

静かな声に、苛立ちが爆発した。

「落ち着いてられるか！　僕のせいで死ぬかもしれないんだぞ！　僕が彼を登用したせいで！」

「いいから座りなさい！」

立ち上がってわめいていると、オズワルドはそれより大きな声で鋭く叱咤《しった》した。

エセルの腕を摑み、無理やり自分の隣に引き寄せる。身体の重心を崩したエセルは、そのままオズワルドの胸に崩れ落ちた。

抵抗できないようにするためだろうか。逞《たくま》しい腕が、エセルを抱きしめた。

「あなたが取り乱して、何になるんです。マルジンの容態が変わるとでも？　ちょっとはましになったと思ったが、やはりあなたは以前のままだ。癇癪持ちの馬鹿王子」

「な……っ」

さすがにカッとして、相手の男を見上げた。しかしそこには、意地の悪さや皮肉げな表情はなかった。

真剣な眼差しが、射貫《いぬ》くようにこちらを見つめている。頭に血が上っていたのは、エセルだけだった。彼はあえて罵ったのだ。

「予期せぬことが起きた時こそ、落ち着きなさい」

こちらが我に返ったのを見て、オズワルドは淡々とした声で言った。

「動揺すれば、それを敵に付け込まれる。むやみにわめくな。黙って周りを見て、自分にできることが何か考えなさい」

　彼の低く静かな声を聞いているうちに、血が上った頭がようやく冷えてきた。

　同時に、彼に抱きしめられたままなのに気づく。慌てて身を引こうとしたが、肩と腰をがっちりと摑まれていて、離れられない。

「座って」

　オズワルドは、自分の隣にエセルを座らせた。

「王太子宮に戻ったら、まずマルジンの容態を確認しましょう」

　先ほどより柔らかな口調で言い、オズワルドは馬車を降りるまでずっと、エセルの肩を抱き、手を握り続けた。

　エセルたちが王太子宮の玄関をくぐるとすぐ、アンナとエドワードが護衛に付き添われて現れた。

「アンナ。エドワード」

　無傷だとは聞いていたが、二人の無事な姿を見た途端、エセルは膝からくずおれそうなほど、安堵《あんど》した。

「兄上」

エドワードが顔をくしゃりと歪《ゆが》め、駆け寄ってくる。エセルは思わず、小さな弟を抱きしめていた。

「エドワード！　ああ……よかった。無事でよかった」

ふわふわの赤毛が、鼻先をくすぐる。温かい。

腕の中でエドワードは軽く息を呑《の》み、次に甘えるように、ぎゅっと兄の胸に縋《すが》りついた。

「マルジン先生が、かばってくださったんです」

すぐそばで、アンナの声がした。エセルは顔を上げて彼女を見る。

「アンナ。怪我《けが》は」

「いいえ。私は何も」

アンナは気丈にもきっぱりとした声で言ったが、その手が微《かす》かに震えていた。エセルは片手を伸ばし、姉のような元侍女の手を握る。もう一方の腕でエドワードを抱きしめた。

「……っ」

アンナは一度だけ嗚咽《おえつ》を漏《も》らしたが、それだけだった。息子とエセルを抱き、三人はそうしてしばらく、無事を喜び合った。

「マルジンの容態はどうなっている」

やがてエセルは立ち上がり、エドワードの護衛に尋ねた。相手が口を開くまで、心臓はバクバクと大きく脈打ち、呼吸が苦しいくらいだった。

それでも冷静な顔をしていられたのは、馬車の中でオズワルドが手を握り続けてくれたからかもしれない。

「命に別状はないようです。先ほど、目を覚まされました」

侍従に案内され、オズワルドと共にマルジンの居室へ向かう。

扉の前には騎士が警備に立っており、扉は開いていた。中からマルジンの声が聞こえる。

「いた……痛いです、先生。とても痛いのですが。先ほどの痛み止めの薬は、いささか効能が薄いのではないですかな。……ものすごく痛い」

いつもの眠そうな声だ。しかし、痛い痛いとしきりに言うので、エセルは不安になった。よほどひどい怪我なのかもしれない。

入り口で立ちすくんでいると、オズワルドが隣で「行きましょう」と言い、エセルの腰を軽く押した。

中に入ると、奥の寝台にマルジンが普段通り、青白い顔で横たわっていた。上掛けをあごの上まで被《かぶ》っているので、どこを怪我しているのかわからない。

室内には王太子宮の医師と、隅にもう一人、護衛騎士が立っていた。

「殿下。戻ってきてくださったのですか。子爵まで」

マルジンがこちらに気づいて、もったりと目を見開いた。エセルは気が焦り、寝台に駆け寄った。

「マルジン。怪我を負ったそうだな」

「はい。とても痛いです。血もたくさん出ましたし」

「腕をかすっただけですよ。縫うほどでもないので、包帯を巻いて安静にしていれば、じき治るでしょう。出血もさほどではありませんでした。マルジン殿は、護衛の騎士殿に斬られた賊の血を見て卒倒されたのです」

医者が横から説明する。エセルはホッとし、オズワルドはため息をついた。

「なんだ。かすり傷か」

マルジンはそんなオズワルドを睨《にら》み、くどくどと愚痴《ぐち》をこぼした。

「しかし、痛いのですよ。私は元文官ですから、胃痛には強くても外傷には弱いのです。出血だって、子供の頃に転んで怪我をした時より、よほどひどかった」

「わかった、わかった。どうやら大した傷ではないらしいな」

「命にかかわる傷でなくて良かった。マルジン。弟を助けてくれてありがとう」

エセルは心から礼を言った。マルジンは黙って、ぱちぱちと目を瞬《しばたた》かせる。そうして照れたように目を伏せた。

「いいえ。咄嗟に身体が動いただけです。しかし賊は、真っすぐエドワード殿下を狙っているようでした」

賊が押し入ったのは、エドワードの部屋だった。

家庭教師の授業の後、アンナはマルジンを夕食に誘った。エセルが晩餐会《ばんさんかい》に出かけているのを聞いていたからだ。

夕食を終えてからも、マルジンはエドワードに勉強を見てほしいとせっつかれ、今夜はアンナの宮殿に泊まることになった。

エドワードの部屋で二人で本を読んでいた時、窓から数名の顔を隠した男たちが侵入してきたのだ。

「エドワード様の部屋は森に面した奥庭側で、確かに人が侵入しやすい場所にあるのです」

マルジンの言葉に説明を添えたのは、脇に立っていた護衛騎士だった。

彼は、オズワルドが新たに手配したアンナの宮殿の護衛だ。マルジンを負傷させた賊を取り押さえたのも、彼だという。

「賊は、私がアンナ様の宮にいることも、宮の警備が増強されていることも知らないようでした。ですから、今回の件は少なくとも、アンナ様の宮に内通者がいたわけではないようです」

「しかし、なぜエドワードが襲われるんだ」

「あなたとアンナ妃の間に信頼が戻っていることを、犯人が気づいたからではないですか」

オズワルドが言い、マルジンがうなずく。

「今この時期、エドワード様を襲う理由は、それくらいしか考えられませんな」

「これまで、馬鹿王子と侮《あなど》られ王太子宮に引きこもっていたあなたが、動き出した。おまけに今夜は、私と共にゴドウィン卿に会いに行った。脅威と感じた者がいたはずだ。目立とうとせず、今まで通り引きこもっていろ、という脅しと牽制《けんせい》の意味かもしれないし、あるいはエドワード様をあなたの後継者と見たのかもしれない」

エセルは王太子の身でありながら独身で、子供がいない。そしてアンナは、エセルが目をかけていた元侍女だ。

アンナの息子、幼い異母弟は、エセルの跡取りになり得る人物と目されたのかもしれない。

「ということは今後も、エドワードやアンナが襲われる可能性があるのか」

「その危険は以前より増えたでしょう」

マルジンが言った。こんな時、彼はエセルを慰めるために楽観的なことは言わない。事実だけをありのままに告げる。そしてそれは、オズワルドも同じだった。

「といって、あなたが今さら宮廷政治から逃げ出したところで、状況は変わりませんよ。いや、悪くなるだけだ。危険が伴うのはわかっていたから、ゴドウィン卿の協力を仰ぎに行ったんでしょう」

何もかもその通りだ。今さら、恐れたところで何にもならない。それはエセルもわかっている。

しかし、恐れていた事態が実際に起こってしまった。誰も傷ついてほしくなかったのに、マルジンが負傷した。

どう足掻《あが》いても、未来は変えられないかもしれない。もしくは、未来を変えられたとしても、エセルの望むとおりにはならないかもしれない。

革命は止められたが、大切な人たちはみんな死んでしまうということも、あり得るのだ。

最悪の事態は、いくらでも考えつく。

覚悟をして行動に出たはずなのに、エセルは不安と恐怖でいっぱいになっていた。

マルジンを見舞った後、騎士たちに捕らえた賊を牢《ろう》に入れるよう指示し、アンナの宮殿の片づけを命じると、時刻は既に深夜を過ぎていた。

王太子宮にオズワルドの部屋を用意させ、そのまま泊まってもらうことにする。明日は忙しくなりそうだ。少しでも身体を休めておかねば、身がもたない。

しかし、軽い湯浴《ゆあ》みを終えて夜着に着替えても、神経が昂《たかぶ》って眠れそうになかった。

身体は疲れていて、頭も早く休みたいと言っている。でも身体の芯《しん》が常に興奮していて、寝台に横になっても、心臓の音がうるさくて目が冴《さ》える。

エセルは寝るのを諦め、寝室の窓辺の長椅子で酒を飲むことにした。酒を飲めば、少しは眠れると思ったのだ。

「殿下。まだ寝ておられないのですか」

ところが、オズワルドが寝室まで様子を見に来て、中に入るなりエセルを咎めた。

「眠れないんだ。酒を飲めば眠くなると思って」

「明日、酒臭い息で賊を尋問するおつもりですか」

「眠れないんだから、仕方がないだろう」

むっとして、不貞腐《ふてくさ》れた口調になってしまった。オズワルドは腕を組んで壁にもたれる。

彼は入り口から数歩の場所にある飾り棚まで来たが、それ以上、エセルの近くに寄ることはなかった。

「田舎学者が怪我をしたのが、そんなに堪《こた》えましたか。ただのかすり傷だったでしょう」

賊が入ったが、結果的にはこちらはマルジン一人が軽傷を負っただけで、みんな無事だった。

でもそれは、運が良かったからだ。

オズワルドが王太子宮だけでなく、アンナの宮殿の警備も増強させていたこと、それが今回の犯人には知られていなかった。

増強を知っていたかもしれないが、それほど手厚いとは思っていなかったのかもしれない。

とにかく、賊は侮って油断していた。だからみんな無事だったのだ。でもこれからも、運よく難事から逃れられるとは限らない。

「何が不安ですか」

壁に半身を預けたまま、オズワルドが尋ねてきた。そこに皮肉の色はない。

「馬車の中であなたは、自分のせいだと言っていた。少なくとも今夜の賊の件は、あなたに咎などないでしょう。今まで冷静沈着だったあなたが、あそこまで取り乱す理由がわからない」

オズワルドから、冷静沈着などと評されるとは思わなかった。少し驚いて、すぐに自嘲する。

「冷静なふりをしていただけだ。精いっぱい虚勢を張っていた。さっき馬車の中でお前が言った通り、僕は何一つ変わっていない。根は臆病で未熟で世間知らずな、能無しの王子だ」

「ずいぶん卑下をなさる」

オズワルドは小さく笑い、中央にある丸テーブルへ移動した。

二つある椅子のうち、エセルの長椅子の正面にある方を引き、背もたれをまたいで反対向きに腰掛ける。

行儀が悪く、でもくつろいだ所作だった。

「私とあなたは、一蓮托生《いちれんたくしょう》の身です。あなたが間違っていたと言うなら、どう間違っていたのか明らかにし、正さねばならない。あなたのせいだというなら、私のせいでもあるのでしょう」

背もたれをひじ掛け代わりにして、オズワルドは静かに語りかける。かつての大袈裟な愛の囁《ささや》きではなく、近頃の皮肉めいた口調でもなくて、彼が腹を割って話そうとしているのだと、エセルも薄《う》っすら理解した。

「自分のせいだというのは、言葉の綾《あや》だ。取り乱していた。怖かったんだ」

「田舎学者が負傷したことが？」

「マルジンだけじゃない。アンナもエドワードも。無事だとわかっていても、気が気じゃなかった」

「なるほど。三人はあなたにとって、わが身のように大切な人物というわけだ」

エセルはうなずいた。大切なのは三人だけじゃない、オズワルドも入っているのだと言おうとして、言えなかった。

それでもオズワルドが、エセルを理解しようとしているのはわかる。こちらも勇気を出して考えを伝えてみようと思った。

「使用人のエアも、王太子宮にずっと仕えてくれる庭師たちだって、僕にとっては大切な存在だ。以前は自分の周りにはお前以外に誰もいないと思っていたが、最近、そう思えるようになった。誰も傷ついてほしくない。僕が表に立つことで、大切な人たちが巻き込まれるのが怖い」

口にしてみれば、甘ったれた悩みだ。政治の場に立つには、もっと非情になるべきだろう。

利用できる者は利用し、弱者を切り捨て、自己の目的を完遂させる意志がなくては。

「非情でなければ生き残れない。僕がいなくなれば、大切な人たちだって無事ではすまないのに。なのに僕は心を殺せない。自分がどんどん弱くなっている気がする」

「守る物があれば、人はそれだけ弱くなる。失うものがない人間ほど、厄介なものはありませんからね」

オズワルドは言った。続いて立ち上がり、エセルの寝台へ行って上掛けをめくった。

そしてエセルに近づくと、手にしていた酒盃《しゅはい》を奪って丸テーブルに置いた。

「あっ、おい」

「しかし同時に、守る物は人を強くもさせます。失いたくないと思う気持ちが、人を奮い立たせる」

エセルが抗議の声を上げたが、オズワルドは聞いていなかった。勝手に話を続けたかと思うと、エセルの身体を抱え上げる。そのまま、速やかに寝台の上に寝かされた。

「何をするんだ」

「何を？　甘ったれの王子を寝かしつけるんです」

オズワルドは澄まして言った。エセルが啞然《あぜん》としている間に、テーブルに置いた酒盃をあおる。

「僕の酒だぞ」

睨むエセルに再び近づくと、両手で頰を挟み込んで口づけた。赤葡萄酒《ぶどうしゅ》が口移しで流し込まれる。驚いて、少し咽《むせ》てしまった。

オズワルドはさらに、靴を脱いで自分も寝台に上がり、エセルの隣に寝ころんだ。

「お前……」

「いいから横になりなさい。少しでも身体を休めるんです」

「こんな状況で休まるか」

思わず返すと、オズワルドはくすりと笑った。エセルの腕と腰を取り、自分に引き寄せる。横向きになって、エセルの背中を抱いた。

「それなら賭《か》けをしましょうか」

いたずらっぽい声が耳朶《じだ》をくすぐる。ぞくりと肌が甘く震えた。

「賭け？」

腰を抱く手が、するりとエセルの股間《こかん》に伸びる。

「よせ」

逃げようとしたが、腰をがっちりと摑まれて逃げられなかった。手はエセルの性器をなぞるように撫《な》で、すぐに離れる。

「ここは、これ以上は触れません。上もやめておきましょう。あなたは感じやすいから」

言いながら、手はエセルの胸に這《は》い上った。夜着越しに、胸の突起を軽くつままれる。

「んっ」

声が出た。同時に、先ほど股間に触れた手の感触を思い出してしまい、身体の芯がじくりと熱くなる。

「これ以上のことはしませんよ。それで、あなたの身体が耐えられるかどうか」

「何を馬鹿な。離せよ。これじゃあ眠れない」

エセルはなおももがいたが、オズワルドの力は強く、びくともしない。しかも、オズワルドは喉の奥で低く笑いながら、自分の腰をエセルの尻に押し付けてくる。

彼の一物が尻のあわいに挟まれるのを、薄い夜着越しに感じた。何度も押し付けられ、オズワルドのそれが軽く芯を持ってくるのがわかる。

「おい」

「どうせ眠れないんでしょう?」

笑いを含んだ声がして、軽く耳朶を食《は》まれた。胸がどきどきして下半身が重くなったが、同時にそれまで微塵《みじん》も感じなかった眠気が差し込んできた。

背中が温かい。

そういえば子供の頃に一度だけ、こうしてオズワルドに背中を抱かれ、眠ったのを思い出した。

あの時も、背中の温《ぬく》もりにホッとした。誰かに添い寝をしてもらうのは、物心ついてから初めてのことで、幸せだったのを覚えている。

「昔――」

言いかけて、また躊躇《ちゅうちょ》した。あの頃のことなど、オズワルドは忘れているだろうか。思い出話などされても、気詰まりなだけかもしれない。

口をつぐんでいると、つむじのあたりにオズワルドの息を感じた。

「子供の頃も、こうして寝たことがありましたね。……あれは失敗だった」

彼も覚えてくれていたのだ。嬉しく思う一方で、失敗だった、という言葉に気持ちが萎《しぼ》む。

「あなたを寝かせるつもりで、私も眠ってしまった」

「そうだったな」

侍女に起こされて、オズワルドが珍しく焦っていたのを覚えている。

「不覚でした。人の温もりが眠気を誘うのだということを、知らなかったんです。私も、誰かと眠ったのは初めてだったから」

オズワルドの母は病弱だった。幼い頃も、添い寝をしてもらうことなどなかったのだ。

耳元で囁かれる、低く落ち着いた声を聞くうちに、とろりとした眠気がエセルの意識を支配していく。

（ああ、これなら……）

眠れそうだ。

そう思った時にはもう、眠りに引き込まれていた。

子供の頃と違い、大人のオズワルドは、そのままエセルと眠ってしまうことはなかった。途中、うとうとと心地よいまどろみに半身を浸すことはあったが、エセルの呼吸が深くなったのを確かめると、ゆっくり起き上がった。

できればこのまま、眠っていたかった。何度か誘惑に負けそうになった。

しかし、朝になってはっきりした頭でお互いに向かい合ったら、きっと気まずいだろう。エセルを起こさないよう、細心の注意を払って寝台から這い出す。その後もしばらく、椅子に座って彼を見守っていた。

今夜は、悪夢にうなされる様子はなかった。やはり、夜会と賊の騒動が重なって疲れきっているのだ。

オズワルドはそっと立ち上がり、今一度、美しい王太子の寝顔を間近で見る。

左腕が出たままだったので、上掛けの中に入れようとした。

袖がめくれ、そこから覗《のぞ》く白く細い手首に何かがあるのを見つけ、動きを止める。

慎重に袖をめくると、手首の少し上の辺りに、薄く色づいた傷跡が現れた。

それほど深い傷ではなさそうで、それだけならばどこかで引っ掻きでもしたのだろうと、さして気に留めることもない。

（怪我……なのか？）

それは不思議なほど、正確な円を描いていた。円の内側に、これも綺麗な正方形がある。まるで何かの刻印のようだった。

いつ、こんな傷をつけたのだろう。そう古い傷でもなさそうだが、こうして治って痕《あと》になるまで、オズワルドは気づかなかった。

（俺は、あなたのことを何も知らないいな）

エセルの寝顔を見つめながら、オズワルドは心の中で自嘲する。

彼が何を考えているのか、自分はまるで知らない。わからない。

かつては手に取るようにわかっていた。理解したつもりでいたのに。

オズワルドが負傷をしたら、エセルはマルジンの半分でも取り乱してくれるだろうか。

そんなことを考えて、うっそり笑った。

やはりエセルが嫌いだ。いや、ただ嫌いなだけなら、まだましだった。

深く、強く、何者にも代えがたいほど、自分はエセルを憎んでいる。これほど強い思いを抱く相手など、他にいはしない。

しかしこれは一方的な感情、強い想《おも》いを抱いているのは、自分だけだ。

エセルは自分の心をもてあそんだオズワルドを、憎んでなどいない。嫌ってもいない。不快な思いをさせたとか、足を引っ張ったとか、勝手に自責の念を抱いている。

オズワルドに通う女がいたって、彼は気にはしないのだ。

夜会で「そういえば、お前には子供はいないのか？」とオズワルドに尋ねた、エセルの屈託のない表情を思い出し、髪を掻きむしりたくなった。

どういう情報源を持っているのか、エセルはオズワルドの女のことを正確に知っていた。なのに今まで、問い詰めもしなかった。それどころかエセルの口ぶりは、オズワルドの結婚を願っているふうにさえ聞こえた。

胸が苦しい。自分に傷つく権利などないことはわかっている。エセルを騙《だま》して、その純情をもてあそんでいたのだから。いったい今さら、どんな権利があるというのだろう。

それでもこの期に及んでオズワルドは、エセルが女のことを知ったら、少しくらい悲しんでくれると思っていた。

（愚かだな、俺は）

自分の馬鹿さ加減に、失笑が漏れる。これ以上この場にいると、もっと暗い感情が溢《あふ》れ出そうだった。

オズワルドは身を翻《ひるがえ》し、王太子の寝室を後にした。

自分のために用意された部屋へ戻る。向かいがマルジンの部屋だが、さっき通り過ぎた時には部屋の前にいた護衛騎士が、今はいない。

ふと心配になって、オズワルドはマルジンの部屋のドアへ、軽く声をかけた。

「マルジン、入るぞ」

ただ眠っているなら、返事はないだろう。部屋に入ろうとした時、中から扉が開いて護衛騎士が顔を出した。先ほど、扉の前に立っていた人物だ。

「メルシア子爵。何かございましたか？」

「いや、扉の前のお前がいなくなったので、心配になっただけだ。あんなことがあった後だからな」

マルジンを心配していると口にするのは業腹で、言い訳じみた口調になった。護衛騎士はオズワルドの細かい屈託など気づいていないのか、「ああ」と納得したようにうなずく。

「マルジン殿が、怖くて眠れないと仰《おつしや》るので、顔の見える場所にいたんです」

「子供じゃあるまいし」

オズワルドは呆《あき》れた。三十過ぎの男が、かすり傷一つでよくそう騒げるものだ。だが目の前の護衛騎士は気がいいのか、「無理もありません」と微笑んだ。

「賊に襲われるなど、大人でも恐ろしいものですよ。お会いになりますか。マルジン殿は、まだ起きていらっしゃいます」

別に見たくもない顔だが、いちおう無事を確認しておこうと部屋に入った。

寝台に、顔まで上掛けをひっぱり上げたマルジンがいた。目だけ出して、こちらを陰気に見ている。

オズワルドと入れ違いに、護衛騎士は扉の前に戻った。

「目が冴えて眠れないのです。子爵が子守歌を歌ってくれたら、眠れるかもしれません」

「一生起きてろ」

オズワルドは悪態を返した。寝台に近づくと、マルジンはあごの下まで上掛けを下ろす。

「殿下は、お休みになられたでしょうか」

「つい先ほどな。あの方もずいぶん、気を張り詰めておられた。エドワード様が襲われ、お前が負傷したのがこたえたのだろう」

マルジンはそれには返事をせず、じっとオズワルドの首から胸のあたりを見つめていた。

「……その痣《あざ》は、生まれつきですか」

不意のつぶやきに、ギョッとした。オズワルドは自分の襟元を見る。くつろげた襟の合わせから、刺草《いらくさ》の痣が覗いていた。

「痛かったでしょう」

オズワルドが自ら傷つけたと、確信している口調だった。驚愕《きょうがく》に目を見開いていると、ふっと息を吐く音が聞こえた。

「すみません、わざと言いました。エセル様が以前、自分の痣は見ようによって薔薇にも見えるただの痣だし、あなたのは痣でなく傷だというようなことを仰っていたんです」

オズワルドは愕然とした。マルジンにではなく、エセルが気づいていたことにだ。

以前のエセルは会うたびに、薔薇と刺草の痣の話をしていた。自分たちは選ばれた一対だという、それが彼の拠《よ》り所《どころ》だったのだろう。

人が変わってから一度もその件に触れたことはなかったが、そもそも私的な話をすることがなくなっていたから、気に留めていなかった。

「殿下は……知っていたのか」

生まれつきだと反発するのも忘れて、オズワルドは声を絞り出した。自ら刺草の形の傷を作り、幼い王太子を騙して、今の地位まで上り詰めた。

本当のことが周囲に知られたら、オズワルドは身の破滅だ。王太子をたばかった罪で牢獄に入れられる可能性もある。否定するかしらを切りとおさねばならないところだ。

幼い頃から今日まで、痣については細心の注意を払っていたのに、今は身の保身も頭から抜けていた。

オズワルドの刺草が偽物だと、エセルは知っている。いつ、気がついた？

「そう仰るということは、子爵があの方へ、自ら打ち明けたわけではないのですね」

マルジンは横たわったまま、軽く小首を傾《かし》げた。

「打ち明けるわけがないだろう。なぜわかった？　それほど不自然ではないはずだ」

痣に見えるように、長い時間をかけて苦心した。オズワルドのことをよく知る母は亡くなり、誰もがこの鎖骨の下の痣は生まれつきだと思っている。

「ええ。私も傷だと聞いていなければ、疑問に思わなかったでしょうな。そう驚くことはありません。殿下は以前にも、知るはずのないことをご存知だったではありませんか」

マルジンをエセルに紹介した、ビリンガムのことだ。

エセルとは面識がなく、オズワルドがその関係を秘匿《ひとく》していたにもかかわらず、エセルはどうしてか、老学者とオズワルドの繋がりを知っていた。

「あの方は、本来なら知るはずのない事柄を知り得るようだ。未来を見通したり」

「コルウスの生まれ変わりで、超常的な力を秘めていると？」

オズワルドは、伝説など信じていなかった。あれは人が都合よく考えた与太話だ。

「私は伝説など信じていませんよ」

マルジンも言う。こういうところはお互いに意見が合う。いけ好かないが。

「どういうからくりがあるのか、私にもわかりません。しかし、こういうことは他にもあるのです。生まれて以来、王太子宮からほとんど出たことがなかったという殿下が、南部の干ばつや北部の飢饉《ききん》を、まるで間近で見てきたように語られる」

そういえばと、オズワルドも思い出す。孤児院を視察に行った時も、そういうことがあった。

「子爵は、『革命』という言葉をご存知ですか」

不意に尋ねられて、戸惑った。頭の中を探したが、そんな単語は聞いたことがなかった。

知らないと言うと、マルジンは「でしょうな」と、うなずく。

「『革命』というのは、私が考えた造語です。民たちが自分を支配する王族や貴族を倒し、体制を変える大きなうねりのことを、そう名付けました。ちょうどいい言葉がなかったのでね」

　マルジンが作った言葉なのだから、オズワルドが知らないのは当然だ。

「エセル様に取り立てられる以前、田舎で新しい論文の構想を練っていた時のことです。論文を書くことなく王都に来たので、この言葉はまだ、私の頭の中にしか存在しません。似た言葉もありますが、『革命』という単語はどの辞書を探してもない」

　ならばそれは、この世のどこにもない言葉のはずだ。

「エセル様は、『革命』という言葉を使っておられました。それも私が考えた通りの意味で、正しく。繰り返しになりますが、似た意味を持つ言葉はあっても、『革命』という単語はないんです。私の頭の中以外には」

「殿下は、人の心が読めると？」

　マルジンはゆるくかぶりを振った。

「そうではないでしょう。エセル様は、私が作った言葉だということは、ご存知ないようでした。ごく当たり前に普及している言葉だと思ったようです。誰かが言うのを耳にしたのかもしれません」

「誰からだと思う」

「さあ」

存じません、と、マルジンは頼りなげにつぶやく。とぼけているのではなく、彼は彼なりに真剣なようだった。

「ただあの方は、本来あの方のお立場では知り得ないことを、なぜかご存知なのです。いや、見てきた、と言うべきか」

「見てきた？　どこで、何を」

「だから……存じませんよ。そんな印象だってことです。私にもよくわからないんだ。だから戸惑ってるんです。とにかくあの方は、我々の想像もつかないような何かを知り、大きな重荷を背負っておられる。この国を滅亡から救うため、私やあなた、アンナ様やエドワード様が死んでしまう未来を避けるために、必死になっているのです」

思ってもみない話になって、オズワルドは途方に暮れた。

それでもマルジンが、自分を困らせるために出鱈目《でたらめ》を言っているのではないことは、理解していた。

「殿下は予測だと仰っていました。ひどく具体的でしたが」

マルジンは、エセルの言う「予測」を口にした。

今からそう遠くない、十年ほど先の未来、圧政に耐えかねた国民による暴動が起こる。民は王都にも押し寄せ、王宮は陥落する。

兵士たちの半数は、民の味方に付いた。物事の元凶である七侯たちは、いち早く国外へ逃げおおせ、代わりに国家に忠誠と良心を持つ少数の家臣、王族だけは最後まで残り、すべての負債を背負うことになる。

王族と家臣たちは民によって処刑され、国家は転覆するが、新たな時代になってもルスキニアの人々は楽にはならない。周りの国々から攻め入られ、さらなる苦渋を舐めることになる。

「殿下はあなたのことを、良心を捨てきれない方だと仰っていた。最後まで残った家臣というのは、あなたのことなのかもしれません」

「……それは、預言ではないか」

暴動、革命。もしそんな未来があったとしたら、果たして自分はどう行動するだろう。

もちろん逃げるに決まっている。でも、そこにエセルが残っていたら？　あるいは子供のエドワードが取り残されていたら。

逃げるに決まっている、とは言えなかった。自分の心に嘘はつけない。

そしてエセルは、そんなオズワルドの心の底にある良心を見抜いていたというのか。

不思議に思うと同時に、それほど重要な話をマルジンにだけ話していたという事実に打ちのめされていた。

わかっている。エセルが信頼しているのはマルジンだ。自分はエセルを騙し、エセルが自分を慕う心を利用してもてあそんでいた。

自業自得なのに、マルジンに対してどす黒い怒りが湧き上がるのを、止められない。

「それは、お前とエセル様の重大な秘密だったんじゃないのか。こんな時に俺などにばらして良かったのか」

皮肉っぽく言うと、マルジンは表情を変えずに瞬きした。

「別に口止めはされていませんし、以前はどうか存じませんが、今のあなたはエセル様の味方でしょう。とはいえ、私もあなたに言うつもりはなかった。しかし、今夜のことで考えを改めました。もし私が死んだら、あの方の志を理解する者がいなくなってしまう。いえ、私が死ななくても、あの方にはもっと理解者が必要だ」

「今度は殿下の理解者気取りか。傲慢《ごうまん》だな」

エセルを誰より理解している、という口調に腹が立つ。実際その通りかもしれないから、余計に苛立った。

しかし、マルジンは自慢げにするでもなく、逆にオズワルドを睨み返した。

「私だって、本当はあなたになんか頼りたくない。私はあなたが嫌いだ」

「気が合うな。俺もだ」

出会いは最悪で、その時からこの男が大嫌いだった。

「あなたなんぞ、失脚して爵位をはく奪され、どこかで野垂れ死ねばいいと思ってますよ。でもあの方にはあなたが必要なのです。なんだかんだ言って、あの方が頼りにしているのは子爵なのですから」

不貞腐れた声で男が言うのに、オズワルドは軽い驚きを覚えていた。

「頼られているのはお前だろ」

「知略の部分ではね。ええ、エセル様と私は友人です。出会った年数など関係ない。我々は真実心を通わせた親友だ」

「親友。それはまた」

オズワルドが「はっ」と馬鹿にした笑いを漏らすと、いきなりマルジンが跳ね起きて叫んだ。

「親友です。でも、それ以上でもそれ以下でもない。私がどう足掻いたところで、あの方の心を占めるのはあなたなんだ」

いつも眠そうな目が、今ははっきりオズワルドを睨んでいる。オズワルドは軽く目を瞠った。

マルジンが、エセルに懸想《けそう》をしていることは、薄々気づいていた。しかし、これほど真剣に思いつめていたとは知らなかった。

「お前……」

同情とも親近感ともつかない感情が、心の片隅に湧いた。だがそれは一瞬だった。

「腹黒の気取り屋。殿下も、こんなすかした男のどこがいいんだか」

こちらを睨みながら、田舎学者はブツブツ聞こえよがしの愚痴をつぶやく。

オズワルドは黙って、夜着の上から軽く傷を突いてやった。マルジンは「ぎゃっ」と、大袈裟に叫ぶ。

すると外にいた護衛騎士がドアを開けて、呆れ顔を覗かせた。

「もう少しお静かになさってはいかがですか。騒ぎが殿下のお部屋まで聞こえそうですよ」

二人とも大人なんだから、とでも言いたげだった。オズワルドは注意をされて釈然としない気分だったが、それでも口をつぐんだ。

マルジンは不貞腐れたように鼻を鳴らし、上掛けをひっぱり上げる。

「もう寝ます。子守歌を歌ってくれるんじゃなければ、さっさと出て行ってください」

いっそ歌ってやろうか、と考えたが、馬鹿馬鹿しくなってやめた。

嫌いな男にかける言葉もなく、黙って部屋を出る。護衛騎士に会釈をして、向かいの自分の部屋に入った。

一人になって、マルジンの言ったことを反芻《はんすう》する。

地方の飢饉や干ばつを、見てきたように語るエセル。

悪夢にうなされて、生きているオズワルドを見てホッとしていた。

（エセル。お前は何を背負っているというんだ？）

尋ねても、きっと打ち明けてはくれないだろう。

だが彼は確かに、途方もなく重い荷を背負っている。それだけはわかる。

そして恐らく損得の計算などなく、ひたむきに、人々を救おうと努力しているのだ。

——この国を滅亡から救うため、私やあなた、アンナ様やエドワード様が死んでしまう未来を避けるために、必死になっているのです。

自分を利用し、裏切り、もてあそんだ男をまだ、エセルは心配しているのか。

お人よしのエセル。そんなに繊細でいて、この宮廷で生き残れるのか。

あの薄い肩がすり減って消えてなくなってしまいそうで、恐ろしかった。

(そうか。俺は怖いのか)

エセルを失うのが。後ろ盾を失うから、という理由ではない。

自分の前から彼が消えてしまうのが怖い。もし彼が自分より先に死んだら、喉をかきむしってすべてを呪《のろ》うだろう。

そんなふうに苦しむより、自分が死んだ方がまだましだ。オズワルドはまた、一人で笑った。

(……そうか。そうだな、俺はエセルを――)

頭の中で浮かんだ言葉をすぐに打ち消す。

それは陳腐な言葉だった。自分のエセルに対する想いを表すには、あまりに薄っぺらくて軽い。たとえ口にしたとて、あの王子は信じてはくれまい。

オズワルドは、自覚したばかりの感情を胸の奥深くに押し込め、厳重に鍵《かぎ》をかけた。

第五章

負傷したマルジンが、痛い痛いと愚痴《ぐち》をこぼしていたのは、当日の夜だけだった。

翌日からはけろりと起きて、エドワードやアンナに元気な姿を見せていた。

エドワードを襲った賊の中で、唯一生かして捕らえた男は、王太子宮の騎士たちから尋問を受けたが、自分は金目当ての強盗だと言い張った。貴族の家より王宮の方が金目のものがあると思って入ったのだと。馬鹿馬鹿しい言い訳だ。

その男は襲撃の翌々日、牢屋《ろうや》の中で自害した。

同じ日、アンナの宮殿で下働きをしていた女が、王宮から離れたとある川の橋の下で水死体となって見つかった。首には絞められた痕があった。

エセルは国王に宛て、アンナ妃宮の襲撃事件を調査したいと書簡を送ったが、拒否された。

結局この事件は、下働きの女が金で強盗に雇われ、その女の手引きで強盗が入ったのだと、王の名の下に判断が下されることになった。

賊はみんな死んでしまったので、今さら追及する相手もいない。

王宮に強盗に入るなんて聞いたことがないし、よしんば物取りだったとしても、奥まった場所にあるアンナの宮より、正妃やフリーダの宮殿の方がよほど外からは入りやすい。

それに少なくとも、アンナの宮殿に忍び込むより前に、王宮の敷地内に入る手引きをした者がいるはずなのだ。

強盗というのが、稚拙な口実なのは明らかだった。しかし王の下したこの判断に、異を唱える者はいない。

王宮の居住区は王の管轄であり、そこで何が起ころうとも、家臣である貴族たちのあずかり知らぬことだ。

ただこれが、アンナではなく正妃が襲われたのだとしたら、ゴドウィンが黙っていなかっただろう。口実を作って王宮へ捜査の手を伸ばすかもしれないし、敵対すれば国王とて無傷では済まない。それがわかっているから、そもそも正妃の宮殿を襲う者はいない。

後ろ盾がない、力がないというのは、こういうことだ。

今の自分が抗議文を送っても、ろくに相手にしてもらえない。味方を守るために、自分は早く力を付けなければならない。

守るものができると人は弱くなる。オズワルドがあの夜、言っていた。しかし同時に、守る物は人を強くさせる、とも。

あの夜、オズワルドに背中を抱かれ、久しぶりに悪夢を見ずに眠れた。目を覚ますと、オズワルドはいなくなっていた。

アンナの宮殿は、翌日には賊の死体が片付けられ綺麗《きれい》に掃除されたが、エセルはしばらく、アンナとエドワードを自分の宮殿に住まわせることにした。

こうなった以上、二人との仲違《なかたが》いを演じる意味もない。アンナの宮殿に割いていた分の護衛兵を王太子宮に回せるし、目の届く場所にいてくれたほうが、エセルも安心する。

アンナは最初のうち遠慮していたが、わけを話すと納得してくれた。

エドワードは、兄やマルジンと一緒に暮らせるので喜んでいた。エドワードはどうやら、マルジンに懐いているらしい。

「デヴォン卿について、気になる事実が判明したのですが、聞いていただけますかな」

襲撃事件から半月ほど経《た》ったある日のこと、マルジンに呼びかけられ、エセルとオズワルドの三人で王太子宮の小部屋に集まった。

小部屋はマルジンの隣の部屋で、近頃は三人が話し合いをする時はこの部屋を使っている。以前はエセルの居室を使っていたのだが、マルジンが資料やら書きつけやらを広げて散らかすので、こちらに移ったのだ。

この日も、マルジンはガサガサといくつもの書類を持ってきて、テーブルに広げていた。

「少しは片付けろ。ここはお前の家ではないんだぞ」

オズワルドが苛立《いらだ》って小言を言うが、マルジンは「まあそのうち」などと言うだけで、意に介していない。

相変わらず二人は仲が悪くて、三人が集まると、オズワルドがマルジンに突っかかるのをエセルがなだめる、ということがたびたび起きていた。

マルジンも他の者には穏やかなのに、なぜかオズワルドに対しては挑発的である。

けれど見かけよりは仲は悪くないのではないかと、エセルは思っていた。何のかんのと言いながら、どちらも互いの優秀さを認めているように見える。

口にしたら、即座に否定されるだろうが。

「これは、デヴォン卿の毎年の上納金についての記録の抜粋です。こちらは、東部にあるデヴォン侯爵領の、天候についての報告書。それからこっちは……」

言いながらマルジンは、書類の束を示す。書類は雑多に広げられている上、量が膨大《ぼうだい》でどれを見ればいいのかわからない。

オズワルドははなから読む気などないようで、椅子の背もたれに身を預けたまま、

「わかりやすく手短に話せよ」

と、横柄に命じた。マルジンは眠そうに瞬《まばた》きしてから、ゆっくりエセルを見る。

「この国では毎年、諸侯たちが国へ上納金を納めなくてはならない決まりですね？」

家庭教師の講義をしている口調だ。エセルはうなずいて、続きの解答を口にした。

「うん。上納金の額は領地の広さに応じて定められているから、不漁や不作で領民からの税収

が減ると、領主にとって上納金の負担が大きくなる」

マルジンは満足そうに、大きくうなずいた。よくできました、と言うように。それを見ていたオズワルドが、横から言葉を添えた。

「近年では各地で不況が続き、弱小貴族の中には、上納金が滞る者も出てきておりますね。上納金が払えなければ、貴族の地位をはく奪されることもあるから、みんな必死だ」

「左様。しかし、デヴォン卿は毎年滞りなく納めております。ただ気になるのは、三分の二が国王への寄進なのです」

「国王個人へ寄進すれば、その寄進分は、国庫への上納金が免除される。確か、そういう仕組みじゃなかったか？」

エセルが言うと、またマルジンは大きくうなずいた。

上納金は、国庫かもしくは国王個人か、納める先を選ぶことができる。本来はそうなっているが、諸侯らは王が私財を増やし力を付けるのを嫌って、国王へ寄進することはまずない。

それなのにデヴォン卿は、国に納めるはずだった上納金の三分の二も、国王個人へ差し出している。

「この寄進は、十年以上前から行われていました。この事実だけ見れば、何も悪いことをしているわけではない。しかしなぜ、という疑問は残りますな。なぜ国王個人に寄進するのか。フリーダ妃と秘密裏に繋《つな》がっていることと、何か関係があるのではないかと、私は考えたのです」

「……寄進が架空のものだとしたら？」

エセルは頭にひらめいたことを口にした。マルジンがうなずく。

「そう、寄進したふりして、実際には金を渡さずに記録だけ残す。表向き、デヴォン卿はきちんと上納金を支払ったように見える。しかしこれは当の国王陛下が、もらっていない金をもらったと言わなければ成立しません」

「寄進の際、陛下から受領書が発行されるはずだ。王の玉印を押したものを。偽造するか、勝手に玉印を持ち出すか。フリーダ妃なら後者も可能かもしれない」

オズワルドが、やや興奮したように言った。エセルも同様に気が昂《たかぶ》っていた。真実に突き当たった気がしたからだ。しかし、疑問は残る。

「フリーダはなぜ、デヴォン卿のそんな不正に協力しているんだ？　よほど利益がなければ、もらっていない金をもらったなんて言わないだろう」

「自分の息子、第一王子を次の王にしたいのではないでしょうか」

マルジンが端的に答える。オズワルドも同様に考えていたらしい。

「そう考えるのが妥当だろうな。息子の後ろ盾になるとデヴォン卿からそそのかされたか、あるいは、あの女の方から近づいたのかはわからないが……」

フリーダとデヴォン卿は、エセルを廃して長兄を立太子させようともくろんでいる。エセルに毒を盛っていた状況から考えても、この推測はそう間違いではないだろう。

「その二人が今、七侯たちの票を集めて重大な評決を行おうとしているのです。二人とも、ずいぶん危ない橋を渡っておられる。ゴドウィン卿に尻尾《しっぽ》を摑《つか》まれたら、ひとたまりもないでしょう。ゴドウィン卿を出し抜いて、彼を凌《しの》ぐ強権を持ちたいと考えるのは不思議ではない」

「前置きはいいから、さっさと結論を言えよ。二人は何をしようとしている？」

オズワルドが横から茶々を入れるので、マルジンは少しむっとして相手を睨《にら》んだ。何度か気を鎮めるように瞬きする。

「国王陛下はご健康が優れず、会議を欠席しがちと聞きます。本来は陛下を補佐するはずの王太子殿下も、宮にこもりきりで政治の場にいない。フリーダ妃は、自ら陛下の摂政となり、『円卓会議』に参加されるおつもりではないか。……私はそう推測しました」

摂政、という言葉は、エセルの耳にはいささか突飛に感じられた。フリーダが今急に政治の場に立つ姿が、想像できなかったのだ。

しかし、マルジンの推測は正しかった。

三人でこの話をしたわずか数日後、ゴドウィン卿から密《ひそ》かに書状が届く。

そこには、次の『円卓会議』に久しぶりに国王が出席し、そこにフリーダが付き添うらしいということが書かれていた。

ゴドウィン卿の書状を受け、エセルは急ぎ返事を送った。

デヴォン卿の寄進のこと、フリーダの「摂政」の話を打ち明けると、ゴドウィン卿の判断ですぐさまエセルも次の『円卓会議』に出席することが決まった。

国王はここ数年、『円卓会議』をずっと欠席してきた。それが今になって急に出席するという。それもフリーダを伴って。そこに何か計略があるとしか、考えられない。

予定では、エセルの参加はもう少し後になるはずだったが、そうも言っていられなくなった。

マルジンの推測通りなら、フリーダの計略を阻止するには王太子が出席するよりない。

「フリーダ妃が王に付いて会議に出席すること自体は、おかしなことではありません。『円卓会議』には、王と七侯にそれぞれ一人ずつ、補佐官を付けることが可能だと明文化されていますから。しかし、今になっていきなり行動を起こすのには理由があるでしょう」

マルジンが言う。

三人で小部屋に集まり、作戦を練った。ゴドウィン卿とは、書状でやり取りを続けた。できる限り、こちらの動きを悟られないようにするためだ。

エセルが『円卓会議』に参加することも、直前まで伏せておくことにして、七侯のゴドウィン派たちにも知らせていない。

「我が父……メルシア侯爵の取り込みは終わっていると考えるべきでしょうな。さらに他の七侯の誰かも向こう方に付いた可能性がある」

　オズワルドがマルジンの発言を引き継いで言った。

「フリーダ妃の目論見《もくろみ》が摂政になることだとして、これは王太子であるエセル様が出席されることで阻止できるでしょう。しかし、七侯は分断されるかもしれない。下手にこじれると内争になりますよ」

「子爵の言う通りです。ですから、ここで一気に相手を叩《たた》かねばなりません」

「何か策があるのか」

　エセルが問うと、マルジンはひくりと頬を引き上げた。それからオズワルドを見る。オズワルドは、「なんだ」と、むすっとした顔でマルジンを睨んだ。

「メルシア侯爵がデヴォン派に入ったのなら、メルシア侯爵に退場していただくのはどうでしょう。つまり、七侯の座から降りていただくのです」

　エセルとオズワルドは、思わず顔を見合わせた。そんなことが可能なのだろうか。マルジンはこちらの疑問を見透かした様子で、「法律上は可能です」と、小部屋に堆《うずたか》く積まれた書物から、分厚い一冊を引っ張り出してテーブルに置いた。

　法律の本だが、ずいぶん古い書物だった。

「七侯の席次は勲功によって上下する。これは誰もが知っている七侯の制度ですが、もう一つ、七侯末席の者が一定の年月、功を成さない場合、その者は七侯から除籍されるという法があったのです。形骸化して久しく、誰も思い出さない法ですが、これを廃止するという法律もまだありません」

エセルもこの一年で法に関する書物はずいぶん読んだつもりだが、初めて聞く法律だった。

「十家の貴族から成る、十人伯と呼ばれる者たちがいます。これも今は家格を示すだけになっていますが、かつてこの十人伯とは、いわば七侯の予備だったのです。功のない七侯末席と、勲功を立てて成り上がった十人伯筆頭とを入れ替える」

「つまり誰もが忘れ去った、カビの生えた法律を引っ張り出して、我がメルシア侯爵家を七侯から追い出すというわけか」

オズワルドは喜色を浮かべていた。生家の没落は、彼が長く願っていたことだ。図らずも、それがかなう道が見えたのである。

「メルシア侯爵を七侯から除籍する条件は揃《そろ》っているんだな？　十人伯筆頭はどこの家だ」

エセルの問いに、これはオズワルドが即座に答えた。

「グウィネズ家です。この家は最近、代替わりしたばかりで当主は若いが……」

「ならば、ゴドウィン卿にとって御しやすいのでは？　それに当主が若かろうと、法にカビが生えていようと、法は法です」

マルジンが言うと、オズワルドはにやりと笑った。

「では、グウィネズには俺から接触しよう」

「ゴドウィン卿には僕から助力を請おう。デヴォンの架空の寄進についての調査も、あちらの力に頼った方がいいだろう」

方策が定まると、事は秘密裏に、そして速やかに動いた。

自分の意志が政治に反映する。それによって誰かが利益を得て、誰かが没落する。事によっては命を落とすこともあるだろう。

以前のような、貧民街への施しとは違う、自分が国家の中枢に大きなうねりを及ぼすことが、不安で恐ろしかった。

けれど、途中で立ち止まることはできない。誰かに重荷を預けることもできない。

ただ自分の足で前へ進む以外、できることは何もなかった。

それからひと月半ほど、目まぐるしい日々を過ごし、『円卓会議』の日を迎えた。

肌寒い曇天の朝、エセルはいつもより早く起きて身支度をした。エアが丁寧に髪を梳《す》き、侍女たちはエセルの金髪が良く映える、落ち着いた深緑の上着とズボンの揃えを用意した。

軽くお茶と菓子をつまむと、マルジンが身なりを整えて現れた。

「見違えるようだな、マルジン」

エセルが思わず言ったのは、いつも自分の格好に気を遣わない彼が、今日はきちんと髪を梳き、上等な衣服に身を包んでいたからだ。

今日の会議に出席するのはエセルと、それに秘書として同伴するオズワルドだ。しかしマルジンも、会議で法律について専門的な知識が必要になった時のために、控えていることになっている。よほどのことがない限り、王や七侯の前に出ることはないが、会議場のある正殿に赴くにはやはり、ふさわしい装いというものがあった。

会議の準備をするのにかかりきりで、マルジンの身なりについてすっかり失念していた。

「アンナ様と、アンナ様の侍女が整えてくださいました。エセル殿下のお供をするのだから、きちんとした格好をしなければならないと」

「アンナたちをこの宮に留《とど》めておいてよかったな」

アンナがいてくれなかったら、マルジンの服はどうなっていたことか。

少しして、オズワルドが迎えに来た。彼の装いは普段から隙のないものだったが、今日はことさら念入りに、頭のてっぺんからつま先まで整っていた。

エセルとよく似た深緑の上着と、白いズボンを身に着けている。

エセルの姿を見ると、軽く目を瞠《みは》った。それから恭しく礼をし、婦女子にするように手の甲に口づける。

「王太子殿下、今朝は一段とお美しい」

気障《きざ》っぽくわざとらしい、いつもの挨拶だ。けれど今日は、彼の普段と変わらない皮肉めいた態度にほっとする。

「顔色が悪い。昨日は眠れましたか」

オズワルドは挨拶を終えると、じろりとエセルを見下ろして言った。

「あまり。緊張して」

甘えていると思われるかもしれない。何か嫌味を言われるかと身構えたが、オズワルドは薄く微笑《ほほえ》んだ。

「でしょうね。俺もです」

気取りのない、率直な声だった。エセルは不思議な気持ちになって、まじまじと相手を見る。

「お前でも緊張するのか」

「しますよ。当然でしょう」

「私も。私も緊張して眠れませんでした」

その時、二人の会話を遮るようにマルジンが声を上げたので、オズワルドは心底嫌そうな顔をした。

そうこうしているうちに時間になり、エセルとオズワルド、それにマルジンは、護衛騎士たちに囲まれて『円卓会議』が行われる会議場へと向かった。

エセルが会議に参加することは秘匿《ひとく》していたが、万が一ということがある。護衛を増やし、念のために大きく道を迂回《うかい》した。

会議場のある正殿に着いた後も、裏手の使用人たちが出入りする通路から入った。これはゴドウィン卿とオズワルドの案だ。

会議が行われる大広間は正殿の最上階にあり、王と七侯たちのための控えの個室が存在した。九つあって、一つが空き部屋だというから、本来その空き部屋は王太子の控えの間だったのだろう。

エセルたちは空き部屋ではなく、ゴドウィン卿の部屋に真っすぐ向かった。

会議が始まるまでまだずいぶん時間があるが、にもかかわらず、ゴドウィン卿はすでに先に到着していた。

「王太子殿下。無事に辿《たど》り着けましたな」

途中でフリーダたちの妨害に遭うかもしれないと、懸念していた。ここまですんなり通れたことを考えると、まだフリーダたちにエセルの参加は漏《も》れていないらしい。

「しかし、油断めされるな。これから何が起こるかわかりません」

「ああ。わかっている」

エセルはうなずき、部屋の扉を睨んだ。今入ってきたのとは反対にある、もう一つの扉だ。

各々の控え室は、大広間に繋がっている。七侯たちは末席から席次順に文官に呼ばれ、大広間へ赴くのだそうだ。

会議の始まる時間が近づくと、廊下や広間で人の行き交う気配がした。エセルたちはゴドウィン卿と共に控え室のテーブルに着き、黙ってその時が来るのを待っていた。

エセルは何食わぬ顔を繕っていたものの、心臓の鼓動は常にドキドキと速かったし、背や脇にはひっきりなしに汗をかいていた。

やがて、『円卓会議』の始まりを告げる鐘が鳴らされた。大広間で、文官らしき人物が声高らかに七侯たちの名を呼ぶ。ゴドウィン卿の名も呼ばれた。

「では殿下、お先に」

ゴドウィン卿が軽く会釈をし、自らの秘書官と共に出て行くと、エセルの緊張は頂点に達した。手足が震える。拳《こぶし》を握り込んだが、震えが止まらない。

「――エセル王太子殿下」

遠くで名を呼ばれた気がした。オズワルドが素早く立ち上がり、「殿下」と、手を差し伸べる。エセルはその手を取った。小刻みに震えて、そのことを叱咤《しった》されるかもしれないと思った。けれどオズワルドは、何も言わずにエセルの冷たくなった手を握り込む。椅子の上に固まったままだったエセルの身体《からだ》を引き上げ、隣に立たせた。

彼に手を引かれ、大広間に続く扉の前に立つ。これから政敵たちと戦わねばならないのだ。その敵の中には、父もいる。そんなことを今さら思い出し、足が震えた。

「賭《か》けをしましょうか、殿下」

その時、耳元でオズワルドが囁《ささや》いた。それから痛いくらい強く、エセルの手を握りしめた。

「……賭け？」

そういえば、マルジンが負傷した晩、眠れずにいた時にもそんな話をした気がする。

「そう、賭け。俺は、この会議で殿下が上手《うま》くやり遂げる方に賭けます。あなたは失敗する方に賭ける」

「その賭けは僕にとって、何もいいことがないんだが」

オズワルドがくすっと笑うのが聞こえた。耳朶《じだ》に息がかかる。顔が熱くなった。

いつの間にか震えは止まっていた。

「賭けが嫌なら、褒美《ほうび》をください。あなたのために、寝る間も削って馬車馬のように働いたんですからね。今日の会議が上手くいったら、あなたは俺の言うことを何でも一つ聞くこと」

わずかに顔を上向けて相手を見る。すぐ間近にオズワルドの美貌《びぼう》があった。にやりと露悪的に笑う男を睨む。

「何でもなんて、約束できない」

「ごく私的なお願いをするだけですよ。いいから約束してください」

急《せ》かされて、渋々うなずいた。

「わかった。これが上手くいったら褒美を取らせる。ただし、僕が私的にかなえてやれることだけだ」

オズワルドはそれに、にっこりと美しい笑みを浮かべた。胡散臭《うさんくさ》いくらい優しげな笑顔だ。

「いいですよ。さあ、参りましょう」

エセルはちらりと後ろを振り返った。

マルジンと、護衛騎士のオリバー、他にも顔なじみの騎士たちが恭しくこうべを垂れる。

「ご武運を」

いつもと変わらぬ眠そうな声で、マルジンが言う。けれどその瞳はいささか心配そうにこちらを見ていて、エセルは大丈夫だと目顔でうなずいた。

そうすると、本当に大丈夫なような気がした。

自分は一人ではない。隣にはオズワルドがいる。マルジンやオリバーたちも控えている。

「行ってくる」

オズワルドはもう一度、強くエセルの手を握りしめた後、離した。エセルの先に立ち、扉を開く。

エセルは開かれた扉の向こうへ、足を踏み出した。

大広間にいる人々は、エセルの姿を見て微《かす》かにどよめいた。

デヴォン卿は驚愕《きょうがく》に目を見開いている。七侯のほとんどが、この場にエセルが現れたことが信じられないようだった。

大広間には七侯とその秘書官の他、十数名ほどの官吏たちがいた。彼らも一様に、エセルの登場に驚いていた。

　そのどよめきを、ゴドウィン卿だけが満足げに眺めている。

　大広間は、エセルが想像していたよりずっと広かった。いくつかある扉の前には、警備の近衛兵が立っている。

　その時ちょうど、王の名が呼ばれ、部屋の奥にある扉から、国王とフリーダが顔を見せたところだった。

　彼らもまた、幽霊に会ったような目でエセルを見た。

　父王がぱくぱくと口を開き、やがて憎しみのこもった眼差《まなざ》しでこちらを睨む。ほんの少し、足がすくんだ。

　と、指先に軽くオズワルドの指がかすめる。ほんの一瞬の温《ぬく》もりに、エセルは我に返った。

（大丈夫だ）

　エセルは軽くオズワルドに目配せし、歩を進めた。

　大切な人たちを守るために、そして王となる定めに生まれた者として、この戦いに勝利する。

　ここが分水嶺だ。今日を境に運命が変わる。

　それはただの憶測で、確証があるわけではなかったが、エセルは予感を覚えていた。

　霊廟《れいびょう》で会ったあの老人は、ここに至るために自分に真実を見せたのだと。

　エセルの進みが遅かったので、王は先に彼の席に着いていた。円卓に設《しつら》えられた椅子は、いずれも同じ色形をしていたが、王が座る椅子だけは金箔《きんぱく》が施されていた。背後の壁面にはコルウス王の姿を描いたレリーフと、宝剣が飾られている。

その席の豪華さが、今は亡き王の権威を表していて虚《むな》しかった。

エセルは王の隣の空席へ向かった。しかし一歩近づいた時、王から「待て」と、声が上がった。

「なぜだ。なぜ王太子がここにいる。わしは認めておらん」

ガラガラと雑音の混じった声だった。父王のものだと、エセルはすぐにはわからなかった。

最後に彼の声を聞いたのは、鏡の世界でだ。あの時に見た父より、目の前の彼はずっと年老いて皺《しわ》くちゃで、背は丸くなっていた。

体調もすぐれないようだ。身体を動かすのもおっくうそうで、顔は血の気を失って真っ白だった。

「そいつに政《まつりごと》などわからん。わかるはずがないのだ」

座っていることさえ辛《つら》いだろうに、父は口の端に泡を溜《た》めて叫ぶ。恨みと憎しみのこもった眼差しで、エセルを睨みつけていた。

父はずっとこうやって、薔薇《ばら》の聖痕《せいこん》を持つ王太子の影に怯《おび》えていたのかもしれない。

エセルの中で、えも言われぬ悲しみと憐《あわ》れみの情がこみ上げてきたが、続くフリーダの声で我に返った。

「国王陛下の仰《おっしゃ》る通りです。成人してから一度たりとも、会議はおろか公務らしい公務をしたことのない王太子に、座る席などあるはずがないでしょう」

「これは異なことを」

短く、けれどよく通る声を上げたのは、ゴドウィン卿だった。

「成人した王太子殿下には、この広間の席に座る資格があります。誰に許されずとも、法でそう決められているのです。もちろん殿下のための席はありますよ。そこのそう……ちょうどフリーダ様が座ろうとしていたその椅子です」

ゴドウィン卿が示したのは、エセルがまさに座ろうとしていた王の隣席だった。

ちょうど、椅子の背もたれを摑んでいたフリーダは、ゴドウィン卿の叱責にも似た鋭い声を聞いて、ぱっと手を離した。

彼女は王の秘書官の扱いで参加しているはずだ。秘書官に席はなく、会議の間は仕える者の後ろに立って控えておく。

そうした決まりを、フリーダは知らなかったのだ。

さざなみのような、微かな人々の笑いが広間に響く。フリーダは顔を赤くして、ゴドウィン卿を睨んだ。ゴドウィン卿は王やフリーダを無視した形で、「さあ殿下、あちらへ」と、王の隣の席へと促す。

エセルも鷹揚《おうよう》に礼を言って席へ進む。後ろにオズワルドが続いた。

王は忌々《いまいま》しそうにこちらを睨み、ぶつぶつと口の中で文句を言うだけだったが、フリーダはなおも食い下がった。

「王太子殿下はともかく、その男は何です。メルシア家の三男ではないの」

エセルとオズワルド、それにゴドウィン卿も、三人で顔を見合わせた。ゴドウィン卿が目配せをしたので、エセルが口を開く。

もの知らずの寵妃《ちょうひ》に、会議の決まり事を教えてやれということだろう。

「オズワルド・メルシア子爵は私の近習です。この会議には王と七侯、それに王太子とが、各一人ずつ秘書官を付けることが許されています。だからフリーダ様、あなたも特別に秘書官という扱いで、陛下に付いて会議に参加することが許されたのですよ」

この場にふさわしくないのはオズワルドではなくお前だと、エセルは言ったのだった。

フリーダは、エセルが細かい会議の規定を知っているとは思わなかったらしい。ぎょっと驚いたような顔をして、それからすぐ、憎悪を隠さず睨みつけた。

エセルはその視線に気づかないふりをして、椅子に座った。

隣の父王とはわずかに距離があったが、視線だけで呪《のろ》い殺すような、強い恨みのこもった父の目が、たえずエセルに向けられていた。

王と王太子が席に着くと、起立していた七侯たちもそれぞれの椅子に座る。

書記の官吏たちが、議事録を綴《つづ》るための紙とペンを広げる。それが合図のように、会議が始まった。

デヴォン卿が真っ先に声を上げた。

「予定の議題を話し合う前に、本日は国王陛下よりご提案があるとか」

ゴドウィン卿が怪訝《けげん》そうに、軽く片眉を引き上げた。デヴォンが王を見る。いや、後ろに立つフリーダに合図を送ったのかもしれない。

フリーダが王の肩を抱いて「陛下、さあ」と、囁いた。王は何度もうなずき、それから顔を上げると、改めてエセルを見た。

「エセルは王太子にふさわしくない。今日までずっと、公務を怠けてきた。よってエセルを廃し、我が長子、ルデカを王太子の座に戻す。こやつが生まれるまで、ルデカが王太子だったのだからな」

先ほどよりもずっと、力強い声だった。彼は長年、これを望んでいたのかもしれない。

会議の場がざわめきに包まれた。場の空気がはっきりと変わったのを、エセルは感じた。

ゴドウィン卿も驚いている。無理もない。王がまさか、こんなことを言い出すとは、思ってもいなかったのだ。

誰も、少なくともゴドウィン派は思っていなかったはずだ。

王太子、つまり次期国王を決めるのには、七侯の意向が多分に考慮される。しかし、内実はどうあれ建前上では、王太子を任命するのは国王である。

二十一年前、国王はゴドウィン卿の圧力に屈し、王太子をエセルに決めた。

それを今、覆した。ゴドウィン卿とその一派を敵に回すことを意味するが、その覚悟を決めてエセルを廃太子する策に出たのだ。

捨て身の策を考えたのは、王ではないのだろう。彼は捨て駒だ。フリーダにとって、彼は使い古された駒なのだ。

こちらと目を合わせ、にやりと勝ち誇ったように笑う父王を見て、エセルは苦くそんなことを思った。

「しかし、その王太子殿下は今日、こうして公務に出席しておられます。ふさわしくないというのは、無理があるのでは」

第二席のエラン卿が真っ先に異を唱えた。彼もゴドウィン派の一人である。それが呼び水となり、七侯たちが次々に声を上げた。

「王子として公務らしい公務をされていないという点では、ルデカ殿下も同様でしょう」

「王太子位にある王子とは、公務の意味が違う。ルデカ殿下が王太子位に就けば、これまでの王太子殿下のように職務を放棄することはないでしょう」

ゴドウィン卿が控えめだがよく通る声で「王太子殿下」と、エセルを呼んだ。

「エセル殿下は、王のご提案についてどのようにお考えですか」

王がなんと言おうとも、今はまだ、エセルが王太子だ。ゴドウィン卿の一言で、エセルはそのことを自覚し、恐らく他の七侯たちも思い出した。

「私は――」

口を開いた途端、一斉に視線が集まり、また怯みそうになる。オズワルドは背後にいるが、振り返るわけにはいかなかった。

それでは、オズワルドがいないと何もできないと思われてしまう。王太子としての威厳を見せなければならない。

「私はこれまで健康上の理由で、公務に就けなかった。医者にも病気の理由がわからず、そのため公表もできなかったが、そのせいで七侯諸卿をはじめ、国民にまで不安を与えてしまったことを、申し訳なく思う」

ことさら声を荒らげるでもなく、冷静に話す。その方が効果的なのだと、ゴドウィン卿の話し口調を聞いて学んだ。

「病気だなんて、白々しい」

フリーダが思わず、というように声を上げた。七侯たちが咎《とが》める視線を向ける。エセルが彼らの代弁をした。

「フリーダ様。秘書官には発言が許されていません。勝手な発言は控えていただきたい」

「わしが許す！」

王が口を開いた。七侯たちがざわめく。

「フリーダに発言を許す。フリーダの言葉は王の言葉だ。王であるわしが許すと言っているのだ。わしが王だぞ！」

妄言《もうげん》だ。しかし、王の言葉でもある。ゴドウィン卿が反対隣から目配せを送ってきた。

エセルは皆に聞こえるように、深いため息をついてみせた。王とフリーダを視界から外し、七侯たちへ呼びかける。

「これまで健康を害していたとはいえ、公務を怠っていたことは詫《わ》びよう。今日より王太子としての責務を遂行し、失った信頼を回復することを約束する」

「しかし、公務に支障をきたすほどお身体が悪かったのでしょう。今後もまた、病状が悪化する恐れはないと言えるのですかな」

そう言ったのは先ほどのエラン卿だった。これは援護だと見るべきだろう。

「今はもうすっかり健康だ。病状が悪化することはない。なぜなら病だと思っていた原因が取り除かれたからね。以前は朝、侍女長が用意させたお茶を飲むのが日課だったが、それを止《や》めたらたちどころに回復したのだよ。癇性《かんしょう》も消えた。誠に不思議なことに」

エセルはそこでフリーダを振り返り、にっこりと微笑んだ。フリーダが弾《はじ》かれたように肩を震わせる。七侯たちがどよめいた。

フリーダが気色ばんで何か口を挟みかけたので、エセルは再び七侯たちを見る。

「私が王太子にふさわしいかどうか。それはこれから、七侯の諸君らで見極めてほしい。病で会議を欠席しがちな陛下より、実際に政を行う諸君らの見る目の方が確かだろう」

再び、広間の空気が変わるのを感じた。

実際にまつりごとを行っていたのは、王ではなく七侯たちだと、王太子が認める発言をしたのだ。それはすなわち、王太子が国王と対立することにも等しかった。

王が低く唸《うな》り、何か口にしようとする傍《かたわ》らで、ゴドウィン卿が「では」と、それを遮った。

「王太子の廃立は一時の私的な感情ではなく、慎重にせねばならないことでしょう。王太子殿下の仰るように、我々はこれからの殿下のお姿を、見守ろうではありませんか。陛下もそれでよろしいですか。……七侯諸君はいかがかな」

ゴドウィン卿が王を見たのはほんの一瞬で、問いかけはしたものの返事を待たずに七侯らの方を向いた。

ゴドウィン派の三人が賛成を口にする。デヴォンらも旗色が悪いと見えて、それ以上の反対はしなかった。

エセルの隣で、王が憤怒《ふんぬ》の表情で唸り、テーブルの上の拳を握りしめて震えていた。

王は長年、こうして七侯たちにないものとして扱われてきたのだろう。彼も即位した当時は、あるいは王太子だった頃は、理想を胸に抱いていたかもしれない。

王は、いくつかある未来のエセルだったかもしれない。

「国王陛下が予定の議題にない提案をされたので、私からも一つ、提案したいのですが」

ゴドウィン卿の言葉で会議の場は一度は鎮まったかに見えたが、エラン卿が発言したことで再びざわめいた。

ゴドウィン卿がうなずく。こちらは、エセルたちが予定していた筋書きである。七侯筆頭の意を受け、エラン卿が続けた。

「国王陛下や王太子殿下の瑕疵《かし》ばかりあげつらうのではなく、我々七侯も今一度、その資格を問うべきだと思うのです。つまり、百年余り形骸化してきた七侯選定を、厳粛に行いたい」

「厳選に、とはどういう意味か、詳しく話していただけるかな」

ゴドウィン卿が茶番に見えない真面目さで、エラン卿に問い質《ただ》す。

「七侯選定の基準は、法により詳細に定められています。しかし我々七侯は、怠惰と傲慢《ごうまん》によって長く、これを無視し続けてきた。法を歪《ゆが》めてきた、これは由々しき事態です」

「演説はいい。何を提案するのか、端的に話していただきたい」

横やりを入れたのは、第六席のポウウィズ卿だった。こちらもゴドウィン派だ。

「この場に、七侯として適格でない者が座っている、ということです。古参という立場に甘んじ、末席に追いやられてもなお、何ら勲功を立てることなく七侯の地位に居座っている。法に従ってこの者を七侯から除籍し、十人伯筆頭グウィネズ卿を七侯末席に加えたい」

即座に、末席にいたメルシア侯爵が立ち上がった。

「貴様、メルシア家を侮辱《ぶじょく》するか」

「侮辱ではない。法の秩序を取り戻したいと、当然のことを申したまでだ。貴君以外は七侯選定の基準を満たしている」

エラン卿の言葉は、デヴォン派へ向けた言葉だった。生贄《いけにえ》はメルシア侯爵だけ。これにおもねるなら、他の七侯らを追い落とすことはない。誰に組するべきか、今一度考えよ。

デヴォン卿が立ち上がった。

「それにしても、我々は長くこの体制で国を統治してきたのだ。我々七つの家でだ」

「それだけ長い間、法が歪められて来たということだ」

ゴドウィン卿は座したまま、落ち着いた声で言った。

「デヴォン卿に問いたい。貴君はどのような正義をもって、法を犯すをよしとするのだ」

蛇が鎌首をもたげるがごとく、ゴドウィン卿はゆっくりとデヴォン卿へ問いかける。彼に比べれば、デヴォン卿は小物だった。

「これに異を唱えるのは、貴君に後ろ暗いことがあるからではないか」

「言いがかりも甚《はなは》だしい。ゴドウィン卿こそなぜ、今になって誰も顧みなかった決まり事を持ち出すのだ」

「国家の秩序を取り戻すためだ。七侯末席のメルシア侯爵家を、十人伯グウィネズ伯爵家と交代させ、そして完全なる秩序のために、デヴォン卿、貴君がこの十数年行っている国王陛下への寄進について、他の七侯らが調査を行うことを許されたい」

「な……何を」

　デヴォン卿は一瞬顔色を失ったものの、すぐに気を取り直してゴドウィン卿を睨んだ。しかしフリーダの顔には、ありありと狼狽《ろうばい》が現れていた。

「いったい、何の話をしておる」

　しゃがれた声で、王が呻《うめ》くように言った。小さな声だったが、ゴドウィン卿は聞き逃さず、すかさず王を振り返る。

「デヴォン卿が毎年、上納金の三分の二を陛下個人へ寄進している件についてです。これは相当な額ですから、陛下の宮殿はさぞ潤っていることでしょう」

「そなたが何を言っているのか、さっぱりわからん」

　王の口調は不貞腐《ふてくさ》れて子供じみていた。しかし、本当に話の意味がわからない、という風だった。やはり、毎年の寄進の事実を王は知らないのだ。

「わからない？　これは異なことを。陛下、毎年のことですぞ。国に納めるはずの上納金を、デヴォン卿は陛下に寄進している」

　ゴドウィン卿は、手元に丸めて持っていた書状を開き、掲げて見せた。

「このように、受領書には王の玉印が押されてあるのです。まさか、陛下以外の者が玉印を持ち出し、勝手に押印したとでも？　……まさか！」

　ゴドウィン卿の口調はいささか芝居がかっていたが、それだけに言わんとしていることがわかりやすかった。

メルシア侯爵ら、デヴォン派の七侯たちが、これはいったいどういうことだと、問い質すような視線をデヴォン卿とフリーダへ向ける。

王は、ちらりと背後にいるフリーダを振り返った。しかし、彼の目はフリーダを直視することなく、逃げるように逸《そ》らされた。いや、逃げるようにではない。王は逃げたのだ。

「……わしが玉印を押した」

王が口の中でつぶやくのが、隣に座るエセルには聞こえた。聞き取れなかったゴドウィン卿が、訝《いぶか》しげに王の顔を覗《のぞ》く。

「陛下？」

「その書状は、わしが押印したものだ！　間違いない！」

これにはその場の誰もが驚いた。ゴドウィン卿も言葉を失っている。

「架空などではない。わしはデヴォンより、毎年の寄進を受けている」

寄進の件を王が知らなかったのは、直前の態度から見て明らかだった。彼の代わりに玉印を持ち出せるとしたら、寵妃フリーダ以外に考えられない。

王もそのことに気づいている。気づいていながら、自分がやったことだと言い切った。彼は、自分を騙《だま》しているかもしれない女を庇《かば》ったのだ。

（ああ……）

エセルは心の中で絶望にも似たため息をついた。

愚かな男だ。しかし、父のそんな愚かさをエセルは咎めることができなかった。

父にとって、フリーダだけが心の拠《よ》り所《どころ》なのだ。エセルにとってのオズワルドがそうであるように。

自分もそうであったからわかる。きっとまだ、父はフリーダを信じている。疑惑に傾きながら、それでも信じずにはいられない。

（でもそれは、逃げだ）

かつてのエセルと同じだ。真実を見る前の。憐れで痛ましく、見ていられないほど愚かだ。

そう思ったら、我知らず口を開いていた。

「父上は、その女を庇うのですか。陰で自分を馬鹿にする女を」

それはほとんどつぶやきに等しく、隣にいる父とフリーダ以外にはよく聞こえないようだった。

「……なんだと」

途方に暮れたような父の虚《うつ》ろな目が、たちまちエセルへの憎しみに染まる。その目が昔は恐ろしかった。彼の目が和むのをずっと願っていた。

でももう、何も彼には望まない。エセルは怯むことなく父を見返した。

「その女は、陰であなたのことを『ぼんくら』と呼んでいるのですよ」

「嘘《うそ》よ。なんてひどい嘘をつくの」

　フリーダはもう、少しもうろたえていなかった。周りが何を言っても王は自分の味方をすると、確信しているのだ。

「嘘ではない。僕がこの耳でしかと聞いた。薔薇の咲く季節、霊廟の前でデヴォン卿とフリーダ妃、あなたが密談されているのを」

　フリーダの顔色が変わった。それでもすぐに「それも嘘」と、冷静な声を返す。

「やはり殿下は、この場に相応《ふさわ》しくないのでは？　現実と妄想の区別がついていないようだもの」

「あなたが忘れても、僕は覚えている。二人が何を話していたのか、一言一句違わずに。あの日、デヴォン卿は言った。『どうも陛下は、私の行動を気にしておられるようだ。何か気づかれているのでは？』あなたは答えた。『あのぼんくらが？　まさか』」

　あの日の彼らの口調まで正確に、エセルは再現してみせた。周りの諸侯たちは、いったい何が始まったのかと戸惑っている。エセルは構わず続けた。

「『間抜けな王太子は、毎日癇癪《かんしゃく》を起こして周りに当たり散らしてる。今は酒も手伝って、臓《ぞう》腑《ふ》もボロボロでしょう』。あなたのその言葉を聞いて、僕は思い当たったのです。毎朝、苦いお茶を飲まされていたことを。それからあなたは、こうも言った。『ぐずぐずしてたらあの爺《じじい》が先に死んでしまうわ』」

　フリーダの口調を真似《まね》た後、もう一度、父を見る。

「毎朝お茶を飲んでいた頃、いつも身体がだるかった。頭痛や腹痛に悩まされ、夜も眠れない。朝起きた時からイライラして、癇癪を起こす。父上も、こうした症状に覚えがあるのではないですか」

フリーダが父にも毒を飲ませているかもしれない、というのはただの憶測で何も証拠はない。しかし、父の様子はエセルのそれによく似ている。強い確信を持っていた。

「父上。どうかその目で真実をご覧ください。あなたが最も信頼する女は、あなたをただの捨て駒だと思っている。僕が死んであなたも死ねば、次の王になるのは彼女の息子だ」

言葉の途中から、王の身体がぶるぶると震え始めた。まるで瘧《おこり》のように、激しく絶え間なく全身が震える。

「妄言よ。嘘だわ。何の証拠もない」

フリーダがうろたえながら言った。デヴォン卿もまた、「その通りだ」と叫ぶ。

「霊廟で聞いたですって？　そんなこと、誰でもいくらでも、何とでも言えるわ。それが本当だって言うなら、証拠を出しなさい。出してみなさいよ、証拠を！」

最後はほとんど金切り声だった。けたたましい鶏《にわとり》のような声に、エセルが思わず顔をしかめた時だった。

その声に応えるように、突如として咆哮《ほうこう》が上がった。

王の叫びだった。

王の姿をした獣は、咆哮を上げながらゆらりと席を立った。

声は大広間の隅々にまで響き渡るほど大きく、どこにそんな力があるのかと驚く。目はぎらついていて、そのくせ視線が定まっていなかった。

意味不明の言葉をわめき散らし、地団太を踏んで奇声を上げる。口からは涎《よだれ》が垂れ、どう見ても正常ではなかった。

「陛下」

「お気を確かになさって、陛下」

家臣らや、そしてフリーダが彼へ声をかけてたしなめたが、耳に届いているのかどうかもわからない。

王の身体がよろめいた。皆が息を呑《の》んで見守る中、王は壁に手をつく。

その指の先には、宝剣があった。王がその柄《つか》に手をかけたのは、身体を支えるためだっただろうか。

剣の柄を握って王が再びよろめくと、剣はすらりと抜けた。

宝剣は長く、壁にかかったままであったろう。この大広間を最も多く訪れたであろう七侯たちの誰も、飾りの剣が壁にあることさえ忘れていたかもしれない。

しかし、鞘《さや》から離れた剣身は、つい今しがた手入れされたばかりのように、研ぎ澄まされてギラギラと光っていた。

王が抜身の剣を握ると、大広間の人々が息を呑んだ。エセルも身じろぎするのを忘れ、椅子に座ったままでいた。

「陛下。そんなものお捨てになって。危のうございますよ」

フリーダが猫なで声でなだめ、王は虚ろな目で女を見た。睨むわけでもなく、ただじっと見つめる。

かと思うと、剣を持った手を振り上げた。次の瞬間には、鋭い切っ先が真っすぐに、吸い込まれるようにしてフリーダの胸を貫いていた。

「――あっ」

と、声を上げたのは誰だっただろう。王が剣を引き抜くと、フリーダは人形のようにその場にくずおれた。

王の身体がまた、ゆらりと傾《かし》ぐ。赤く濡《ぬ》れた剣身が、次にエセルへ向けられた。

エセルは何もできなかった。何が起こったのかさえまだ、よく呑み込めていなかった。

椅子に座ったまま、立ち上がることさえ忘れて、呆《ほう》けたように王を眺めていた。

目の前で何かが光った気がした。剣の閃《ひらめ》きだと気づいた時、誰かが覆いかぶさってきて、エセルは椅子ごと床に倒れ込んだ。

尻をしたたかに打ちつけて、顔をしかめる。その耳元で、低いうめき声がした。

「……っ」

オズワルドだった。彼の背中に剣が突き立てられている。自分をかばったのだと、ようやく気がついた。

「オズワルド」

呼んでも、彼は答えなかった。ただきつく眉根を寄せている。誰か……おそらくゴドウィン卿が、「よせ、抜くな」と、声を上げるのが聞こえた。

王が背中に刺さった剣を引き抜いた。オズワルドが痛みに呻く。獲物を取り逃がした王が怒気を浮かべて再びエセルに向かおうとする。

けれど、オズワルドはエセルを離さなかった。エセルを片腕に抱いたまま身を反転させ、向かってくる剣先を左腕でかわした。

血に濡れた剣は腕を滑り、勢いあまった王がよろよろと体勢を崩して床に倒れ込んだ。

「衛兵！」

ゴドウィン卿の怒声に弾かれて、衛兵が慌てた様子で王を取り囲む。しかし、国王という最も身分の高い老人をどう扱って良いのか、兵たちは手をこまねいているようだった。

「わしに触るな！」

王が幼児のように彼らの手を払いのけ、剣を捨てて金の椅子に戻りわめいた。

「誰も指図をするな！　わしは王だぞ！　このわしが！　王なのだ！」

「……殿、下……エセル」

呆然《ぼうぜん》とするエセルの耳元で、オズワルドの掠《かす》れた声が聞こえた。はっとして、男の顔を見る。

「オ、オズワルド……あ……え？」

深緑の上着が、血でぐっしょり濡れている。呼吸がおかしい。真っ白い顔には死相が現れていた。

「……嘘、だろう？」

「わしが一番偉いんだ！」

豪華な金の椅子にしがみつき、狂った父が叫ぶ。その足元では、フリーダがごぼごぼと血の泡を吹いて絶命していた。

「嘘だ……こんなの」

オズワルドが死にかけている。しかもエセルをかばって。きっとこれは、悪い夢だ。

「オズワルド。起きろ。起きてくれ」

声をかけると、オズワルドの唇がわなないた。けれど言葉にならないのか、ぜえぜえという息だけが聞こえた。

「嫌だ。……嫌だ、こんなの」

気づくと頬が涙で濡れていた。もう何も考えられなかった。

オズワルドがいなければ、この国を建て直したって意味がない。

誰よりも、オズワルドを死なせたくなかった。彼が生き延びる未来にするために、今まで必死になっていたというのに。

「オズワルド……」

彼がこのまま息絶えるなら、もういっそ、正気を手放してしまいたい。

涙で視界が滲《にじ》んで見えなくなり、エセルは目を閉じようとした。このまま現実から逃げてしまいたかった。

しかしその時、左の手首に強い痛みが走って、エセルは我に返った。

オズワルドが手首を握っていた。骨が軋《きし》むほど強く。

「オズ、ワルド……？」

彼は笑っていた。荒い息をつき、血の気を失って夜空の月のように青ざめた顔をしながら、その美貌に凄絶《せいぜつ》な笑みを浮かべていた。

「どうしたんだ、何が言いたい？」

泣きながらエセルは、オズワルドの唇に耳を近づけた。荒い呼吸の合間に、掠れた声が聞こえた。

「今ここで俺が死んだら……あなたは俺を忘れないだろうな。永遠に、あなたの心に、魂に

……俺という存在が刻み込まれる」

ざまあみろ、と、彼はうそぶいた。

呆然としているエセルの前で、何とか身を起こそうとして顔をしかめる。

「……ぐ」

「無理をするな」

「肩が……胸が熱い。が、気分は悪くない。あなたが俺のために泣いて、取り乱してるんだからな。今この時だけは、俺のことしか考えていないだろう？　……とてもいい気分だ。このまま死んでもいい」

「馬鹿を言うな。……近衛兵《このえへい》！」

オズワルドの言葉に、我に返った。彼を死なせたくない。

傲慢で腹黒で他人を見下し、冷徹ぶっているくせに、咄嗟《とっさ》の時にはこうやって自分を犠牲にしてしまう。愚かで不器用で、だからこそ愛《いと》しいこの男を。

エセルが顔を上げ、鋭い声で呼ぶと、乱心した王の周りでオロオロしていた近衛兵たちが、一斉にこちらを振り返った。

「誰か一人、誰でもいい。……そこのお前、今すぐ大急ぎで医者を呼んで来い。メルシア子爵が僕をかばって負傷した。早く！」

エセルに命じられた近衛兵の一人が、慌てて身を翻《ひるがえ》す。それと同時に、エセルの大声を聞きつけたらしい、控えの間にいたマルジンとオリバーが広間に駆けこんできた。

規則では彼らは入れないはずだが、このどさくさで咎める者などいはしない。

「出血がひどい。止血をしましょう」

オズワルドの怪我《けが》を確認し、マルジンが直ちに処置を始めた。しかし、オズワルドの血を見て気を失いそうになったので、オリバーが彼を助けた。

ずっとエセルの手首を摑んでいたオズワルドが、手を離し、何度か軽く手の甲を叩いた。

「ここは、いいから……早く行け。早く……お前の為《な》すべきことを、やれ」

言葉を発するのも苦しそうだった。それでも「もたもたするな、馬鹿王子」と、鼓舞する。

エセルはうなずいて、立ち上がった。そうだ、自分は何のために今日、ここにいる？

オズワルドから視線を引きはがし、相変わらずもたもたしている近衛兵たちに命じる。

「国王陛下を椅子から離して拘束しろ。これ以上の被害を出すわけにはいかない。多少手荒にしても構わん。早くしろ！」

王太子の命を聞き、ようやく衛兵たちはためらいを捨て、暴れる老人を取り押さえた。王は金の椅子に歯を立てて齧《かじ》りつき、獣のように激しく抵抗したが、屈強な兵たちとの力の差は歴然だった。

エセルは次いで、デヴォン卿へ向き直った。

「この通り、陛下はご乱心めされた。よってこれより、王太子の私が国王陛下の代行となる。

残りの衛兵たちに命ずる。ただちに七侯第三席、デヴォン卿を捕らえよ」

広間がざわめいた。これにはゴドウィン卿も驚き、いったい何をするつもりなのかと不安げにこちらを見た。

しかし、エセルの態度があまりに堂々としていたので、近衛兵たちは命令に従ってデヴォン卿を拘束した。

「殿下。殿下こそご乱心なされたのではないですか」

うろたえて怒鳴るデヴォン卿を、エセルは睥睨《へいげい》した。

「デヴォン侯爵には、王の側室フリーダ妃と共謀し、国庫に納めるべき上納金を着服した疑いがある。これより国王陛下の居宮ならびにデヴォン侯爵邸を捜索し、裁判を行う。デヴォンよ、その身が潔白だと言うなら、捜索をすれば明らかになるだろう。それまでは牢《ろう》で大人しくしていろ」

淀《よど》みなく告げると、衛兵たちはデヴォン卿を捕らえて広間の外へ連れ出した。

それを見届けて、エセルは呆然としている七侯たちをゆっくりと見回す。

「思わぬ事態となったゆえ、今日はこれにて会議を閉会しよう。誰か、異論のある者は？」

誰も声を上げなかった。ゴドウィン卿が気を取り直したようにエセルを見て、うなずく。

こうして『円卓会議』は閉会した。

第六章

「……ルド。オズワルド」

長い間、まどろんでいた。満たされた心地よい眠りだった。

「僕を置いて行かないでくれ」

目の前で美しい青年が泣いている。どこかで見覚えがあると思った。

（……王子）

オズワルドはつぶやく。声は出なかった。身体《からだ》が温かい水に浸《つ》かったように、重くて自由にならない。

愚かで可愛《かわい》い、俺の王子。

いつも必死に自分の後ろをついてくる。オズワルドが意地悪をして歩調を速めると、小さな身体を懸命に動かして走った。

途中で転んで泣き出して、「置いていかないで」と泣く。

オズワルドが駆け寄って抱き起こすと、王子は泣きながらぎゅうっと強くしがみついた。オズワルドが抱きしめ、もう大丈夫ですよと背中をさすってやるまで、泣き止《や》まない。

いつもは我がまま放題で威張り散らしている子供が、必死に自分に縋《すが》ってくる。

馬鹿で愚かで、そんな甘えが憎らしく、けれど自分の腕の中で震える子供を抱きしめていると、温かな感情が溢《あふ》れてくる。この子を守らなくてはと思う。

(大丈夫ですよ、私の王子)

いつものように泣いている王子をあやそうとしたが、やはり身体は動かなかった。

「……オズワルド」

愛くるしい幼子が、美しい薔薇《ばら》の精に変わる。

頬を涙で濡《ぬ》らし、オズワルドのために泣いている。青く澄んだ宝石のような瞳には、オズワルドしか映っていない。

オズワルドは安堵《あんど》し、安らかな気持ちの中、再び温《ぬる》いまどろみに浸った。


デヴォン卿の捜査は速やかに行われ、罪を裏付ける有力な証拠が発見されたとして、裁判を経て死罪と決まった。

デヴォン侯爵家は貴族の身分をはく奪され、没収した領地は新たに王の直轄領となった。

死亡したフリーダも罪人として名が上がった。実家は奪爵され、彼女の二人の息子、エセルの異母兄たちは王族を離脱し、臣籍に下った。

国王は、会議で錯乱したその夜のうちに亡くなった。心の臓が弱っていたのだろうと、医者は言う。

デヴォン卿が処刑された後、次に開かれた『円卓会議』において、メルシア侯爵家は正式に七侯から外された。

デヴォン家もいなくなったので、十人伯から二家が新たに七侯の座に上り、法の規定に従って、この二家は伯爵から侯爵へと昇爵し、メルシア侯爵家は伯爵へと貶降《へんこう》された。

はっきりと罪を犯したデヴォン家はともかく、メルシア卿にとっては寝耳に水の出来事で、受けた屈辱に耐えきれず、それきり宮廷に姿を見せなくなったという。

父の凋落《ちょうらく》ぶりをその目で見ることがオズワルドの悲願だったが、残念ながらそれはかなわなかった。

「実家に乗り込んで、嘲笑《あざわら》ってやりたかったんだが」

寝台に横たわったまま、オズワルドはつぶやく。

脇に座るマルジンは、眠たげに瞬《まばた》きした。手には林檎《りんご》がいっぱい盛られた籠《かご》を持っている。見舞いの品だという。

「今後、いくらでも機会はあるでしょう」

「どうかな。向こうの家人から聞いた限りでは、父はずいぶん前から健康が思わしくないようだ。今回のことがずいぶんこたえただろうから、彼もあまり長くないのではないかな。俺が床から上がるのが先か、父が死ぬのが先か」

オズワルドは低く笑った。そうすると、まだ少し傷に響く。

王の剣に貫かれた傷は、相当に酷《ひど》かった。オズワルドはしばらくの間、生死の境を彷徨《さまよ》った。王宮から運び出すのは傷に障るということで、長らくエセルの王太子宮で看病されていたようだ。ほとんど朦朧《もうろう》としていたから、オズワルド自身はよく覚えていない。

ただ、混濁する意識の中、幾度となく美しい薔薇の妖精が傍《かたわ》らで泣くのを見た気がする。それが夢か現実か、この田舎学者は知っているはずだが、聞いても答えてはくれないだろう。

一月近く瀕死《ひんし》の状態が続いた後、奇跡的に死の淵《ふち》から生還したオズワルドは、命がけで王太子を守ったこと、デヴォン卿の横領罪を暴くのに協力したことなど、いくつかの功績により、伯爵に昇爵した。

これによってメルシア伯爵家が二家になるので、オズワルドは母の姓を名乗ることにして、オズワルド・モール伯爵となった。

ちなみにマルジン・カレグも、男爵に叙爵された。平民から貴族に取り立てられたというわけだ。

そのマルジンは何を思ったのか、手元の籠から林檎を一つ取り出すと、服の裾《すそ》で軽く拭《ぬぐ》ってかぶりついた。

「俺の見舞いじゃなかったのか」

「はい。でも、私からではありません。エセル様からのお見舞いです」

「なんだと。貴様」

勢いよく起き上がろうとして、痛みに低く呻《うめ》いた。マルジンは彼にしては素早く身を引くと、また林檎を齧《かじ》って見せる。

「うん、美味《うま》い。これは甘くていい林檎だ」

「田舎に帰れ、クソ学者」

オズワルドは背中に敷いていた枕を取ると、マルジンに投げつけた。マルジンはひょいとそれをかわす。床に落ちた枕を拾い、オズワルドに投げ返した。

そこでふと、枕を投げたオズワルドの腕に目を向ける。袖口のボタンを外していたので、手首から上が露《あら》わになっていた。

「こっちの傷は、もうすっかりいいんだ。痕《あと》は残るだろうがな」

マルジンの視線を受けて、オズワルドは手首の少し上にある傷を撫《な》でた。

エセルを庇《かば》った時、王の剣を避けるために受けた傷だ。血に濡れて刃が滑ったのと、上等な上着の布地がある程度防いだので、それほど深い傷にはならなかった。

「奇妙な形になりましたな。まるで何か異国の文字のような」

オズワルドも、同じことを思っていた。負傷した当初は何の変哲もない傷口だったのに、治っていくうちに段々と不思議な形に痕が残った。

傷は縦長の三角形をして、頂点から底辺へ真っすぐの線が突き抜けて伸びている。それが意思をもって描いたように正確で、少し薄気味悪い。

しかし、そういえばエセルもまた、同じ左腕にこれとは異なるが、似たような傷口があったのを思い出した。

恐らくマルジンもエセルの左腕の傷を知っていて、類似性に気づいたのだろう。目が離せない、というようにオズワルドの左腕を凝視していた。

「気づいたら、こんな形になっていた。今度は自分でいじったわけじゃないぞ。それより、用件を言えよ。ただ見舞いに来たわけじゃないだろう」

相手の望むまま見せてやるのも癪《しゃく》なので、オズワルドはさっと袖を下ろして傷を隠した。

マルジンはそれでも傷のあった部分をじっと見つめていたが、やがてもったり視線を上げた。

「本当に、ただの見舞いですよ。殿下……いえ陛下から、伯爵の容態を確認するよう言われたのです。ご本人が行かれたいようでしたが、何ぶんお忙しいですから」

エセルはオズワルドが怪我《けが》で床に就いている間も、新しい王としてゴドウィン卿と協力し、一連の騒動の収拾を行ってきた。

オズワルドがいなくても、彼はもう立派な君主だ。

彼が表舞台に現れて以降、王都の民のみならず貴族たちも、彼を讃《たた》え始めている。

やはりエセルは、伝説のコルウスの生まれ変わりだと。

生まれつきの薔薇の痣《あざ》などではなく、その行動でもって、彼は人々に存在を知らしめたのだ。

「俺の怪我の様子など見ずに、戴冠式をさっさと済ませろと言っておけ」

エセルはまだ、戴冠式を終えていなかった。だから正式には王ではない。

表向きの理由は、フリーダやデヴォン卿の事件が決着するのを待ってということだったが、オズワルドの怪我が回復するのを待っていたのだろう。

「そうしたいのはやまやまですが、あなたの存在も無視できないのでね。陛下には隣に立つ伴侶がおりません。市民たちの前に出る時はレムレースよろしく、陛下に同伴していただく方が、格好が付くのです。これは私だけではない、ゴドウィン卿も同じ意見です」

エセルが七侯の不正を正したと、その活躍が市井に広まるかたわらで、エセルの近習、刺草《いらくさ》の痣を持つオズワルドも評判になっている。

王宮で賊に襲われたエセルを庇い、オズワルドが瀕死の重傷を負ったのだとか。

会議で先王が暴れたことは箝口令《かんこうれい》が敷かれているから、本来ならば市井に話が出回るはずがない。『円卓会議』での出来事はなかったことになり、先王も表向きは病気による急死ということになっている。

オズワルドが部下を使って積極的に流布させたのだった。

今のエセルに、レムレースの生まれ変わりなど必要はない。それでもオズワルドは、彼の隣に立とうと足掻《あが》いていた。これからも足掻き続けるだろう。

「そういうことなら出席する。いつでもいい。傷の具合は関係ない。這《は》ってでも行く」

エセルの一世一代の戴冠式を、自分のせいでこれ以上遅らせたくない。エセルの足を引っ張りたくなかった。

それに、自分が隣にいることで何がしかの役に立つのなら、傷を押してでも行くべきだ。

マルジンが何か物言いたげな目を向けたので、オズワルドは急いで言葉を付け加えた。

「お前は俺を、エセル様の踏み台か引き立て役くらいにしか思ってないだろうけどな。俺はこれだけ身体を張ったんだ。俺もエセル様を利用して、どこまでものし上がってやるさ。それには戴冠式に出て皆に存在を知らしめないとな」

唇の端を歪《ゆが》め、露悪的に笑って見せる。少し、言い訳じみていたかもしれない。

マルジンはぱちぱちと瞬きした。口を開き、またつぐむ。

「……あなたも、難儀な方ですな」

やがて彼が口にしたのは、そんな言葉だった。何もかもわかっている、というこの学者の態度には、相変わらずイライラさせられる。

「用が済んだのなら、とっとと帰れ。それといいか。俺がいない間は、お前がエセル様を見張っておけよ。どうせあの方はまた、執務にかまけて睡眠や食事をおろそかにしてるんだろう」

戴冠式に新王が倒れでもしたら、目も当てられない。今までの苦労も水の泡だ。

本当はアンナにでも頼みたいところだが、エセルが王の居宮に引っ越して、アンナとエドワードはそのまま王太子宮に留《とど》まった。

アンナも息子の立太子式の準備で忙しい。

「エセル様だけじゃない、お前もだぞ。一緒になって食事を抜くな。青白い陰気な顔をしやがって」

オズワルドがなおも言うと、マルジンは「はいはい」と、おざなりな返事をした。「やれやれ」ともつぶやき、立ち上がると林檎の籠をオズワルドの上掛けに乗せる。

こういうことに関して、マルジンは当てにならない。

早く傷を治して、王の近くに行かなくては。無理やりにでも食べさせて、眠らせる。自分は彼の近習だ。疎まれても張り付いてやる。

心の中で嘯《うそぶ》いて、オズワルドは手元の林檎を一つ取って齧りついた。

季節が廻《めぐ》り、薔薇の花が咲く頃、エセルの戴冠式が行われた。

長く傷の療養で臥《ふ》せっていたオズワルドも出席し、式の当日、王宮の周りには多くの市民が集まってエセルの即位を祝福した。

　王太子時代から貧民街に救いの手を差し伸べ、七侯の不正を正したエセルは、今や平民たちから大きな支持を得ていると言う。

　先王の崩御以降、暗い話ばかり続いたから、久々のおめでたい話に人々が湧くのは当然とも言えた。

　王都の街中では三日間、民たちに酒と食べ物が振る舞われ、王宮でもエセルの即位を祝う宴が連日続いている。

　その中で誰よりも嬉《うれ》しそうにしているのは当のエセルではなく、ゴドウィン卿だった。

「いや、実を言えば祖父であるこの私も、陛下がこれほどまで聡明《そうめい》にお育ちあそばされているとは、思っていなかったわけです。あの時はまったく騙《だま》されましたな」

　普段は冷静で、エセルさえ気圧《けお》されるような迫力を持つ彼が、今は内心を隠し切れずに浮かれている。

　政敵が排除され、新たに七侯に加わった二家は自身の派閥に入っている。自分の娘を冷遇していた先王も亡くなった。新しい王は自分の外孫だ。

　浮かれるのも無理はないし、今後、王に代わってこの国を牛耳るのは七侯ではなくゴドウィン家だという貴族たちの噂《うわさ》は、ある意味真実である。

　けれどそれも一時のこと、というのはマルジンの言葉だ。

ゴドウィン卿ももう、若くはない。跡取りたる息子は凡庸《ぼんよう》な男だ。だからこそゴドウィン卿は、孫のエセルを頼みにしている。

彼の目の黒いうちは、エセルも従順に祖父を立てるだろう。そしてその懐で力を付ける。老人が政治の場から去った時、あるいはこの世からいなくなった時、エセルが彼に成り代わる。

七侯の力は弱体化し、王が強い力を持つ時代が訪れる。建国王コルウスの時代のように。

これがマルジンの考えた筋書きだった。

「ゴドウィン卿。それは身内びいきというものだよ。たとえどれだけ学問に秀でていても、一人で国は動かせないだろう。七侯や十人伯、その他諸侯らの力を借りなければ」

声高にエセルの優秀さと、そして自分との繋《つな》がりを吹聴するゴドウィン卿に、エセルも模範的に答えるものの、さすがにうんざりしていた。

エセルとゴドウィン卿を取り囲む貴族たちも、内心では祖父と孫とで茶番を演じていると思っているだろう。

こんな宴ももう、五日目だ。

ため息をつきたくなるのを押し殺し、エセルはぐるりと周囲を見る。王宮の大広間は、ゴドウィン邸のそれよりさらに大きかった。

今夜の宴は格式ばった晩餐会《ばんさんかい》ではなく、人々が集まって歓談したり踊ったりするものだ。

エセルもはじめの三日は、これも自分の即位を祝ってくれているのだからと謙虚に受け止めていた。しかし五日も続くと、いい加減にしろと言いたくなってくる。

デヴォン卿の不正が明らかになった後、空っぽだった国庫は少しだけ潤った。

フリーダとその実家、エセルの二人の兄とデヴォン家、彼らから没収した財産と、それに先王の遺産を、エセルはすべて国庫に納めたのだ。傾いていた国の財政を立て直すためだった。

王都を含む王領の税も軽減させ、それゆえにエセルは民たちから絶大な人気を得た。

空っぽだった国庫も少しは潤ったかと思ったが、こんな贅沢《ぜいたく》を続けていたら、いくら金があっても足りない。

広間のあちこちにはご馳走《ちそう》が並び、上等な酒の樽《たる》が積まれていた。宮廷楽師たちが優雅に音楽を奏でる傍らで、複数の男女が踊っている。

ほんの少し前まで、宴の場にはアンナとエドワード、それにマルジンの姿があった。

エドワードも王太子として連日の宴に出席し、堂々と振る舞っていたが、さすがに幼い子供に連日の夜更かしはこたえたようだ。

眠そうに目を擦《こす》っていたから、エセルがアンナとマルジンと共に下がらせた。

彼は王太子として、様々なことを学ばねばならないのだ。幼いうちからあまり、無理をさせたくない。

「陛下、私の娘と一曲だけでも踊っていただけませんか」

踊りを見ていたからだろう、貴族の一人が静かに近づいてきて、耳打ちした。エセルは微苦笑を浮かべながらかぶりを振る。

「いや、やめておこう。僕は妻としか踊らないと決めている」

しれっと言ってみせると、相手は鼻白む。隣で聞いていたゴドウィン卿が、やれやれ、という顔をした。

「祖父としては、孫に生身の妻を娶《めと》っていただきたいのですがね」

「悪いがそれは諦めてくれ。可愛い孫の、一世一代のお願いだよ」

冗談めかして言うと、ゴドウィン卿は苦い顔で嘆息した。

エセルはルスキニアという国家と婚姻《こんいん》する。よって生身の妻は娶らない。弟のエドワードを王太子とする時、そう宣言した。

もしエセルに子供が生まれたら、先々エドワードと対立することになるかもしれない。これは避けたい。

それにエセル自身、子を成せる自信がなかった。相変わらず女は苦手だ。

ならばいっそ、周りがこぞって縁談を持ち込む前に、生涯独身を貫くと宣言したほうが面倒がない。

それでも宴となれば、貴族たちが娘やら孫やらをエセルに会わせようとする。そのたびにエセルは、先ほどの常套句《じょうとうく》を口にするのだった。

「王の寵《ちょう》を得られない妃《きさき》は、惨《みじ》めなものだ。僕はもう、妃が不幸になるのを見たくない」

言外に母のことを告げると、ゴドウィン卿は目を伏せて頭を左右に振り、それ以上は何も言わなくなった。

先王の正妃、エセルの母は今も正妃の宮殿にいる。慣例に従えば新王の妃に譲るため、出て行かなければならないが、エセルは生涯独身を貫くことを理由に、そのままにした。

若い男たちもいつの間にか去り、今は酒浸りの日々だ。エセルが注意しても聞かないから、死ぬまで続くのだろう。

「しかし、あなたのレムレースは、多くの婦人を泣かせているようですが」

ゴドウィン卿が踊りの輪を振り返りながら、ちくりと刺した。

多くの男女が踊っていたが、ひと際目立つのは銀髪の美丈夫だった。エセルと同じ、純白の上下に身を包み、優雅に身を翻《ひるがえ》しては人々の視線を攫《さら》っている。

女性が入れ替わり立ち替わり、ひっきりなしに彼へ声をかけるので、長いこと踊りっぱなしだった。

「彼もいずれ、妻を娶れば落ち着くだろう」

エセルは銀髪の男に目を奪われそうになるのを無理に引き剝《は》がし、澄まして答えた。

ゴドウィン卿は、それであなたはいいのか、というようにこちらを窺《うかが》う。エセルがオズワルドに対して近習以上の想《おも》いを抱いているのを、勘のいい祖父は気づいているのだろう。

曲が終わり、オズワルドはそれまで踊っていた女性に一礼して離れた。

すぐにまた別の若い娘が近づいてきたが、やんわりと断ってエセルたちのいる方へ近づいてくる。

「噂をすれば、ですな」

「なんの噂です？」

ゴドウィン卿のつぶやきを耳ざとく聞きつけて、オズワルドはにこりと微笑《ほほえ》んだ。

「君が宮廷一の伊達男《だておとこ》だという噂だよ。怪我の具合もずいぶん良くなったようだ」

「ええ。しかしまだ、無理は禁物のようですね。踊り続けて満身創痍《そうい》だ。酒盃《しゅはい》も持てそうにありません」

オズワルドはにこやかにゴドウィン卿へ切り返し、大げさに傷を受けた肩を庇って見せた。

おどけた仕草に、ゴドウィン卿やその取り巻きたちも笑う。美男子がこうして茶目っ気を出すと、憎めない好印象になるのだ。

エセルはこれまで、オズワルドの貴公子然と澄ました顔と、皮肉っぽく意地の悪い素の顔しか知らなかったが、華やかなりし宮中で彼は、実に様々な顔を見せる。

軽口を叩《たた》いても嫌味がなく、意見が対立しても反感を買わないようにかわす話術を身に付けている。

生真面目にしか言葉を返せないエセルからすると、唖然《あぜん》とするほど社交に長《た》けていた。

この連日の宴でも、デヴォン卿事件についてゴドウィン卿が声高に自身の功績を喧伝《けんでん》するのに対し、オズワルドは実にさりげなく、何気ない会話に混ぜてエセルと自分の活躍をほのめかした。

ゴドウィン卿があからさまに力を誇示する分、控えめなオズワルドの態度に人々は好感を持ち、彼の言葉をこそ信じているようだった。

エセルはそんな回りくどい話術は持っていないので、社交はオズワルドに任せることにしている。

「今宵《こよい》はこれで失礼させていただきたく思いますが……。陛下。陛下もお顔の色がすぐれませんね。お疲れなのではありませんか」

オズワルドがふと気づいた様子で、エセルの顔を覗《のぞ》き込んだ。

確かに疲れているし、この宴にうんざりしている。これは助け船だと思い、エセルも乗ることにした。

「ああ。僕はまだまだ、こういう場には不慣れのようだ」

「回復の途中ですからね。あまりご無理はなさらない方がよいでしょう」

オズワルドは、わずかに痛ましそうな表情を浮かべ、近くにいる者だけが聞こえるように囁《ささや》く。エセルが長らくフリーダに毒を盛られていたことは、すでに宮中では有名な話だ。

エセルはゴドウィン卿へ向いた。

「こういうわけだ。若者組が退いて、年配者に荷を預けるのも心苦しいが、あとは任せて良いだろうか？」

「そう年寄り扱いされると、私も参ってしまいます。どうぞご無理はなさらず」

ゴドウィン卿は苦笑しつつ、エセルの退場を促した。

最初の頃の宴こそ、国王の退場の際には大広間の全員が盛大に見送ったが、五日目の今日はすでに夜も更けて、場の空気も砕けている。

エセルはオズワルドに伴われ、ひっそりと宴を後にした。護衛に付き添われ、居宮へと向かう。

「助かった。同じ話ばかりでうんざりしてたんだ」

二人並んで歩きながら、エセルはまず礼を言った。オズワルドは「でしょうね」と、小さく笑う。それから、

「今夜は泊めていただいても？」

「もちろん」

エセルの宮殿には、オズワルドとマルジンのための部屋がそれぞれある。執務で夜が遅くなる時がままあるから、二人の部屋を用意したのだ。

「お前の大好きなマルジンは、今夜はエドワードの所だが」

王太子宮のマルジンの部屋は、今もそのままだった。彼は王の居宮と王太子宮を行ったり来たりしている。

マルジンはエセルの側近として正式に召し抱えられ、少なくない俸給を得るようになった。彼が望むなら、山の手に屋敷の一つも建ててやるかと考えていたのに、それを固辞して今も王宮に住み着いている。

「王太子がこの先もずっと、あの田舎学者のお守りをしてくださるといいんですがね」

お前の大好きな、というエセルの言葉に、オズワルドは大げさに顔をしかめる。二人は相変わらずいがみ合っているが、言うほど仲が悪いわけではないと、エセルは気づいていた。

もっともそれを口にしたら、二人はこぞって否定するだろうが。

エセルたちはその後しばらく、言葉少なに道を歩き続けた。やがて居宮に辿《たど》り着くと、オズワルドが改まった口調で言った。

「陛下。この後もう少し、お付き合いいただいても良いでしょうか。あなたと二人きりで酒が飲みたいのです」

「それは構わないが。珍しいな」

相手が何を考えているのかわからなくて、エセルはあごを引く。オズワルドは笑った。

「取って食いはしませんよ。ただ、褒賞《ほうしょう》をいただいていないと思い出しましてね」

覚えているでしょう、と彼は囁く。もちろん、覚えていた。『円卓会議』の直前、彼に無理やり約束させられたのだ。

「折り入って、陛下にお願いしたい儀がございます」

オズワルドは言い、にっこりと胡散臭《うさんくさ》いほど爽《さわ》やかに微笑んだ。

エセルは、オズワルドが何を考えて、自分のことをどう思っているのか、今もってよくわからない。

彼がエセルを庇って瀕死の重傷を負った後、時間の許す限り何度も見舞いに行った。あの時の彼は本当に生死の境にいて、意識も混濁していたようだ。エセルが見舞いに行ったことさえ、気づいていないかもしれない。

その後、彼の容態が持ち直して死の危険から脱すると、そこからの回復は早かった。意識もはっきりして、寝床からでも部下へ仕事の指示をしていたようだが、エセルは彼が覚醒してからは一度も、見舞いに行っていない。

単純にデヴォン卿の捜査やら事後処理で、多忙を極めていたというのもある。

しかしそれより、エセルは怖かったのだ。

自分のせいで死の淵に立ったオズワルドと対峙《たいじ》するのが怖かったし、彼と改まって話をするのも恐ろしかった。

どうして身を挺《てい》して庇ったのか、そこに意味があったかもしれないと、今さらあらぬ期待を滲《にじ》ませてしまいそうで、浅ましい本性を彼に気づかれることを恐れていた。

結局、オズワルドの療養は長引き、彼が王宮に出仕した頃には、戴冠式の準備で慌ただしく、ろくに話をすることもかなわなかった。

戴冠式を終えてからは今日まで連日の宴が続き、だからオズワルドと個人的な話をするのは、ずいぶん久しぶりなのだった。

「何が望みだ。言っておくが、僕自身にできることはそう多くないぞ」

エセルの寝室からもオズワルドの部屋からも近い、居間がわりの小部屋で、エセルはいささかぶっきらぼうに言わざるを得なかった。

こんなふうに改まって何を望むのか、まったく読めない。

「まあ、そう急《せ》かさないでください」

オズワルドは澄ました顔で、用意された盃《さかずき》に酒を満たしている。一方をエセルに渡し、自分の盃を掲げた。

「まずは祝杯を。エセル国王陛下のご即位に」

エセルが焦《じ》れているのを見て、オズワルドは楽しんでいるようだった。エセルの向かいの椅子にゆったりと座り、酒を飲みながら口の端には笑みさえ浮かべている。

「俺の望みは、あなたなら叶《かな》えられるでしょう。とはいえ、あなたが妃を娶らないと宣言した後では、いささかためらわれるのですがね」

それでエセルは、彼が何を願い出ようとしているのかピンと来た。

彼の結婚の話だ。誰か、決まった女ができたのだろう。いつか来ると思っていた。

「……どんな女だ。僕にわざわざ頼むということは、身分が釣り合わないのか」

「――女？」

おかしなことを聞いた、というように、オズワルドは片眉を引き上げた。

「結婚の話だろ。相手がどんな女か知らないが、お前がどうしても妻にしたいと言うなら、僕も後押しする」

そう、彼が誰を伴侶にしようと、相手が男でも女でも、エセルは祝福する。せざるを得ない。心の底ではどんなに苦々しく思っていたとしても、自分は決してオズワルドが幸福になるのを邪魔してはならないのだ。

そんな悲愴《ひそう》な決意を固めていたのに、オズワルドはエセルを嘲笑うように神経質な笑い声を立てた。

「あなたは、そう言うと思ってた」

酒を飲み干し、新しい酒を注ぐ。それを一息に飲んでから言った。

「残念ながら、結婚はしません。今だけではない。生涯、誰とも。あなたと同じように。今夜はそれをお願いに上がったのです」

結婚はしない。そう聞いて湧き上がった歓喜を、エセルは慌てて抑え込んだ。

「いったい何を考えてる」

「何も。ただ生涯、あなたのお傍《そば》に、誰よりも近くにいることをお許し願いたい。私の望みはそれだけです」

「馬鹿な」

エセルは言い放った。信じられなかった。

「お前は僕とは違う。女が苦手なわけではないだろう。第一、跡取りはどうする」

オズワルドはくすっと笑い、立ち上がってこちらに近づいてきた。

「いりません。養子を取るつもりもない。モール家は私の代で終わりにする」

「ば……あっ」

馬鹿な、ともう一度言おうとしたが、言葉にならなかった。隣に立ったオズワルドが、いきなりエセルの身体を抱き上げたからだ。

「何をする」

「私の願いを叶えていただきたい、我が君」

オズワルドはそう言いながらも、エセルを抱いたまま歩き出した。

「おい、どこに行く。下ろせよ」

「痛っ」

もがくと、オズワルドは顔をしかめて怪我をした方の肩を震わせた。エセルは慌てる。

「痛むのか。無理をするな」

まだ治りきっていないのかもしれない。心配したのに、エセルが大人しくなった途端にオズワルドはニヤリと笑った。嘘だったのだ。

「お前……」

ムッとして睨《にら》んだが、オズワルドは素知らぬ顔で部屋を出てしまう。痛がったのが演技だとわかっていても、傷に障るのではと怖くてじっとしていた。

オズワルドが向かったのは、エセルの寝室だった。

寝台まで近づくと、エセルをそっと下ろす。侍従がするような恭しい仕草で、靴を脱がせた。

「何を考えているのかとあなたは聞くが、俺が今、何を言ったって信じてはくれないでしょう」

続いて上着を脱がせ、丁寧に脇にある椅子の背にかける。

「だから、先に行動するんです。仮初《かりそ》めの妻などいらない。家の存続にも興味はない。ただ誰よりあなたの近くにいる権利がほしい。それも一生。一生をかけて証明すれば、俺が何を考えているのか、いずれあなたも信じてくれる時が来るでしょう」

言葉が見つからなくて、エセルはぱくぱくと口を閉じたり開いたりした。オズワルドはそれを見て、皮肉っぽく唇の端を歪める。

何気ない仕草で手が伸びてきて、エセルの頬にかかった後れ毛を指ですくった。

「俺が隣にいるのが鬱陶《うっとう》しくて耐えきれなくなったら、あなたは俺の首を刎《は》ねたらいい」

長く骨ばった指が、すくい上げた後れ毛を耳にかける。離れる際、指先がエセルの頬をくすぐるように撫でた。

「そんなことできるか」

「できるとも。適当な罪をでっち上げればいい。もし俺が遠ざけられて、あなたの隣に誰か別の奴《やつ》が立つのを見るくらいなら、死んだ方がましだ」

エセルはじっと、灰紫の瞳の奥を見つめた。彼の真意を知ろうとしたのだが、その美しい瞳は、静謐《せいひつ》に目の前のエセルの姿を映すだけだった。

「なぜだ？　お前は、僕のことが嫌いなはずだ」

「もちろん嫌いだ」

即答に胸が痛んだ。自分で先に言い出したのに、じわりと目頭が熱くなる。

オズワルドは軽く身を屈《かが》め、エセルのまぶたに口づけした。言葉とは裏腹の、優しい口づけだった。

「大嫌いだ。あなたのことが憎くて憎らしくてたまらない。いっそあなたも同じくらい、いや、十分の一でもいいから俺を憎んで嫌ってくれればいいと思っている」

エセルは呆然《ぼうぜん》として、男の告白を聞いていた。よほど呆《ほう》けた顔をしていたのだろう、オズワルドはくすっと神経質そうな笑いを漏《も》らし、エセルを見下ろした。

「俺の頭はいつだってあなたのことでいっぱいだ。……なあ、笑えよ。滑稽《こっけい》だろう？　昔は甘ったれた声で縋ってくるのはあなたの方だった。あなたには俺しかいなかったから。だが今はどうだ。俺なんかに縋らなくても、あなたには味方が大勢いる。捨てないでくれと縋るのは俺の方だ」

言葉が見つからなかった。ただひたすら驚いていた。その間、オズワルドは指先でエセルの頬を撫で、唇を辿った。

「美しく清廉《せいれん》なエセル。あなたが媚《こ》びて醜く歪んだままならよかった。そうすればあなたは、いつまでも俺だけのものだったから」

頬に熱いものが伝った。涙だ。そう気づいたら、嵐のような感情が心の奥の扉を破って外に吹き出した。

はらはらと涙が止まらず、嗚咽《おえつ》が漏れた。

「なぜ泣く」

男の手がそっと濡れた頬を拭った。

「どうして今さら、そんなことを言うんだ。僕の心をかき乱すようなことを」

「俺の言葉で心が乱れるのか。それは嬉しいな」

言葉の通り嬉しそうに、オズワルドは薄く微笑む。エセルは濡れた目で彼を睨み上げた。

オズワルドはエセルの唇に口づけし、母親が子供にするように抱きしめる。

「やめろ。……やめてくれ。そんなふうにされたら、僕は弱くなる」

身をよじって抱擁《ほうよう》を解こうとした。けれど逞《たくま》しい腕はびくともしない。オズワルドの腕の中は温かくて、昔の自分に戻ってしまいそうで恐ろしい。

「弱くなればいい」

耳元で、男はそそのかす。

「思うさま泣けばいいんだ。あなたはもう、人前で泣いたりはしないんだろう。俺の腕の中でだけだ。愚痴《ぐち》を吐いて、不安だ眠れないと縋りついてくれ。悪態でも呪詛《じゅそ》を吐くのでもいい。汚いものを俺に吐き出して、そうすればあなたは翌日からまた、一点の曇りもない、強く美しい王になる」

甘い蜜《みつ》のような言葉が、耳の奥へと注がれる。

それはあまりにも甘美な誘惑だった。エセルの心はずっと、この男を求めていた。真実を知ってもなお、いっそう。

けれど、オズワルドを求めてはいけないと思っていた。無理強いをすれば、父と同じになる。なのに彼の方から誘惑してくるのだ。

「……ひどい」

エセルは子供みたいにしゃくりあげた。

「ひどい？」

涙を拭おうと伸ばされた手を払いのけ、エセルは相手を睨んだ。

「お前は僕にばかり要求する。僕の言うことは何も聞いてくれないくせに」

オズワルドは軽く眉を引き上げ、興味深そうな顔をした。

「言ってくれ。あなたは俺に何を願うんだ?」

「……もっと、甘い言葉をかけてほしい」

言いながら、我ながら子供じみていると思った。でも他に、何と言えばいいのだろう。

憎まずに愛してほしい。自分だけを永遠に。言葉にすれば陳腐だし、叶えられる望みだとは思えない。

「憎いとか、そんな言葉じゃなしに、もっと優しい言葉をかけてほしい。お前が僕を憎んでるのはわかってるけど」

皮肉っぽい笑いが返ってくると思っていた。けれどオズワルドは困ったような、悲しいような複雑な苦笑を浮かべた。

「あなたは……やっぱり馬鹿なんだな」

「だから、そういう……」

文句を言いかけた唇を、口づけで塞《ふさ》がれた。

「愛してる」

甘やかに、本当に愛しているというふうに、オズワルドは言葉を口にした。それからまた、口づけを落とす。

「生涯、あなただけを愛する。他には男も女も、誰もいらない」

ずっと焦がれてきた言葉を受けて、エセルの胸は震えた。

嬉しい。この言葉だけで、これからも一人で生きていける気がする。たとえそれが、実のこもっていない上っ面な言葉でも。

オズワルドは、そんなエセルの心を見透かしたように、優しく金の髪を撫でた。

「好きだ。愛してる。……あなたが望むなら、これからいくらでも、いつだって言葉をかけてやろう。そうすれば、俺をそばに置いてくれるんだろう？」

エセルはうなずいた。彼はこれからも、エセルの一番近くにいてくれる。甘い言葉を囁くことを代償に？

「好きだ」

またも言って、オズワルドは唇を落とす。今度は首筋に。

「あ……」

くすぐったさに身をよじると、男は小さく笑って追いかけてくる。

気づけば、寝台に倒れこんでいた。仰向けになって肩をすくめるエセルに、オズワルドは戯れのような口づけを繰り返した。

「愛だけじゃない。本当は、そんな言葉では言い表せない。憎しみや愛だとか、そんな簡単な言葉では」

長く骨ばった指が、エセルのシャツのボタンにかかる。上から一つ一つゆっくりと外されていくのを、エセルは抵抗もせず眺めていた。

「俺がどれだけあなたのことを想っているか、わかってないだろう？　のべつ幕なしあなたのことばかり考えてる。ある時は憎み厭《いと》い、かと思えば愛おしく慕わしく思う。俺の心のすべての感情があなたに向けられている。愛憎、好悪、嫉妬《しっと》、羨望《せんぼう》、執着……すべてだ」

日尻から熱いものが流れ、こめかみへ伝う。唇がわなないた。これは現実だろうか。

――本当の、本当に？

エセルこそ、出会ったその瞬間からオズワルドを求めていた。身も心も欲しくて躍起になった。

その執着が彼を苦しめていると知り、この想いは永遠にかなわないと思っていたのに。

「もっと泣かせてやりたい。でも泣かせたくない。あなたをズタズタに傷つけてやりたい。同じくらい、悲しませたくないと思う。髪一筋も乱さず、守ってやりたい」

シャツが脱がされ、ズボンのボタンが開かれる。エセルの前立てをくつろげると、オズワルドは自らも上着を脱ぎ去り、シャツのボタンを外した。

逞しい裸体が露《あら》わになる。しかし、エセルがそっとシャツの合わせをめくると、右肩から胸にかけて痛ましい傷跡が見えた。

思わず震えた指先を、オズワルドは手に取って自身の唇に押し当てた。

「痛かっただろう?」

彼はその問いに、少し笑った。

「あなたを守れるなら、手足をもがれてもいい」

オズワルドの顔が近づいてきて、エセルは懸命に彼の瞳の奥を覗き込む。

その言葉が嘘偽りなく真実なのか知りたかった。また上っ面のセリフだとわかったら、今度は立ち直れないだろうから。

「信じられないか」

オズワルドは、エセルの心を見透かしたようだった。喉の奥で笑った後、戯れるようにエセルの唇をついばむ。

「わかってる。当然だ。今は信じてくれなくていい。ただ俺が生きている限り、あなたの傍にいさせてくれれば。そうすれば俺の命が消える頃には、気づいてくれるだろう。俺がどれほどあなたを想っているのか」

その言葉に、とうとうエセルは観念した。

それまで愛撫《あいぶ》を受け取るだけだったのが、自ら腕を伸ばしてオズワルドの首に抱きついた。

もういい。彼がここまで言うのなら、自分も騙されたふりをしよう。

それが嘘だったのか真実だったのか、どちらかの命が燃え尽きるその時にわかるだろう。

エセルから唇を寄せると、オズワルドは驚いたように目を瞠《みは》り、それから満面の笑みを浮かべた。見たこともない、幸福そうな笑顔だった。

今度の口づけは、ただ触れ合うだけではなかった。舌先が唇を割って押し入り、内側をねぶる。

「んっ」

同時に大きな手が、エセルの脇腹や腰の際どい部分を撫でる。肌が粟立《あわだ》ち、下半身は重くだるくなった。

オズワルドは、黙ってエセルのズボンを下着ごと足から引き抜いた。エセルの興奮した性器が露わになる。

オズワルドの下腹部も、布越しにわかるくらい張り詰めていた。

「僕ばかり、ずるい」

エセルが言うと、オズワルドは愉快そうに喉の奥で笑い、ズボンをくつろげた。

赤黒く怒張した性器が跳ね上がり、エセルは思わずごくりと喉を鳴らした。オズワルドは目ざとくそれを見つけ、目を細めた。

「いやらしい人だ。男の一物を見て喉を鳴らすとは」

「な……それは……お前のだからだ」

モゴモゴと言い訳をする。次の瞬間、強く抱きしめられて驚いた。

「私の王は、男を悦《よろこ》ばせるのがお上手だ」

言いながら腰を揺する。硬い性器を腹に押し付けられ、ぬめった先走りがエセルの性器を濡らした。

「や、あ……、急に」

「あなたが煽《あお》るからだ」

声がかすれていた。興奮しきった男の様子に、エセルの身体も熱くなる。まだ男を知らないはずの後ろが、ひくりと物欲しげに動いた。

エセルは腰を上げ、会陰を相手の性器に擦り付ける。裏筋を擦られて、オズワルドの喉が震えた。

「最後まで……私のものにしていいのか?」

オズワルドにしては、自信なげな声音だった。拒まれても仕方がないという眼差しでエセルを見下ろす。

「ずっと拒んでたのはお前だろう。僕は……ずっとそうしてほしかった」

言葉を口にした途端、男の目の色が変わった気がした。

「あなたは……まったく」

そんなつぶやきが聞こえたかと思うと、次には身体が軋《きし》むくらい強く抱きしめられていた。

オズワルドは箍《たが》が外れたように、エセルの顔や身体のあちこちに口づけを繰り返す。そうして徐々に降りてきた唇が、エセルの胸の突起を含んだ。

「あっ」

快感が身体を駆け抜け、思わず声が出てしまった。その反応を見て、オズワルドは薄《う》っすらと笑みを浮かべる。

「ここが好きなのか？」

言って、片方の乳首を吸い、舌先で転がした。もう一方を指の腹でしこしこと揉《も》みしだく。

「や、あっ、あっ……そこは……」

刺激されるたびに強い快感に襲われ、エセルの身体はビクビクと跳ねた。前を触れられていないのがもどかしく、腰を揺する。

オズワルドも緩く腰を打ち付けていた。大量の先走りが零《こぼ》れ、エセルの性器から会陰まで流れてくる。

このまま何もせずに達してしまいそうだった。

「オズワルド、オズワルド……っ」

もどかしくて、繰り返し名前を呼ぶ。相手はわかっているというようにうなずいて、名残惜しそうに身を剝がした。

肩の傷を隠すためか、身に着けたままにしていたシャツを脱ぎ払う。エセルの身体をうつ伏せにさせ、背中を抱きしめた。

「後ろからの方がつらくない」

本当は顔が見たかったけれど、優しく言われてうなずいた。

背後から顎を取られ、口づけを交わす。後ろに熱い物が押し当てられ、尻のあわいを何度も行き来する。襞《ひだ》はオズワルドの蜜でたちまち濡れそぼり、エセルは期待に胸がどきどきと高鳴った。

「エセル。私の王」

耳元で囁かれ、陶然とする。その時、オズワルドが左手を枕元に突いた。

エセルの目は、自然と手首の上に吸い寄せられる。

普段はシャツの袖で隠れたその部分に、以前は見なかった傷を見つけて、エセルは息を呑《の》んだ。

縦長の三角形、記号のような傷跡。

「オズワルド……っ」

慌てて振り返った瞬間、オズワルドの逞しい陰茎が襞をこじ開けて入ってきた。

「あ、待っ……あっ」

「エセル。力を抜いてくれ。大丈夫……いい子だ」

こちらの身の強張《こわば》りを解くように、熱い手の平がエセルの腹や胸を撫でる。もう一方の手はエセルの性器を擦り、彼の舌は口腔《こうこう》を犯した。目も眩《くら》む快感に、何も考えられなくなる。

オズワルドはその間、ゆっくりと腰を揺すりながら、巨根を根元まで押し入れた。

「エセル。愛している。あなたが俺のすべてだ。だからどうか、そばにいさせてくれ」

神に許しを請うように、厳粛《げんしゅく》な声が言った。エセルは快楽と幸福に身を震わせ、「許す」と、応える。

「僕のそばにいることを許す。生涯……永遠に」

「ああ……ああ、エセル」

エセルを抱きしめる腕が、声が震えていた。こらえきれなくなった男根がエセルの身体を突き上げる。

角度を変え、浅く、時に深く穿《うが》ち、エセルが快楽を覚える部分を見つけると、オズワルドはその一点を執拗《しつよう》に穿ち続けた。

エセルの白い肌を撫で、性器を嬲《なぶ》り、甘く震える胸の飾りを弄《いじ》る。

たちまちエセルは、一度目の精を噴き上げた。わずかな間を置いて、オズワルドもエセルの中で果てる。

二人は口づけを交わし合い、次には向かい合わせになって、再び身体を重ねた。

互いに幾度も吐精した。空が白むまで接合は続き、さすがにその頃にはもうくたくたになっていたけれど、本当はいつまでも繋がっていたかった。

「このままゆっくり眠れ。あなたには休息が必要だ」

心地よい疲れに満たされた身体に、眠気が襲ってくる。気を抜くとまぶたが閉じてしまいそうになり、何度か瞬きしていると、オズワルドが笑いを含んだ声で言った。

彼の左手が、汗ばんだ頬を優しく撫でる。エセルはその手を掴《つか》み、傷跡を見つめた。

「あなたと揃《そろ》いだな」

オズワルドが言う。エセルもそう思っていた。ではやはり、そうなのだ。

エセルは視線を上げ、隣に横たわる男の顔を見る。それから、思い切って口を開いた。

「お前に話したいことがある。荒唐無稽《むけい》で馬鹿馬鹿しい話に聞こえるかもしれないけど。お前にだけは、話しておきたい」

本当にあり得ない話だ。でも彼は、笑ったり馬鹿にしたりしないだろう。今の彼は。

「あなたが俺だけに話してくれるというなら、どんな狂言でも構わないさ」

オズワルドは思った通りそう言って、エセルの手の傷にうやうやしく口づけした。

「僕がなぜ変わったのかという話だ」

エセルは語り始めた。薔薇の咲く季節、霊廟《れいびょう》に行ったこと。そこで出会った老人の話を。

「きっと、たぶんあの老人は……」

エピローグ

エドワードの家庭教師、マルジン・カレグは、王太子宮に暮らしている。

彼がここに住み始めたのは先王の晩年、兄のエセルが王太子だった頃からだから、かれこれ六年ほどになる。

王の知恵袋と呼ばれ、エセルの居宮に頻繁《ひんぱん》に出かけているし、時には寝泊まりする時もある。王の宮殿にはマルジンの部屋もあるそうだが、彼は決まって王太子宮に戻ってくる。

「王太子宮のあの部屋が気に入ってるんです。奥庭の薔薇が良く見える」

ある時、エドワードが「面倒ではないの？」と尋ねたら、彼はそう答えた。

国から少なくない俸給を受け取っていて、決して貧乏ではないのに、自分の屋敷を持つこともなく、服だっていつも地味な古着だ。

以前は穴の開いた靴を履いていたので、さすがにアンナが注意した。

「先生、最低限の身なりは整えてください。あなたは国王陛下の側近なのですよ。恥ずかしい思いをされるのは、エセル様なんですからね」

それで靴だけは、ぴかぴかの新しいものになった。

しかし相変わらず、マルジンは自分の身なりに頓着しない。

今日もまた、いったいどこに行っていたのやら、埃《ほこり》だらけになって帰ってきた。手には古い巻物を何本も抱えている。

枯葉色の髪にクモの巣を付けていて、通りがかった侍女が悲鳴を上げていた。

「マルジン先生、どこに行っていらしたんですか」

悲鳴を聞きつけてエドワードが顔を出すと、マルジンはこちらを向いて口元をひくひくさせながら、

「さて、どこでしょう」

と、言った。表情があまり変わらないが、とても喜んで興奮しているらしいということが、エドワードにはわかる。

「ようやく探していた文献が見つかったのですよ。何年も前から探していたんです」

どこで見つけてきたのだろう。

王宮の図書館や宝物殿に、何の手続きもなく自由に行き来できるのはマルジンだけだ。彼はいつも何かしら調べ物をしていて、書物のあるところにあちこち出没する。

普段は政策の草案作りなどのために忙しそうにしているのだが、今はちょうど、エセルがオズワルドを連れて地方へ視察の旅に出ていた。

干ばつが頻発し、飢饉《ききん》が起こった地域を視察して、灌漑《かんがい》事業を立ち上げるらしい。実現すれば、エドワードの代に跨《また》ぐ壮大な計画になるそうだ。そのうちお前も視察に連れて行くよと、エセルに言われた。

王は玉座にふんぞり返っているのではなく、民に寄り添わねばならないというのが、兄王の教えだった。

ともあれ今は王が不在で、日々忙しくしているマルジンも、束《つか》の間《ま》の余暇を得ることができた。それでどうやら仕事とは関係のない、個人的な調べものをしているらしい。

「大昔の文献です。うんと昔、何百年も前の」

一緒にご覧になりますか、と誘われた。

一緒に見てほしいんだなと、エドワードは理解する。

出会った頃はマルジンのことを、なんて物知りな大人だろうと感心していた。でも十一歳になった今、父親ほど年上のこの男が、実はひどく子供っぽい人だと気づいている。

母のアンナは彼を、「案外、寂しがり屋」と評していた。エセルもオズワルドも不在で、たぶんちょっと寂しいのだろう。

もっともそんな子供っぽくて寂しがり屋のマルジンが、エドワードは嫌いではない。

僕も見たいです、と答えて、巻物を持ってほくほくしているマルジンに付いて、彼の部屋へ向かった。

マルジンは書物だらけの自分の部屋に入るとすぐ、やはり乱雑に物が積み上がったテーブルの上に、巻物を広げた。

羊皮紙に書かれた古い書で、見たことのない記号みたいなものが書かれている。

「これは古代文字です。うんと昔、この国ができてからしばらくは、この文字が使われていたのですよ」

マルジンは得意げに語るが、それにいったいどんな価値があるのか、エドワードにはわからなかった。

けれど嬉しそうにしている彼に水を差すのもかわいそうで、ふんふんなるほど、と感心して見せる。

何気なく古代文字の書を眺め、それからエドワードは「あっ」と小さく声を上げた。

書の中に、とても気になる一文字を見つけたからだ。

「これ。兄上の……」

兄エセルの左腕には、不思議な傷跡がある。意図をもって傷つけたような、正確な円を描いた傷だ。でも兄は、自然にできたものだと言う。

普段は袖の下に隠れているので、ごく親しい者にしか傷跡の存在は知られていない。

その傷の形と、羊皮紙に描かれている古代文字の一つがよく似ている……いや、まったく同じなのだ。

綺麗な円の中に、これも精密に描かれた正方形。

「先生」

胸がドキドキして顔を上げると、マルジンはいつの間にか隣からいなくなっていて、壁の書棚にある古い書物を引っ張り出しているところだった。

「古代では、文字は祭祀《さいし》で使用されるものでした。これらの文字は情報を伝えるためであると同時に、呪術の手段でもあったのです」

つらつらとマルジンは言い、持ってきた書物を羊皮紙の隣に広げる。

「これは後世に伝わる、古代文字の一覧です」

書物の見開きに、十数個の記号の一覧と、現代の文字で説明が書かれていた。なるほど、先ほどの円の記号も載っている。

「これらの古代文字には、それぞれ読み方、音を表すのとは別に、それぞれの文字から始まる樹木の名前が付けられていたそうです。例えばこれは『ニワトコ』。こっちは『ブドウ』、『ニレ』『ナナカマド』と、このようにね。自然崇拝が源にあるのでしょう」

マルジンの痩《や》せた指が、文字をなぞっていく。やがて先ほどの円で止まった。

「これは『バラ』」

エドワードはハッと息を呑み、大好きな家庭教師を見た。

マルジンは嬉しそうに頬をひくつかせ、次の文字をなぞる。縦長の三角の記号だ。中央に真っ直ぐ線が伸びている。

「そしてこれが、『イラクサ』」

「薔薇と、刺草……」

「ふふ、そう。コルウスとレムレースにあった聖痕《せいこん》というのは、花や草の形をしていたのではなく、実際はこの文字だったのではないですかね。二人のそれが生まれつきの痣だったのか、故意に刻んだのか、はたまた怪我でできた傷跡がそのように見えたのか……今となっては誰にもわかりませんが。私の推測では、建国王と宰相が呪術を行うために、自分たちの身体に文字を刻んだのではないかと思うんです」

「じゃあもし、もしもだけど。コルウスが生まれ変わったとしたら、この円の形の痣があるってことですよね？」

「ええ。伝説によれば、そういうことなんでしょうな」

これは大発見だ。正しい聖痕が、兄の腕にある。エドワードは興奮で心臓が高鳴った。でも、マルジンが気になるのはそこではないようだ。

「で、今日発見したこの巻物、これはコルウスとレムレースを歌った詩なのですよ。彼らが活躍した時代か、そう遠くない時代に書かれたものです。人から人へ語り継がれたおとぎ話よりも、うんと現実味があるでしょう」

「何て書いてあるんです？」

「それは、これから解読してみないとわかりませんが……先ほどざっと読んでみた限りでは、薔薇の王と刺草の宰相が祭祀を行ったという内容ですな。古代の祭祀……つまり、呪術です。二人が死んでも、幾たびも共に生まれ変わるように、という」

「なんだか恋人みたいですね」

エドワードは率直な感想を述べたのだが、マルジンはぐう、と小さく呻いた。驚いて家庭教師を見たが、表情がないままなので、何を考えているのかはよくわからない。

「コルウス王とレムレースは、呪術祭祀によって様々な奇跡を起こしたと言われています」

「奇跡？」

「たとえばこちらの巻物には、時を自在に行き来したとあります。未来を予知したのかもしれません。それからここに書かれてるのは祭壇……いや、鏡？　真実の鏡、という意味に読むのかな。霊廟の祭壇には、鏡などなかったが」

マルジンは、あっというまに書物の中に引き込まれてしまった。エドワードに話して聞かせていたのが、しまいには独り言になってしまう。

それはまあ、ままあることなのでいいのだが、それより気になる言葉があった。

「霊廟？　先生、この書物は霊廟から持ってきたんですか」

エドワードは巻物に触れていた指を、急いで引っ込めた。

父の葬儀で一度だけ、霊廟に行ったことがある。地下にたくさん棺《ひつぎ》が並んでいて恐ろしかった。あそこから持ち出したというのか。

怯《おび》えるエドワードを見て、マルジンは眠そうに目を瞬《しばた》かせた。

「地下までは行ってません。あそこには鍵がかかっているのでね。これはその地下への入り口がある祭壇の、奥の方にしまってあったんです」

どちらにせよ、薄気味悪いことには変わりない。逃げ出したくなった時、開けっぱなしの部屋の扉から母のアンナが顔を覗かせた。

「マルジン先生。またそんな埃っぽいまま部屋に入って。玄関で服と髪をはたくようにって、何度言ったらわかるんです？」

侍女から密告があったのだろう。目を吊《つ》り上げて部屋に入ってくる。マルジンはびくっと首をすくめた。

昔はエドワードも、母によく小言を言われた。でも今は、母に叱《しか》られる機会はマルジンの方が多いのではなかろうか。

「もう、外套《がいとう》が埃で真っ白じゃないですか。あらやだ、なんですこれは」

母は汚れた外套を脱がそうとして、手を引っ込めた。マルジンの長い外套の裾に、黒っぽい何かが付いていた。

エドワードはしゃがみ込んで、こわごわ顔を近づけてみる。

「花……薔薇だ。枯れた薔薇の花です」

それは一輪の薔薇だった。水気を失い黒く変色していたが、綺麗に形を保っていた。

「おや。先王の葬儀の時の献花が、残っていたんでしょうかね」

「葬儀？　……まさか先生、霊廟に入ったのですか。あそこは神聖な場所なんですよ」

アンナがさらに目尻を吊り上げる。マルジンは「いえ、これは……」と、もごもご言い訳をしている。

エドワードは大人たちのやり取りをしり目に、そっと薔薇を拾い上げた。

「あっ」

古く乾燥しきっていたのだろう。手にした途端、薔薇は粉々に砕けてしまった。

花の欠片《かけら》が、ハラハラと砂のように指先からこぼれる。

不思議なことに、それは床に落ちる前に消えてなくなり、しまいに薔薇の甘く瑞々《みずみず》しい残り香が、エドワードの鼻先を優しくかすめた。

ルスキニアの王エセルと宰相オズワルドは、その後何十年と国のために尽くして天寿をまっとうした。

エセル王の時代に治水が成され、ルスキニアの国土は貧困から徐々に脱していった。その後もルスキニアは長く栄えた。

エセルの後、王位は弟のエドワードへ移り、以降はエドワードの子孫たちがルスキニア王を継承していく。

エセルもオズワルドも、生涯妻を娶らなかった。

オズワルドは自身が興したモール家の存続には頓着せず、彼の死後、財産の多くは孤児や貧しい子供たちのために使われた。

彼は晩年、エセル王から下賜《かし》された銅鏡を大切にしていた。鏡は治水事業の視察の際、エセル王が偶然、見つけたものだというが、なぜ彼がそれほどその銅鏡を大切にしたのかはわかっていない。

銅鏡はオズワルドの死後、遺言に従って彼の棺に納められ、共に埋葬された。

オズワルドはかつての誓い通り、死ぬまでエセルのそばにいた。二人は晩年を共にし、エセルが亡くなったのはオズワルドの死去からわずか二日後のことだったという。

王を助け、ルスキニアを繁栄に導いた宰相は、コルウスとレムレースになぞらえ、王宮の地下霊廟に安置された。

オズワルドは今も、エセルの傍らで眠っている。

あとがき

こんにちは、初めまして。小中大豆《こなかだいず》と申します。

長いシリアスファンタジーをお読みくださいまして、ありがとうございます。

普段それほど長いお話は書かない私史上、最長になりました。読者様が最後まで付いて来てくださるか、あとがきを書きながらドキドキしています。

バッドエンドにはなりませんので、その辺は安心してお読みください！

どうしようもないポンコツ王子と、顔だけはいい性格最悪な側近の攻がどこに行きつくのか、ぜひ最後までお読みいただけたら嬉しいです。

今回、美しく艶《つや》やかなイラストで拙作に彩を与えてくださいました、笠井《かさい》あゆみ先生に感謝申し上げます。

ラフをいただいた瞬間から、ぎゅんとボルテージが上がりました。主役カップルだけでなく、脇役のマルジンまでカッコよくて感無量です。本当にありがとうございました。

また今回、いろいろと相談に乗っていただき、作品を書き上げるまで導いてくださった編集様、ありがとうございました。ご迷惑をいっぱいおかけしましたが、おかげであとがきまでたどり着くことができました！

現実の世界ではまだまだ大変なことが続いていますが、いつか心置きなく旅をしたり、人に会いに行ける日が来ることを願っています。

ここまでお付き合いいただき、ありがとうございました。

またどこかでお会いできますように。

小中大豆

この本を読んでのご意見、ご感想を編集部までお寄せください。

《あて先》〒141－8202　東京都品川区上大崎3－1－1　徳間書店　キャラ編集部気付
「気難しい王子に捧げる寓話」係

【読者アンケートフォーム】
QRコードより作品の感想・アンケートをお送り頂けます。
Chara公式サイト http://www.chara-info.net/

■初出一覧

気難しい王子に捧げる寓話……書き下ろし

Chara

気難しい王子に捧げる寓話

……【キャラ文庫】

2022年2月28日　初刷

著者　小中大豆
発行者　松下俊也
発行所　株式会社徳間書店
〒141-8202　東京都品川区上大崎3-1-1
電話　049-293-5521（販売部）
　　　03-5403-4348（編集部）
振替　00140-0-44392

印刷・製本　株式会社広済堂ネクスト
カバー・口絵
デザイン　モンマ蚕（ムシカゴグラフィクス）

ISBN978-4-19-901057-6